JN015349

嘘つきのための辞書

Eley Williams
The Liar's Dictionary

エリー・ウィリアムズ

三辺律子訳

河出書房新社

目次

言葉にできないほどすばらしい、ネルへ

作者による序文

あなたが完璧な辞書を持っているとしよう。自分の中では完璧なのか、それとも、なにかそういった決定版があるのか、まあそれは、どうでもいい。欠点がないわけではないが、あなたにとっては、おおよそこの世に存在する中で最高の辞書だ。

もう少し具体的に述べてみる。その辞書は、電子でなく紙のほうがいい。実用的なモノとしての辞書だ。相手の届かないところで振りかざしたり、振り回したり、気まぐれな蛾をキッチンから追いだすのに使ったりもできる。さっきも言ったとおり、実用的なのだ。隅っこが少しすりきれていて、手に持つと意味のある重さを感じるものがいいだろう。いろいろ相談できる信頼度があるが、あまり熱/厚すぎるのも避けたい。きっと絹の栞(スピン)もついているし、ページ番号もふってあるだろうから(**ちなみに、なぜ辞書にページ番号があるか？　完璧な序文ならわかっているはずだ**)、本棚のほかの見栄えのする本たちに嫉妬したりもしない。タイトルはきっと、背表紙に金で刻印されているだろう。紙はすばらしくなめらかで、重さもちょうどよく、書体は上品さを漂わせ、申し分なく洗練された堅実さ、もしくは堅実な洗練を持ち合わせている。ジェレミー・ブレット（イギリスの俳優。シャーロック・ホームズ役が有名。バイセクシャルだった）やロメイン・ブルックス（アメリカの画家。レズビアンで、男装の自画像を残している）が演じるような書体——頬

004

骨のある書体だ。完璧な辞書というと、革表紙が思い浮かぶし、親指の爪（サムネイル）でめくったら、小気味よいペラリペラリという音を立てるのが想像できる。

わたしの集中力の持続時間は正直、たいしたことはないから、わたしにとっての完璧な辞書は簡潔（コンサイス）で、自分が知らない言葉かしょっちゅう忘れる言葉だけが載っているものがいい。無限のごとく無知なわたしの辞書は、辞書としては逆説的だし、もしかしたらメビウスの帯に印刷されているかも。現実にはあり得ない、でもわたしにとっての完璧な辞書。

序文を拾い読みしてから、二本の親指で辞書を押し開く。熟れた果物を裂くときみたいに（実際は、本を開くってそんな感じじゃないから、この直喩は下手かも）。わたしの完璧な辞書なら、あるページが開くはず。だって、そこにシルクの栞が挟んであるから。

ちなみに、一ポンドの生糸を作るには二千五百匹のカイコが必要だ。

で、このページを見たときに、最初にパッと目に入る語はなにか？

（ちょっと脱線してしまった。中には、鬼火みたいな力を持った語もあって、読者が自分の決めた道を進もうとするのを邪魔して、「注釈」とか、「補注」とか、誘いかけるような「関連項目」のほうへとどんどん引きずり込んでいく。）

一頭の牛の皮をはいだら、辞書の表紙が何冊分作れるか？

そもそも辞書の序文なんて誰が読むの？

ペラリペラリペラリペラリ

辞書を「完璧」と見なすには、こうした本の目的についてよくよく考えてみなければならない（念のため言っておくと、ここで言う「本」は、辞書を含むあらゆる本の形態を持ったものを簡潔に表す、いわば省略表現だ）。

完璧な辞書は、ふざけてはいけない。読者を遠ざけ、実用性を損ねてしまう恐れがあるからだ。

完璧な辞書が「正しく」なければならないのは、今さら言うまでもない。例えば、スペルミスや印刷ミスがあってはならないし、根拠のない主張も厳禁だ。定義においては、どんな偏見も許されないが、厳密で精緻なリサーチの結果ならそのかぎりではない。ああ、すでに話が観念的すぎるかも——もっと基本的な話にもどそう。少なくとも表紙がちゃんと開き、印刷されたインクが読みとれることが、まずなにより大事。辞書が語をただ「記載する」のか「確定させる」のかは、辞書というものの性質を決定するポイントとなるだろう。「記載する」というと、まるで語が、部屋に集めて数え上げられた非行少年少女みたいだし、一方で、「確定させる」というと、決まった子どもたちだけがその部屋に入ることが許され、その部屋ごとセメントで固めてしまうような印象がある。

ちなみに、完璧な序文には、混喩（同一表現内で互いに不調和な複数の隠喩の組み合わせ）**を使いすぎないほうがいい。**

辞書の序文は、カイコや殺された牛のもたらした果実に親指を押しこむ際、素通りされがちだけれど、辞書の狙いや目的を提示するものだ。しょっちゅう素通りされるのは、辞書を使うときは、その目的はわかりきっているからだろう。

辞書の序文は一種の紹介だが、読者がぜんぜん会う気のない相手を紹介しなくちゃいけない。ただし、序文の場合は紹介するのは内容であって、人ではない。だから、辞書を作るのに尽力した編（へん）

纂者たちのジェンダーを知る必要はない。見た目はもちろん、好きなスポーツチームや好みの新聞なども、関係ない。辞書編纂者たちが、「クリンクリング」という語を小ぶりなリンゴを指す名詞として定義した日に、きつすぎる靴を履いていたことなど、まったくどうでもいいのだ。この語を定義したときに、二日酔いだったこととか、風邪のひきはじめだったことも関係ないし、急いで雑に髭を剃ったせいで、知らぬ間にあごの下の毛嚢に菌が感染し、二か月後に深刻な症状を引き起こして、下あごをすべて捨てて失う羽目になるかもしれないと恐怖することも、関係ない。編纂者が今の生活をすべて捨てて、コーンウォールの人里離れた海岸のコテッジに住みたいと夢見ていることなど知る必要はない。序文で辞書編纂者たちについて書くとすれば、例えば、ある小ぶりのリンゴの種の名前について、まったく詩的になることなく事実だけ記載するのに適任である、ということくらいだろう。

辞書の序文で扱うとしたら、「完璧な辞書の読者」のほうが面白いかもしれない。一般的に、辞書を引くのは、膝を朗読台みたいにして本を広げ、最初から最後まで読み通すのとは、正反対の行為だ。もちろん、必ずしもそうでない場合もあって、辞書を読むのを仕事にしている人たちもいる。偉業を成し遂げたと言うためだけに膨大な量の辞書を読破する人たちだ。歴史の熟した果実の中を探し、辞書の読者についての人名辞典をくまなく読めば、カージャール朝のファトフ・アリー・シャーなる人物とその経歴が見つかるかもしれない。一七九七年に、ペルシャの「国王〈関連項目あり〉」となったファトフ・アリー・シャーはあの有名な百科事典の第三版を贈られた。全十八巻を読破したあと、シャーは自らの称号に「恐るべき王にしてブリタニカ百科事典のマスター」を加えたという。これこそ、すばらしき序文！　シャーの生涯の記述に添えられた小さな絵はおそらく鋼版画で、彼がシルクのローブを着て、高く積み上げられた果実の横にすわっている姿が描かれている。肖像画の背景には戦象も見える。大量の果実に、大量のカイコ、舞台裏では大量の象の鳴き声が響いていたにちがいない。

版画にぐっと目を近づけてみれば、ぜんぶが点と短い線とでできていて、くるくる巻いた指紋をきれいに伸ばしたみたいに見えるだろう。

もしかしたら、辞書を読者としてではなく、草食動物として「ブラウズ（拾い読みするという意味と、草を食むという両方の意味がある）」する人物に出くわしたことがあるかもしれない。ページのイネ科草本（細い葉が、植物体の下部から斜めについているタイプの植物）と広葉草本（植物体の上部に広い葉を広げるタイプの植物）の草むらに何時間も鼻を突っ込んで、日が沈むまで牧草地に深々と身を沈めているようなタイプだ。このやり方はお勧めだ。「ブラウズ」は心身にとてもいい。語の形や音、その「散房花序」や、「散形花序」や、「円錐花序」に目がくらむような感覚を味わえるだろう。こうしたタイプの読者は、発掘者であり、こぼれ落ちてしまった些細な事実の収集に胸をときめかせる。新しい言葉の繊細な美しさやその語源の力を発見したときのテンションの高まりときたら、最強だ。ここでそういった言葉をいくつか、探してみよう（辞書の序文というのはうっすら押しつけがましい感じがするものなのだ）。例えば、もうご存じかもしれないが、「シスリスマ」という語は、葉がさわさわと音を立てることを意味する。また、ミツバチの大腿部は「コービキュラ（花粉籠）」という。これは、ラテン語の「籠」からきている。

もちろん、辞書を「ブラウズ」するわくわく感は、難解だったりあいまいだったりする語を見つけて、持ち帰り、反芻して、会話で相手をあっと言わせるために使うことにこそある、という人もいるだろう。たしかに、わたしが辞書の下の草むらをガサガサと探って「シスリスマ」を見つけ出したのは、読者のみなさんを喜ばせるためだったのは認めるけれど、いかにも計算高い感じがしたかもしれない。わたしの思う、もったいぶっている語について語らせてほしい。「フワ〔phwoar〕（わお、むらむらする！）」。これは、やっぱり人目を忍ぶ森の中、それもあまりあからさまでない感じでふわりと口にする言葉だろう。発音しない「p」（だから、聞こえなかったはず）の話とか、さっきの「シスリスマ」はギリシャ語の「ψίθυρος（ささやき、口の悪い）」からきているとか。**へえ、面白い！**と、このタイプの辞書読者は言うだろう。辞書は、こんなふうに使うと、話のネタとなるのだ。「verbage」とか「verdage」とか（verbageはverbiage（饒舌）のミススペル、verdageはverdancy（新緑・未熟さ）のミススペル）。みんな、こういうタイプの人を一人は知っていると思う。その人にとって、会話というのは、唾を飛ばす勢いでいろいろな語を混ぜてしゃべることなのだ。このタイプの読者は、カフェの窓際の席でうとうとしているのを邪魔してきたと思ったら、植物の「アニモトゥラピズム（向風性）」について意見を述べるだけだったりする。そのせいで、こちらがぎょっとしてナプキンを落とし、椅子ごとうしろに引いたときに初めて、自らの「ルココリー（つまらないことへのこだわり）」を認めるのだ。でもそれも、謝るのにこの語を使えるからだったりする。さらに、生垣までこちらを追い詰め、「スメウス（生垣にあいている穴）」について警告してくるのだ。

もちろん、こうしたタイプの辞書読者は、語の美しさや見た目の魅力や力を愛でてはいるが、彼らにかかると、語の「sillage（飛行機雲、航跡）」の価値はたちまち「silage（サイロに貯蔵し嫌気発酵させた飼料）」と化してしまう。

彼らなら、「クリンクリング」は名詞として正しく使うだろう。ただし、大げさに（**説明過多の序文、メタ大言壮語の序文も同類？**）。

完璧な辞書読者などいないのだ。

完璧な辞書なら違いがわかるはずだ。つまりは「序詞」と「序文」の違いが。**で？ 結局、違いはなんなの？**を調べるのが辞書だ。

辞書には明晰さだけでなく誠実さも求められるのだ。

こんなふうにものごとに索引をつける人がいるとすれば、それとは別種の読者もいる。彼らは辞書が本題からそれるのを嫌がらない。辞書の指示に従って、ページからページへ、語から語へ、カクカクと視線を走らせる。左から右へ読むという基本形式にはこだわらず、項目やページを自在に横断し、ぐるぐる回ったりジグザグカーブを描いたりしながら読むのが彼らのやり方だ。彼らにとって読むというのは、好奇心に駆られたり、思わぬ発見に引きずり込まれたりしながらする行為なのだ。

序文が提示（ポーズ）するのは、答えよりも疑問が多くていいの？ それとも序文はただのポーズ？

辞書というのは、信頼できない語り手だ。

しかし、辞書を読むときは誰にも、ひそやかな喜びの瞬間があるのではないか？ ちょっと水に足をつけるような、**ほら、入りなよ、気持ちいいからさ！**的な喜びが？ なにかに足をつかまれて、噛みつかれたりしないなら、入ってみようかなって感じの。カフェの窓側の席で衆目にさらされることのない、個人的な楽しみが。

辞書を楽しんだり充足感を味わったりすることはできる。語のスペルが推測通りだったと確認できたときとか（「i.e.（すなわち）」はiがeより先とか）、一瞬、舌の先まで出かかった言葉を取りもどせたときとか。辞書を使うというより読む楽しみは、新しい語を見つけたときに訪れるのではないか。今までは名前がないままだった感覚とか質とか経験をうまいこと、まとめてくれる語を。これぞ、連帯感と気づきの生まれる瞬間だ。**わたしと同じ感覚を持っている人がほかにもいたんだ！ わたし一人じゃない！** また、なじみのない語の手触りや、新しい味わいを噛みしめたときの純然たる喜びも、楽しみの一つだ。「顎苞（グルーム）」とか「広葉草本（フォーブ）」とか。語にくっついているものを歯できれいにはがしていって、口の中で味わうのだ。

非常に現代的な辞書の中には、「キリン」という語を引くと、項目の最後に〈キリン座を参照〉とある。「キリン座」を引くと、〈キリンを参照〉とある。これが、辞書の生態系だ。

子どものころから、辞書はざっくり言って「aardvark（ツチブタ）」から始まり、「zebra（シマウマ）」で終わると教えられる。残りは、その二匹のあいだでがっつり行われる語彙の綱引きで、キリン座とキリンが審判だ。

完璧な辞書は、一人称で書かれることはないと思う。主張は客観的でなければならないからだ。二人称の「you」も使わないだろう。それでは、まるで読者に対するいじめみたいだ。序文は自信満々でないとならない。辞書というのは、憧れや、信頼や、ときめきや、幸福に関係している。でも、そう言うと、ちょっと甘ったるくて気取った感じがするかもしれない。辞書編纂者も読者ももちろん、目立たず気づかれずのほうがいいに決まっている。誰もが知っていて定義する必要がない語よりもさらに、存在感が薄いくらいがいいのだ。

完璧な序文は、やめどきを心得ているはず——

こんなふうに、辞書というのは、危険で人を酔わせるものだ。だが、記憶を百科事典にし、口に携帯型の辞書をしまっておけば、なにかと安心だ。語は口から口へと伝わっていく。ひなが母鳥から餌をもらうように。

序文にいくつ直喩を入れられるだろう？　どこまで要領を得ないものになりうる？　完璧な本は読者をつかみ、完璧な辞書は簡単につかめる。

完璧な辞書の緑の革表紙には、手の甲そっくりのしわがついているかもしれない。表面に爪を食いこませたら、三日月形の跡が残るだろう。どうしてそんなに強く辞書をつかまなきゃならないのかは謎。

この本は知識で胃もたれを起こしている。ものに名前をつけるということは、それについて知るということだ。そこには力が宿る。**「アダムとイブする」ことはできる？**[*1]　語は簡単に切れるし、絶えず膨張し、暴れまくる。奥歯のどこかに挟まれたカイコみたいに。辞書というのは、原始の直喩なのだ。

ああ、有言不実行の序文。

完璧な辞書は、カイコの努力と物語の糸を紡ぐ力が実を結んだものだ。反芻されるものとしての語。賛辞としての定義。ひとつひとつの記述は、情報に基づく直感なのだ。

完璧な辞書には、正しい語と最悪の語が正しい順で並んでいる。完璧な辞書では、すべてが正しく、真実だ。間違った定義は、よくわからない直喩と同じくらい意味がないし、意味不明な序文や不正確な語り手のように役に立たないのだから。

つまり、完璧な辞書なんてないのだ。

すべての語が美しく、優れているわけではないし、それは、語を作った人も使う人も同じだ。

正しい語を見つけるのは、個人の密やかな楽しみだ。

序文は、**ちゃんと聞いてよ**の省略表現でもある。

序文は、**ほら、もういいから**の省略表現でもある。

「ほら」

「序文はもういいから」

さあ、本を開いて——

＊1　アダムとイブが動物に名前をつけたとされている。

嘘つきのための辞書

novel（名）　ささいな話。たいていは愛に関すること

（サミュエル・ジョンソン『英語辞典』一七五五年より）

jungftak（名）　ペルシャの鳥。雄は右の翼、雌は左の翼しかない。雄は欠けている翼の代わりに鉤状の骨、雌は小穴のあいた骨があり、雌の穴に雄の鉤をひっかけることにより、飛べるようになる。雄も雌も自分だけでは飛ぶことはできない

（『ウェブスター新二十世紀英語辞典』一九四三年より）

Aは技巧的のA

artful（形）技巧的、狡猾な、器用な

その日、デイヴィッドは、わたしが卵を一個まるごと口に入れていることに気づかないまま、三分間しゃべりつづけた。

わたしはいつものスタンスでランチを食べていた——事務用品倉庫の中で前かがみになっていたってこと。片側にはカートリッジの山。反対側にはガムテープの塔。時は正午。ランチをがっつくのは悪くないし、それがオフィスの一日のハイライトってこともままある。スワンズビー会館の倉庫は天窓の下にあるんだけど、その中でスープを紙パックから直接すすったり、黄ばんだタッパーに残っている米粒をひとつひとつ舐めとったりは、これまでもよくやってた。そんなふうに食べるランチはいっそうおいしかったりする。誰にも見られていなければ、だけど。

というわけで、わたしは固ゆでの卵を口に放りこんで、もぐもぐやりながら段ボール箱に「封筒」という語が十以上の言語で印刷されているのを眺めていた。暇つぶしに、ぜんぶ暗記しようとする。「ボリーテーク（封筒）」はあいかわらずわたしの知ってる唯一のハンガリー語だ。あと、ハンガリー語なら「ビーロー」と「ルビク」も知ってるけど、それは、英語でもそのままのスペルで使

われているから。両方とも、それを発明した人の名前がついている。[*1] そんなことを考えながら、二個目の固ゆで卵を取って、ぽんと口に入れた。

ふだん通り、飼い葉桶（おけ）に顔を突っこんでる豚並みにガツガツやっていたら、倉庫の扉が開いて、編集長のデイヴィッド・スワンズビーが横向きで入ってきた。

ちなみに、デイヴィッドに編集長という肩書がついているのは、ただの職場のマナー。デイヴィッドは、代々編集長をつとめてきたスワンズビー一族出身だし、従業員はわたししかいないから、必然的にそうなってる。

とにかく、わたしが卵塞（らんそく）を起こして目を丸くしているのをよそに、デイヴィッドは中に入ると、扉をきっちり閉めた。

「ああ、マロリー、見つけられてよかった。ちょっと話をしてもいいかな？」

デイヴィッドはハンサムな七十歳で、話しながら両手を派手にふりまわすという、狭い倉庫にはむいてない癖がある。飼い主が犬に似るとか、犬が飼い主に似るとかって言うけど、いろんな意味で、デイヴィッド・スワンズビーは彼の書く文字に似ていた。滑稽なくらい背が高くて、几帳面な感じで、四角張ってる。ちなみに、わたしも、自分の字に似て、身づくろいなりアイロンがけなり、なんなら高圧蒸気滅菌が必要に見えるのは自覚してる。午後の時計の進みが遅くなるころには、字もわたしも、よれよれの塊にまで落ちぶれる。うーん、この言葉のチョイスはちょっと控えめすぎるかも。「よれよれの」という語には、「着古した」とか「使い込んだ」みたいな心地よさとか親しみやすさもあるけど、わたしの場合は、一日の終わりには単にぐちゃぐちゃになってるってだけだから。しわはどこからともなくやってきて、服と肌に一本、また一本と線を刻んで、わたしといっしょに終業時間までカウントダウンをする。まあ、スワンズビー社ではしわくらいたいした問題じゃないけど。

デイヴィッド・スワンズビーは肉体的な威圧感はないから、倉庫の奥に押しこまれたとまで言ったら言いすぎだろう。とはいえ、二人分のスペースがあるとは言えないし、実際、隅まで詰めなきゃならなかったから、隅（コーナー）という名詞が、押しこむ（コーナー）という動詞になる瞬間に立ち会ったと言えるかもしれない。

用件を切り出すのを待ったけど、本人はまず世間話をすることにこだわった。天気について当たり障りのないことを述べ、それから最近のスポーツの勝った負けたについて話し、それからまた天気の話をして、とうとうそれも終えたときには、こっちは口いっぱいの卵にいっぱいいっぱいになり、パニックを起こしかけていた。むこうは、そろそろわたしがなにかしらの返事をするか、いい感じで相槌を打つか、なにか打ち明けるか、少なくとも考えを述べると思ってるはず。いかにもこんなことはよくありますって感じで、卵を丸飲みするか、もぐもぐ嚙みながらしゃべったら、どうなるだろうか。それとも、冷静沈着に卵を吐き出し、歯形がついてぬめぬめ光っているのを手の上に乗せたまま、あなたも言いたいことを吐き出しちゃってください、って言っちゃう？　ほら、めちゃめちゃさりげないでしょって感じで？

デイヴィッドは、目の前の棚に置いてあるラベルディスペンサーのつまみをいじくり、微調整し

＊1　ビーロー（英語読みだとバイロゥ）はボールペンの意味で、ビーロー・ラースローが発明。ルービックキューブは、建築学者のルビク・エルヌーが考案。

てまっすぐに直した。さすが編集者っぽい。そして、天窓を見あげた。

「この光がどうしても苦手なんだ。きみは平気？　ひどくくっきりしてるだろ」

もごもごと返事っぽいことをつぶやく。

「ほら、見てごらん」デイヴィッドは、弱々しい光を浴びている靴へ目をやった。

ですね、って感じの声を出す。

「アプリサイド」デイヴィッドが言った。それも熱っぽく。言葉にたずさわる仕事をしてる人がやりがちなヤツだ。いかにもその道のプロって感じでうっとりと大げさに発音してみせる。ほら、ここによい言葉の価値がわかっている人間がいますよ、語源の土壌（テロワール）やヴィンテージの希少性もちゃんとわかってる人間がね、というわけだ。でもそれから、デイヴィッドはふと眉をひそめて、黙った。黙っただけで、自分のまちがいを直そうとはしなかったけど、あいにくわたしは、この言葉がスワンズビー新百科辞書の一巻にあったのを覚えていた。デイヴィッドが言おうとしていた語は、「apricity（名）冬の太陽のぬくもり」のことだ。「apricide（名）」は、儀式で豚をほふるって意味。


　スワンズビー新百科辞書が、パブのマントルピースの上で朽ちかけていたり、地元の教会のバザーからリサイクルショップへ、そしてハムスター用床材メーカーへと払い下げられていったりするのを目にしたことがある人もいるだろう。英語の辞書としては、別にいちばん初めのものでもいちばんいいものでもないし、もちろん、いちばん有名でもない。スワンズビー新百科辞書は常に、ライバルの残念な焼き直しにすぎなかった。一九三〇年の第一版から今日に至るまで、成功や厳密さにおいてはブリタニカやオックスフォード英語辞典の足元にも及ばないままだ。そう、あのつやつやしたダークブルーの表紙の墓石たち。もちろん、コリンズやチェンバーズやメリアム＝ウェブスターやマクミランにもはるか及ばない。それでも、人々の心を多少なりともとらえているとしたら、それは、スワンズビー新百科辞書が未完成だからだ。もう少しで完成だった辞書が愛されるのは、みんな、そうした愚行を楽しんでいるのか、それとも厖大な努力が無駄に終わったことへの「シャーデンフロイデ（他人の不幸を喜ぶ気持ち）」なのかはわからない。スワンズビー新百科辞書の場合、あまりにも楽観的な目標を達成することはできず、何十年分もの作業は徐々にむしばまれて、無価値なものとなり果てた。

デイヴィッド・スワンズビーに、未完成のプロジェクト、つまりは失敗作であるスワンズビー新百科辞書の本質についてたずねたらきっと、ざっと見積って六十メートルの背丈を思いきりのばし、W・H・オーデンの言葉に倣おうじゃないかと言うだろう。芸術作品は決して完成することはない、途中で見切りをつけたものがあるだけだ、と。それからハッと気づいて、書棚へ逃げこみ、十分後にもどってきて、さっきの引用はもちろんジャン・コクトーだよと言う。それからさらに十分後に、わざわざわたしのことを探しにきたと思ったら、さっきの言葉を最初に言ったのはポール・ヴァレリーさ、ときっぱり言うと思う（実際は、レオナルド・ダ・ヴィンチ）。

デイヴィッド・スワンズビーは、引用マニアでしょっちゅう引用を口にする。しかも、引用の正確さにこだわっているところを見せようと腐心する。さらには、動詞の「クォウト（引用する）」を名詞として使う人を、よく考えもしないでおだやかにたしなめもする（正しい名詞は、クオーテーション）。自分のことを棚に上げないほうがいいって言いたいけど、こっちはただのインターンだし。

わたしはもう一度うなずいた。今や、口も頭も卵でいっぱい、もう卵のことしか考えられない。

英国民がスワンズビー新百科辞書を好きなのは、未完成のプロジェクトとして芸術的もしくは哲学的魅力があるからかもしれない。但し、「未完成の魅力」っていったって、デイヴィッドが望んでいるような意味とはちがう。スワンズビー新百科辞書は、シューベルトの交響曲第八番とか、レオナルド・ダ・ヴィンチの〈東方三博士の礼拝〉とか、ガウディのサグラダファミリアとは並べようもない（すべて未完成の作品）。注がれた労力は、賞讃に値するけど。スワンズビー新百科辞書は全九巻に及び、総数二二二四七一三一三個の文字と数字が収録されている。計算する時間と忍耐のある人なら、辞書の分厚い緑の革表紙のあいだの文字と数字をつなげると約一六一マイル分にもなるってわかると思う。わたしはどうかと言えば、計算への忍耐は持ち合わせてないけど、今回のインターンシップのおかげで、時間のほうならたっぷりある。スワンズビー社で働くことになったとき、祖父はわたしに、辞書で肝心なのはポケットに入ることだと言った。なんやかんやそれで重要な単語は網羅できるだろうし、そのくらいスリムなら仕立てのいい服の形を崩さずにどこへでも持ち歩けるだろ、って。祖父がインターンシップなるものを理解しているかどうかは怪しかった（「抑留（インターンメント）って言ったか？」祖父は電話のむこうでどなり、ちゃんとした返事がないと、今度は「埋葬（インターメント）か？」って言ってた）けど、わたしのために喜んでくれているようだった。ま、銃弾くらい飛んできても平気。スワンズビー新百科辞書第一版全九巻（一九三〇）があれば、戦車だって止められる。

　十九世紀、ロンドンのスワンズビー社は百人以上の辞書編纂（へんさん）者を雇い、全員が広大な建物でせっせと働いていた。従業員一人ひとりにスワンズビー社のアタッシュケースとスワンズビー社の万年筆、さらにスワンズビー社の社名が入った便箋が支給されていたのは、有名な話だ。誰がその資金を供給していたかは見当もつかないけど、ブランディングの大切さがわかってたんだろう。広く流布している神話によれば、辞書編纂者たちは大学出たてのほやほやのところを捕獲され、これぞ英国製と言える百科辞書を世に出すために資金の潤沢な職場に配属された。たまにその人たちのことを考える。たぶん今のわたしよりも若くてピチピチの男子たちは、それまでの研究生活からひょいと摘み取られ、一世紀以上前のこの同じ建物で言語の仕事に従事していたのだ。オックスフォード大学出版局より先に第一版を出すというプレッシャーの下で。どこよりも早く偉大な辞書として認知されなければ、明確に定義された語や綿密なリサーチに基づく記述などなんにもならない！　デイヴィッド・スワンズビーの曽祖父は、一八五〇年代半ばから編纂作業を統轄していた。名前はジェロルフ。毎回スペリングを確認しなきゃって気になる名前。もじゃもじゃ髭のいかにも貴族然とした肖像画が、一階のロビーに飾られているんだけど、「ビウィスカード[*1]（頰髭を生やした）」という言葉は、ああいう顔のためにあるんだと思う。いかにも息が甘ったるそうな顔だ。臭いっていうか、ただ、いいにおいじゃないってこと。なんでそんなことを考えるんだとか、どうして肖像画を見ただけでわかるんだとかはきかないで。この世には、ちゃんとした理由がなくてもピンとくることがあるのだ。

ここでインターンを始めてから、三年になる。インターン初日に、建物を案内してもらい、会社の歴史をざっと説明された。二回の大戦前及び後に、互いに張り合いながら事業を回してきた初期の編集補佐や資金提供者たちの肖像画も見せられたけど、そのすべての出発点にいるのが、ジェロルフ・スワンズビー教授だ。この裕福な男性は、いいかっこうしいの気取った者たちを引きこみ、

＊1　古臭い・陳腐なという意味もある。

辞書編纂事業に金を出させたらしい。十九世紀の終わりごろには、相当の金が集まり、セントジェームズパークを見下ろす場所にこの会館を建てはじめた。辞書編纂事業のために造られた建物は、当時としては最先端をいくもので、建築家のバジル・スレイドが設計を手掛け、電話や、電気で動く昇降機（エレベーター）、シンクロノーム（電気信号を使って、建物にあるすべての時計が同じ時刻を刻むようになっている）の親時計などが備わっていたそうだ。ジェロルフ・スワンズビー教授は完成した建物に自分の名前を付けた。地下へ降りるため最先端のエレベーターが設置され、地下の部屋には、デイヴィッド・スワンズビーの頰髭を生やした曽祖父が購入した巨大な蒸気式の印刷機が早々に置かれ、辞書がAからZまで完成し、印刷に回されてくるのを待ち構えていたという。最初から事業は大盤振る舞いだったわけだ。

　辞書の第一版すら印刷されないうちに、それどころか、Zから始まる見出し語にもたどり着かないうちに、作業はいきなり停止した。費用のかさんだ初期のスワンズビー新百科辞書編纂事業は、辞書編集者たちが第一次世界大戦で招集され、その多くが戦死したことで、中断されたのだ。わたしが毎日通る、スワンズビー会館のわきの石碑は彼らに捧げられたもので、全員の名前がアルファベット順に刻まれている。大理石製の目録ってわけだ。

　未完の辞書とは、新しい秩序を備えた世界への大いなる希望が途中で断ち切られたものであり、花開かなかった可能性だ。とすれば、未完の辞書そのものが若くして亡くなった彼らにふさわしい追悼と言えるだろう。

　それは理解できる。かなり気まずい気持ちにはなるし、その理由は一つではないけど、理解はできる。未完成の出版物であるこの辞書は、悲しくも虚しい、笑えないジョークとして存在しているのだ。

最初の印刷機は、世界大戦の軍需品生産のために溶かされた。敷地内を案内してもらったとき、そうした細かい話はただうなずいて聞いていた。頭の中は、ようやく最低生活ができるだけの賃金を稼ぐことができるという事実でいっぱいだったから。

デイヴィッドとわたしが今働いているのは、スワンズビー会館の三階にあるみすぼらしいオフィスだ。セントジェームズパークや官庁街に近い一等地というロケーションと、建築当時のすばらしいディテールと空間のおかげで、下の階や広間は、新製品の発表会や会議や結婚式の会場として貸し出されている。そちらはすべて、すばらしく豪華で立派なままに保たれ、さまざまな顧客の多種多様なテイストに応えるために、多種多様なイベント・マネージャーが雇われ、大テントや横断幕やフラワーデザインなどを適宜、加えている。でも、最上階はイベントには使われない。下の階では、真ちゅうの金具は毎日磨かれ、埃を寄せつけず、すべてが完璧に保たれているというのに、うちのオフィスより上の階は使われないまま放っておかれていた。想像するに、最上階はいたるところに防塵シートがかけられ、影法師だらけの幽霊の村みたいになって、屋根の垂木（たるき）から綿菓子レベルのクモの巣が下がってるんじゃないかと思う。たまにオフィスの天井の上をネズミかリスか、もはや想像もつかないなにかが走っている音が聞こえる。そのせいで、漆喰のかけらがひらひらとデスクの上に落ちてくることもあった。そのことは、デイヴィッドには言っていない。デイヴィッドのほうからは、決して持ち出さない。

つまり、わたしたちが使っているオフィスは、いつでもパンフレットに載せられるようなぴかぴかのイベントスペースと、幽霊ネズミのいる荒れ果てた階に挟まれてるってわけだ。オフィスは改装されて、のっぺりとしたさえない今ふうの内装になっている。わたしがいるのは、迷った客が階段を上がってきた場合、最初に足を踏み入れる部屋だ。そのとなりに薄汚いコピー室があり、その先が事務用品の倉庫、さらに通路の突きあたりまでいくとデイヴィッド・スワンズビーのオフィスがある。この階ではいちばん広いけど、本やら書類棚やら文書ホルダーのせいで狭苦しく感じる。

　この四部屋だけが、スワンズビー社の遠大なビジョンと野望の残滓だ。いくら狭いとはいえ自分の部屋があるだけ、わたしはラッキーなんだろう。こんなに大きくて物々しい会社のたった一人の従業員なのだ。自由に使えることに感謝しないといけないかも。たとえかつての最先端技術がじわじわ荒廃しつつあるとしても。

〈イタチ言葉〉という表現をご存じだろうか。わざと曖昧な言い方をして（「〜と大抵は言われている」とか「権威筋が言うには」とか）、相手をミスリードしようとする「逃げ口上／ずるい言い回し」のことだ。わたしは最先端技術（ステイト・オブ・ジ・アート）という言葉を聞くといつも、この〈イタチ言葉〉を思い出す。いったいどの技術（アート）の話で、どんな状態（ステイト）のこと？　例えば、「うちのオフィスは最先端（ステイト・オブ・ジ・アート）のエアコンを備えている」と言われたところで、状態（ステイト）は「壊れている」だし、「技術（アート）」は「頭上でブーンという変な音を立てて、二週間ごとに真っ黄色の液をプリンターに垂らす」ことだなんて、ぜんぜん伝わらない。

〈イタチ言葉〉という慣用語は、イタチが卵の中身だけを吸い取って、殻はそのままにしておくという民間伝承からきている。「おばあさんに卵の吸い方を教える（知り尽くしている人にそのことを説く愚かさを表す）」ということわざがあるけど、だったら、「おばあさん」じゃなくて「イタチに卵の吸い方を教える」ってほうがよくない？　〈イタチ言葉〉は空っぽで中身がなく、意味がない主張だ。ちなみに、インターンに応募したときのわたしの履歴書と推薦状は、集中力と細部への気配りについていくつか〈イタチ言葉〉が入っていたし、「熱心な（パッショネイト）」のスペルもまちがえていた。

毎日かかってくる電話に出るのは、わたしの仕事だ。電話はすべて同一人物からで、すべてこの建物を爆破するという脅迫だ。

そもそもインターンを雇ったのも、この電話が理由なんじゃないかって疑ってる。だって、スワンズビー社には、「経験薄（うす）」（この言葉は〈要出典〉かも）の二十代を雇うなんて贅沢なお金がある感じはしない。前の職は、時給一ポンド五〇ペンス以下で、ベルトコンベヤーの横に立って、アイシングのついていないジンジャーマン・クッキーを三十度回転させるというものだった。デイヴィッドとの面接のとき、そのことは言わなかったし、履歴書にも書いていない。少なくともスワンズビー社で働いていれば、かたいくせにすぐに割れる顔なしの胴体の夢はこれ以上見なくてすむ。

頭がおかしくならないように、電話の合間は暇つぶしで辞書を読んでいる。デスクの上で開いた辞書にざっと目を通していくのだ。「diplome（名）高い権威によって発行された文書」「diplopia（名）物が二重に見えること」「diplostemonous（形・植物学）雄しべが二輪になっていたり、雄しべの数が花びらの二倍だったりするもの」。

じゃあ、この三つの言葉を一つの文章で使ってみましょう、と考える。ちょうどそこで、また電話が鳴る。

「おはようございます。スワンズビー社です。ご用件は？」

「地獄で焼かれろ」

面接では、具体的な職務については触れられなかった。今では、その理由がよくわかる。インターンの初日、なにも知らずに電話に出たわたしは、軽く咳払いをして、明るい声で（明るすぎる声で）受話器にむかって言った。「おはようございます。スワンズビー社、担当マロリーです」

すると、相手の声（その後、受話器を挟むわたしの肩に居座ることになる）が、ため息をついたのを覚えている。あとでデイヴィッドに相談したとき、なにかの装置かアプリでアニメのロボットみたいな声に変えてるんだろうって結論になったけど、でも、そのときはそんなことは、わかっていなかった。なにかが外れちゃったようなキィキィ声だった。

「はい？」わたしはききかえした。本能的にか、初日の緊張のせいか、今考えるとわからない。

「よく聞こえなかったのですが。失礼ですが、もう一度言っていただけ――」

「おまえら全員、死んでほしいんだよ」その声は言った。そして、電話は切れた。

男の声のように聞こえるときもあれば、女の声のようなときも、アニメの子羊みたいな声のときもあった。二、三週間もすれば、そんな電話に出るのにも慣れるだろうって思うかもしれない。くしゃみとか、朝、郵便を開封するような日常になるって。でも、じきに朝の日課になったのはこっち。電話が鳴りはじめたとたんに、本能的に感じる恐怖に対し、体が起こす一連の反応のほうだ。まず一気に顔から血の気が引き、その血がこめかみから耳の中にかけてどろりと固まってドクドクと打ち、脚から力が抜け、視界が狭くなって一点に収斂する。いちばん顕著な反応は、電話へのばした腕じゅうに現れるブツブツだかツブツブだかプツプツ、つまり「鳥肌」だった。

その日、ランチタイムに狭苦しい倉庫の中で、デイヴィッドは棚をじっと見つめたまま言った。

「例の電話か？　さっき十時に聞こえたのは電話の音？」

わたしはうなずいた。

デイヴィッドが組んでいた腕を伸ばし、ぎこちなくわたしをハグした。

デイヴィッドの肩にむかってボソボソと大丈夫ですと言う。すると、デイヴィッドは体を離し、棚の上のラベルディスペンサーのつまみがまっすぐになるよう再調整した。

「わたしのオフィスにきてくれないか？　終わったらでいいから、その――」デイヴィッドはわたしが持っている空のタッパーを見やり、初めて気づいたように言った。「ランチが」

そう言い残し、編集長は電話番を倉庫と太陽のぬくもり（アプリシティ）と天窓の下に残し、出ていった。わたしはまるまる一秒間、立ち尽くしたあと、スマホで「ハイムリック・マニューバー」[*1]を検索しながら、残りのゆで卵を食べた。「マニューバー」の正しいスペルを打ちこむのに三回失敗し、四回目にオートコレクト機能にお任せすることにした。

＊1　のどに異物が入り窒息しかけている患者に対する応急処置法。

Bはやせ我慢のB

bluff（名）やせ我慢、こけおどし、断崖

ピーター・ウィンスワースは、四回目の話し方レッスンの途中で突然のひらめきを得た。この頭痛を克服するには、両脚を抱えて体を丸め、まっすぐロックフォート＝スミス博士宅の燃えさかる暖炉に転がりこむのが、いちばんよさそうだ。

「『さあっと血がのぼり、ローズ色にそまったほほが、しんせつな彼女のしんぱいをさらけだしていた』」

博士は、この文をくりかえした。患者が再び焦がれるような目つきで暖炉を見たことには気づいていない。

新聞の広告を信用するなら（ほんの少しの努力で、大きく上達。完璧な話し方をあなたに！）、ロックフォート＝スミス博士はロンドンでもひっぱりだこの医師だ。予約帳には、そうそうたる政治家や聖職者の名がずらりと並び、最近ではそこにティヴォリ劇場の売れっ子腹話術師の名も加わった。過蓋咬合、早口、吃音、かすれ声、ついでにお歴々の話の歪曲も。ウィンスワースは、ほかの患者たちも玄関で家政婦に帽子を渡すときに、手元が震えたりするのだろうかと考えた。そうい

った面々は、診察の前に廊下で痛々しいほど自意識過剰なおしゃべりをしたり、一月のチェルシー地区の冷たい風を家の中に招き入れてしまったことを何度も何度も詫びたりはしないはずだ。きっと前のめりに腰かけ、ついに己の肺を手なずけて豊かな声を引きだし、唇をヒクヒクと軽快に動かしてみせるぞ、と胸を躍らせるのだろう。こんなふうに惨めなようすですわる者はそうそういないはずだ。それに、昨日のウィスキーがまだのどにはりつき、脳橋（ポンズ）をガンガン蹴飛ばされているような状態で、博士の早口言葉をくりかえそうとはしないだろう。

脳橋（ポンズ）というのは、昨日知った語だ。自分が完全に意味を理解しているかどうかは、よくわからない。その語を口にした人物は、言いながら、首のうしろをポンポンとやり、次に額を叩いて、これでどんな文脈で使うかわかったでしょうと言わんばかりだった――が、脳橋（ポンズ）という語の形と音はついハミングしてしまうメロディーのようにウィンスワースの頭にこびりついた。

脳橋（ポンズ）という語とウィンスワースの関係、いや、それを言うなら、「語」全般と彼の関係は、言語というものがこの世にあるとわかったその日からこじれていた。束の間（つかま）の親しさがあっという間に嫌悪感に変わるというやつだ。今朝早く、ウィンスワースはまだ昨夜の夜会服のまま、脳橋（ポンズ）という語が両耳のあいだをポンポン跳ねている状態で目を覚ました。知り合いの誕生日だったのだが、パーティはあっという間に上品な集まりから浮かれ騒ぎへ、そして酔っぱらいの会へと変わった。ポン、ポン、ポン。朝、着替えのあいだに鏡に映った自分の顔を見て、ウィンスワースは愕然（がくぜん）としながら、醒（さ）めゆく酔いの中でぎこちない起床の儀式を行った。おでこにひっかかっていた蝶ネクタイを外し、あごにくっついているポマードでべとべとになった枕の羽根を剝がし取る。そして、ドレスシューズから足を引き抜いた瞬間、博士の診察があるのを思い出したのだ。新しい靴下を履き、行方不明の傘を探すのは諦め、外へ飛び出してチェルシー地区へむかったのだった。

ロックフォート＝スミス博士は、患者の顔をしげしげと見た。ウィンスワースはコホンと咳払いをして、頭をしっかりさせ、鳴き鳥に負けない声を出そうとした。小さいくせに邪悪な小鳥は、診療所の看板鳥だが、こいつの問題は、週に一度の診察のあいだじゅうピーピー鳴いていることだけではない。ピーピーいうだけなら、ありがたいくらいだ。むしろ診察室でのあれこれに収まりをつけてくれるかもしれない。でも、この鳥は、ウィンスワースが椅子にすわると、部屋の反対側から決まって目を合わせてくる。そして、まぎれもない悪意に近い感情を持って、一目でわかるほどはっきりと息を吸いこむと、鳥類バージョンの早口言葉をやり始めるのだ。

政治家や聖職者や、ティヴォリの売れっ子腹話術師だって、鳥かごを中の住鳥ごと窓から放り投げたいというウィンスワースの衝動をわかってくれるだろう。

博士はもう一度くりかえした。「さあっと血がのぼり、ローズ色に――」

ウィンスワースには、その鳥の種類まではわからなかった。最初の診察のあと、敵を知るために可能性のありそうな候補について調べてはいた。百科辞書の仕事に就いているおかげで、こういうことについては誰にきけばいいのか、どの本なら信用できるのか、知ることのできる立場にある。憎しみを募らせ、記憶をもとになんとかあの鳥の種類を特定しようとしたせいで、その一週間は本来の仕事に支障が出たほどだ。動物学の目録すべてに目を通し、図解ガイドを舐めまわすようにながめたが、さまざまな小鳥の食性や移動パターン、分類、羽を清潔に保つために蟻浴（羽毛に蟻をすりつけたり、はわせたりする行動）をすること、神話や伝承で利用／誤用されていることや、とりわけ存在感を放っているのは料理のメニューと婦人帽子屋の目録上であること、そのほかもろもろの事実をこつこつと拾い集めただけに終わり、肝心の鳥の種類は不明なままだった。基本的には、芝居の衣装屋の常連になったスズメ、といった感じだ。どの百科辞書を見ても書いていないだろうが、人をにらみつけるべく創造された鳴き鳥がいるとしたら、ロックフォート＝スミス博士のところにいる鳥はまさにその種だということを、世に知らしめたい。そしてもし鳥がシャーッとうなり声をあげるべく創造されたとしたら、こいつはまちがいなく喜んでその特権を行使するだろう。虎視眈々（こしたんたん）とそのチャンスを狙っているようにしか見えない。

「『さあっと血がのぼり、ローズ色にそまったほほが』」ロックフォート＝スミス博士がくりかえす。

「『しんせつな彼女のしんぱいをさらけだしていた』」

小鳥はバカバカしいほどのオレンジ色をしていた。ロックフォート＝スミス博士の診察室もほとんどがオレンジ色で、リストが一つ作れそうなほどだ。

ロックフォート＝スミス博士の診察室（そのオレンジ系の複雑さ）

琥珀（アンバー）色、アンズ色、赤褐色、アウレウス（古代ローマの金貨）色、黄銅色、赤メロン色、ニンジン色、朱色、ミカン色、洋紅石色、赤銅色、サンゴ色、燃えさし色、炎色、朽ち葉色、金箔色、ジンジャー色、グレンリベット（モルトウイスキー）色（もう酒は嫌だ）、ヘンナ色、オレンジガーネット色、蜜色、溶岩色、マリーゴールド色、マーマレード色、ミモレットチーズ色、カギハシタイランチョウ（スズメ目の野鳥）色、オランウータン色、コウライウグイス色、パプリカ色、カボチャ色、赤橙色、紅色、赤茶色、黄褐色、さび色、サフラン色、赤砂色、血紅色、スペサルタイトガーネット色、タンジェリン色、暗黄色、虎色、金褐色、トパーズ色、辰砂色、ヴォチャーク（ヴォチャーク人には赤毛が多いと言われることから）色、黄褐鉄鉱色――

オレンジ色の壁掛けにオレンジ色のサテンの掛け布、鮮やかなオレンジ色のクルミ材の家具が並び、鳴き鳥もオレンジ色。それと対照的に、ロックフォート＝スミス博士はいつもとびきり苔っぽいツィードの服を着ていた。おそらく頭痛のせいだが、この四回目の話し方レッスンでは、博士のスーツがこれまでにないほど暴力的に部屋の装飾とぶつかっているように感じる。

ウィンスワースが診察室に入ったとき、鳥は試しにあれこれさえずっていたが、すぐに声を震わせるような口蓋垂顫（すいせん）動音へと進んだ。時計がしゃっくりみたいな音で時の経過を知らせ、ロックフォート＝スミス博士が「さあっとのぼった血」の呪文を厳かに唱えはじめると、鳥は己の才能はただの小アリアなどでなく、打楽器（パーカッション）アートに使うべきだといわんばかりにかごに体あたりしはじめた。

博士は首をかしげて、こちらがくりかえすのを待っている。ウィンスワースは目を閉じ、気持ちを奮い立たせ、博士の言ったことをくりかえしはじめた。一言一句が、ろくに考えられていない嘘だらけだというのに。

「さあっと――」

ガシャン、と鳥かごが音を立てた。

「血が――」

ガシャン

「――さらけだして?――」

チーンチーン

チン、チン、チーーン

チンチーンチチンチチンンン

体当たりの音、かん高い鳴き声、昨夜飲みすぎたウィスキー。痛みが頭がい骨を隅から隅まで蝕(むしば)み、ウィンスワースはついに戦いに敗れ、がくんと椅子に沈みこんだ。

ウィンスワースがロックフォート=スミス博士のレッスンを受けることになったのは、舌足らずな発音のせいということになっている。ウィンスワースが自分でレッスンを予約したわけでなく、むしろ本人はまったく乗り気ではなかった。というのも、このしゃべり方はまったくの偽物だったからだ。子どものころから学生時代、そして五年前にスワンズビー社で働きはじめてからもずっと、ピーター・ウィンスワースは発話障害を装い、身につけ、今ではすっかり変装は完成していた。

自分でもこんなしゃべり方を習得した理由はよくわからず、ただ退屈だったからとしか説明しようがない。最初は、かわいらしさを演出できるとか、そんな子どもじみたとも子どもっぽいとも言える思いつきだったかもしれない。幼いころ、舌足らずにしゃべると、大人たちの反応がぐんとやさしくなった。わかるかぎりでは(つまりは、本人が気に掛ける範囲ではということだが)、その嘘で傷つく人はいなかった。ただの気晴らし、ちょっとした楽しみにすぎなかったのだ。

時たま、一人のときに、髭剃り用の鏡にむかって自分の名前を言い[*1]、舌足らずなしゃべり方が定着してしまっていないかチェックした。

「ローズ色に！」博士が促すように言う。

「ローズ色に」ウィンスワースはくりかえした。舌が歯のうしろにあたる。

ウィンスワースの母親は幼い息子の舌足らずをかわいらしいと思ったが、父親はバカげていると考えた。そのせいで、ウィンスワース少年はますますこのふりを続けることにこだわった。父方の大叔父も同じようなしゃべり方をしたが、この祖先に関しては家族代々伝わる話がある。タイムズ紙が単語の語中文字の長い「ſ」を普通の「S」に変えたせいで、朝食の席で大叔父がしわがれ声で「フィンフルネフ！（finfulneff。正しくは sinfulness）」とか「フォロフル（forrowful。正しくは sorrowful）」と言うのは、速く読みすぎているせいだという言い訳が通用しなくなり、以来大叔父は内気になったというものだ。だがこれは、気まずい沈黙が耐えがたくなったときの話題として、ウィンスワースがでっちあげた話だった。

ウィンスワースは、明らかな害がないときは気楽に嘘をついた。学校を卒業し、運動場や居残りのときに男らしくないなどあれこれ言われることがなくなると、黒板や教科書と共に舌足らずなしゃべり方も卒業しようかとも考えた。しかし、癖になっていたのと、おそらく緊張から、スワンズビー新百科辞書の副校正係の就職面接のとき、うっかり「ひちゅようなのは――」とやってしまったのだ。

面接官の目がぐんとやさしくなった。同情したのにちがいない。こうして、そのまま舌足らずなしゃべり方を続け、ウィンスワースはやりがいのある仕事を手にした。

ところが、スワンズビー社での仕事が「S」の文字中心になると、舌足らずは差し迫った問題となった。来る日も来る日も、Sから始まる語の書かれた淡いブルーの項目カードを机の上で並び替える。ページの上の見出し語(ヘッドワード)も、項目の見出し語(レンマ)もすべて、歯擦音と厳格なシューという音で始まるものばかりだ。面接のときはウィンスワースの偽障害に好意的だった面接官つまり、ジェロルフ・スワンズビー教授が、彼を呼び出し、今年はクリスマスのボーナスの代わりにヨーロッパでも一、二を争う話し方の専門家のレッスンを受けさせてあげようとやさしい口調で言ってきたのだ。

「そろそろ〈Ryptage ~ Significant〉の巻に取りかかるからな」スワンズビー教授はそう言って、ウィンスワースの肩に手を置いた。息のにおいがわかるほど近い(柑橘(かんきつ)系と〈フライバーグ&トレイヤー〉の最高級タバコ葉が交じり合ったような不思議なにおいだった)。「問題に取り組むのにいい時期だと思ってな。ほら、きみにはこれからもわが大いなるスワンズビー新百科辞書の大使として働いてもらうわけだから」

「大使、ですか?」

ジェロルフ・スワンズビーは少し間を置いたあとで、親切そうな表情を作ろうとした。「その通りだ」ウィンスワースの肩に置かれた手にほんの少し力が入った。

舌足らずなしゃべり方は、スワンズビー社におけるウィンスワースのアイデンティティ及び存在感の一部になっていたから、この申し出に異を唱えたり断ったりするのは難しかった。ロックフォート=スミス博士とのレッスンは、会社に少なからぬ財政負担を強(し)いる額でしかるべく予定され、

*1　ウィンスワース Winceworth の ce の部分と th の部分を発音できるかどうか試していると思われる。

ウィンスワースは四週連続でオレンジ色の肘掛椅子にすわって、頭痛と戦いながら、舌足らずを装うことになったのだった。

ロックフォート゠スミス博士の指導法は変わっているが、まったく楽しくないわけでもなかった。理由の一つは、ネコとネズミ的要素が加わったからだ。つまり、ウィンスワースは本来のいたって標準的なしゃべり方を隠し、嘘がばれるのを回避しなければならない。前回のレッスンは、口の中に小石を入れて、ロックフォート゠スミス博士のカヴァデール聖書[*1]から数節を読むというものだった。また別のレッスンでは、一種の人形劇のようなものをやらされた。シルク製の実物より大きい人間の舌の模型を用い、話すときに口の筋組織をどう使うかを実演する。舌は、同席していないロックフォート゠スミス博士の夫人の作だということだった。それを聞いたとき、夫人が多くの才能を持った女性だとしても、舌の制作は特技ではなさそうだと、ウィンスワースは思った。ステッチの数か所はどう見ても目立ちすぎだったし、継ぎ目からひょろりと飛び出た詰め物が、悲しげな舌(ぜつ)乳頭(にゅうとう)みたいだ。ロックフォート゠スミス博士が、加硫(かりゅう)処理したゴム製の入れ歯のあいだに布の舌をしっかり固定させ、発声を改善する方法をあれこれ実演するのを、ウィンスワースはたっぷり半時間ほど見せられた。

しかし今日は、舌は次の出番待ちらしく、舌を振るうことなくじっとドアの横の釘にぶら下がっていた。

ロックフォート゠スミス博士は音叉(おんさ)を手に持った。「あなたの声の高さですが、適正で、音調もしっかりしています。しかし、もう一度『ローズ色』をやってみますか?」

博士は舌足らずが嘘だと見抜いているのかもしれない。**わたしの時間を無駄にするなら、そちら**

の時間もパーンパーンとパーにして差しあげますよというのが、なぜ音叉を持っているか、ウィンスワースが思いつく唯一の合理的説明だった。どちらにしろ、鳥が鳴いたら、音叉の音が聞こえるかどうか疑わしい。そもそもロックフォート＝スミス博士がどうしてこの音に耐えられるのか、わからなかった。ウィンスワースはといえば、頭痛と相まって視神経が絞られて液体を出すか、はじかれて音を鳴らすかしそうな気分だ。耳の中で血流が、ポンポンポンと音を立て、ロックフォート＝スミス博士の歯がいきなり多くなったか、もしくは口が小さくなったように感じる。目を細めれば、はっきり見えるかもしれない。両目を同時にギュギュッと細めれば、世界は耐えられる薄さに分割されるかもしれない。でも、失礼なやつだと思われたくない。そこで、そろそろとゆっくり目を細めた。ほら、そっとだ、連隊よ落ち着け[*2]……ほんの少し眉を下げ、額にわかるかわからないかくらいのしわを寄せるだけなら、ただ集中しているだけといっても通るはずだ。

音叉がまた鳴り、ウィンスワースの顔はひんまがった。

アルコールを過度に取りすぎた際のさまざまな症状を表す語があってしかるべきだ。この頭痛、この激しい被害妄想――これぜんぶをひっくるめて一言で表す語がないなんて、言語はそのぶん貧しくなっているのではないか。あとでこの件について編纂者たちと話さなければ。

ウィスキーが今朝のさまざまな惨事の原因だということについては、疑うべくもないが、さらに、

＊1　マイルズ・カヴァデールにより編纂され、一五三五年に出版された新旧約聖書の完全英語（中世英語）訳。
＊2　英国陸軍の常套句。

その前の夜のワインとオードヴィー（無色透明のフルーツブランデー）と蒸留酒もおそらく関係している。誕生日パーティの前に十分食べておかなかったのも、よくなかっただろう。屋台で焼き栗を買ったのは覚えている。でも、それ以外になにか食べたかどうか、はっきりと思い出せず、考えているうちに、あの栗はふっくら見せるために焼く前に茹でてあったような気がしてきた。質の悪い焼き栗に、バッファローが酔いつぶれるほどの酒。しかも、そのごく少量の夕食さえ、ロイヤルオペラハウスにほど近い早朝の霜に覆われた舗道に吐いてしまったのだ。そうした記憶が合体し、新たな鮮やかさを得て輝きはじめた。女性がその中にオペラグラスを落とし、ブランデー漬けの幸福に包まれたウィンスワースは、よりにもよってそれを拾って女性に渡そうとしたのだ。女性がぞっとしたようによろめいてうしろに下がったようすが、まざまざとよみがえった。

今朝、起きて、ロックフォート＝スミス博士の診察室へむかって走っていたときに、そのオペラグラスがまだコートのポケットに入っていることに気づいた。見ると、片方のレンズに小さな星印状のひび（アスタリスク）が入っていた。

ロックフォート＝スミス博士がしゃべっているあいだ、ウィンスワースはズボンのポケットに手を入れた。そして、これ以上ないというほどのなんとも言えぬ絶望に襲われた。ぎゅっと閉じた手がつかんだのは、食べ残しの誕生日ケーキだった。

「大丈夫かね、ウィンスワースくん？」

患者はゴホンと咳をした。「いいえ、どちらかと言えば――ええと、今日はどちらかと言えば暖かいですね」

「そうは思わんが」博士は暖炉を見やった。

「少しばかり風通しが悪いのかもしれません」ウィンスワースは言ったが、スズメバチの翅音のような舌足らずの発音を強調するのを忘れなかった。さらに、複合的効果を狙い、心をこめて「すみません」と付け加えたが、診察室のむこうで鳥が嫌そうな顔をした。

ロックフォート＝スミス博士はオレンジ色のノートになにか書きこんだ。「気を落とすな、ウィンスワースくん。きみにはすばらしいお仲間がいるよ。なんやかんや、モーセも舌足らずだったんだ。神もな」

「そうなんですか？」

「そうとも！」ロックフォート＝スミス博士は両腕を広げた。「それに、おめでとうを言わないのは怠慢だろうな。この数週間できみの話し方はまちがいなく上達しているよ」

ウィンスワースは上唇を袖で拭い、親指にケーキのアイシングがついているのに気づいて、両手を腿の下に差しいれた。ここへくる途中、あやまってクモの巣につっこんでしまったのだが、おかげで目に見えない力にからめとられたような嫌な感覚がずっとまとわりついている。「励みになります。ありがとうございます」

「さてと」ロックフォート＝スミス博士は音叉を膝の上に降ろした。「あごをほんのすこしリラックスさせて。『「冗談だろう！」エズラはぜっきょうし、あぜんとしたゼノの耳介をつかんだ』」

こうした文章が一般的な検査で使われているものなのか、それともロックフォート＝スミス博士が独自に考案したものなのか、ウィンスワースにはわからなかった。最初のレッスンの日、ウィンスワースは「あさはかなスーザン、すなはまにすわり、貝やかいそうをつなぎつつ、そっと歌うか、い、セイレーンの歌をしずかに聞いた」という文をくりかえし練習するようにという指示と共に帰された。レッスン中の雑談から、「スーザン」は離れて暮らしている博士の夫人の名前だとわかっていた。暖炉の上に飾られた夫人のセピア色の肖像写真は、クリノリンを着たブヨが琥珀に閉じこめられたかのようで、まるで遺影だった。ロックフォート＝スミス博士の説明によれば、留守中の妻は、もう何年も謎の衰弱性の病に苦しみ、今はアルプスのサナトリウムに引きこもっているらしい。博士の机に雑然と置かれた夫人からの手紙には、体にいい高山の空気のことや、最近流行りのミューズリーの朝食について細かく綴られていた。セイレーンと過ごしている気の毒なスーザン。博士の病気の妻を、歯擦音だらけの架空の砂浜というおとぎ話的舞台に連れこむのは、彼女が「そっと歌って」いようが、「セイレーンの歌を静かに聞い」ていようが、いささか気まずかった。そんなふうにして四十回ほどこの文をくりかえしたとき、自分が「あさはかな」という言葉を特別熱心に強調していることに気づいた。

　ロックフォート＝スミス博士は、患者のうしょをシュワンズビー社に報告したり、貴重な時間を無駄にしないでくれと非難したりするより、バカバカしい発声練習をひねりだして、この見え透いた茶番劇をどこまで続けられるか試すことにしたのだという確信は、ますます強くなっていった。いまいましい鳥も彼が嘘をついているのはお見通しにちがいない。動物は幽霊の存在を感じたり嵐がくる前に察知したりする本能があるというから、きっとその力を使ったのだ。

　しかし、今回の「あぜんとしたゼノ」と彼の耳への虐待について述べた一文は、笑わずに口にするのは無理そうだ。今日は、顔も頭も胃の内壁も、それには耐えられない。そこで、思い切って話題をそらそうとした。

「さっき——すみませんが、さっき神も舌足らずだったとおっしゃいましたか？」ウィンスワースは言った。

この質問を待っていたかのように、博士はすぐさま机のほうへいった。「ぜひともカヴァデール聖書を参照してもらいたい！　しおりを挟んでおいたんだ。イザヤ書の——確か二十八章に——」

ウィンスワースは、再発見した昨夜の誕生日ケーキをぼろぼろに崩してクッションの下に押しこもうとした。鳥はそれに気づいて、かごに体当たりをはじめた。

「そうだ。それから、ほかにもあったぞ。たしかモーセも……。そう、モーセもだ！　出エジプト記にすべてある」ロックフォート＝スミス博士は目を閉じた。『それでもなお、モーセは主に言った。ああ主よ。わたしはもともと弁が立つ方ではありません。あなたが僕（しもべ）にお言葉をかけてくださった今でもやはりそうです。全くわたしは口が重く、舌の重い者なのです』」

「自分がそんな選ばれたる一員だとは思いもしませんでした」博士の話が終わったのを確認し、ウィンスワースは言った。

カヴァデール聖書を閉じると、博士の顔に憂いの色が浮かんだ。「この世に罪が入りこんできたのは、シューシュー音を立てる蛇を通してだった」誕生日ケーキを崩す手を止め、ウィンスワースは体を固くした。「舌足らずな発音というきみの悩みは、聖書の告げるその物語を思い出すためのものにすぎないと考えるほうがよいのではないか？」

ガシャン、鳥かごが鳴った。

博士はパンと手を合わせた。「しかし、この世に治せぬものなどない。さあ、では、よければ、始めようか。『「冗談だろう！」エズラはぜっきょうし——』」

ウィンスワースは会話といくつかの復唱をこなし、なおかつ靴の上にも吐かずにすんだ。顔から血の気が引き、目が泳いでいる状態で、よくやったと言えるんじゃないか、と思ったのを覚えている。

「そろそろ今日はおしまいにしよう。レッスンはあと一回で終わりだ」博士は膝の埃を払った。

「もう舌も小石も終わりですか？　ゼノも？」ウィンスワースは手の付け根で髪をかきあげた。

「来週の最終レッスンであと何回ゼノに登場してもらえるか、考えてみるよ」

次の患者はすでに廊下で待っていた。七歳くらいの女の子で、母親のほうは「こんにちは！」とか「おはようございます！」とかやたらと声をかけてくる。女の子は、博士が頭をなでようとするとさっと身を縮めた。この子のことは、知っていた。何週間か前に、なぜレッスンを受けているか、好奇心から博士にきいてみたのだ。どうやらその子はある種の構語不全（幼児のように意味の通じない音声を出す病的状態）を患っているらしく、ほかの人間がいるところでは一切しゃべろうとしないとのことだった。読み書きの能力は抜群に高いが、人前では黙っている。両親によれば、一人のときには自分で考案した独自の言葉をしゃべっているらしい。ウィンスワースがレッスンのときに、あの女の子には進展がありましたかとたずねると、博士は言葉を濁しながらも、紙とペンとオレンジ色のクレヨンを使う方法で、女の子は想像上のトラと話していると思っているらしいことが判明したと教えてくれた。そのトラはどこへいくにもいっしょで、女の子はキムズカシヤさんと呼んでいるそうだ。

その朝、ロックフォート＝スミス博士の診察室のドアですれちがう際、二人の患者の目が合った。女の子と母親は診察室に案内されたが、おそらくキムズカシヤさんは廊下にいるのだろう。ウィンスワースはキムズカシヤさんが、飢えた目で診察室の鳥を眺めまわすようすを思い浮かべた。そして、ぼくにはちゃんとわかってるよというように女の子にむかって小さくほほえんだ。

女の子は、戸惑いながらも礼儀正しく視線を返してきた。と、次の瞬間、表情が暗くなり、はっきりうなり声とわかる声をあげた。

ポン、ポン、ポン。

ピーター・ウィンスワースは帽子を受け取ると、足早に階段を降りて、外の通りに出た。

Cは擬態のC

crypsis（名）擬態、隠蔽、保護色

その日は朝から、デイヴィッド・スワンズビーの作業に目を通していた。デイヴィッドはスワンズビー新百科辞書をデジタル化しようとしている。未完成の辞書をアップデートし、無料でネット公開することで、一族の名をあげ、先人の編集者たちの遠大なビジョンと野望を全うすることが、彼の夢だ。これは人類社会の向上のための崇高なプロジェクトであり、かつ、壮大な失敗ではなく完成した誉れ高い偉業としてスワンズビーの遺産（レガシー）を守る方策だというのが、彼の持論だ。

それを聞いたとき、わたしはこっそり「hubris（名）（不遜）」という語を辞書で引いた。

デイヴィッドが抱く未来像を実現させるため、スワンズビーの貧弱な資金の多くが辞書のデジタル化と定義のアップデートにつぎこまれている。未完成のスワンズビー新百科辞書の最初で最後かつ唯一の版が出たのは、一九三〇年代だ。それ以前の数十年分の膨大な下原稿や校正刷りを利用したのだから、少なからぬ作業量だっただろう。デイヴィッドとの会議の結果、当時の資料に新たな語を足すつもりはないということははっきりした。それは、スワンズビーの精神に沿っていないってことらしい。ただ、全項目を現代の読者にむけてアップデートしたい、とデイヴィッドは言った。

それを聞いて、わたしはつい、すでにオンライン辞書はたくさんあるし、オンラインの百科事典は専門家や趣味の参加者によって秒単位でアップデートされていると指摘してしまった。スマホでも見せた。競争するなんて不可能だ。でも、デイヴィッドには伝わらなかったみたいで、わたしが彼のヴィジョンに共感しなかったことに少し傷ついたようだった。

「つまり、そこにスワンズビーの名を加えることができれば、ようやくスワンズビー新百科辞書も天命を全うできるというわけだ！」わたしがいろいろなサイトの名前を並べてみせると、デイヴィッドはそう言った。

デイヴィッドの論理は理解できなかったけど、理解しないことで給料が出る。下のフロアに飾られたジェロルフ・スワンズビー教授の肖像画の前を通るたびに、変わり者の性格というのも遺伝するのか、ついスマホで調べてしまう。

毎日、デイヴィッド・スワンズビーは自分のオフィスへ姿を消し、一族の辞書の項目を一つ一つ何時間もかけてタイプし、それぞれの定義をできるかぎりアップデートする。遠慮なく言わせてもらうと、辞書のデジタル化が遅れ、わたしの「インターンシップ」が三年も続いているのは、デイヴィッドがオンラインチェスを発見してしまったことが主な原因の一つだと思う。しかも、それだけでなく、歴史的な名勝負を再現してくれるサイトを見つけたのだ。プログラムがアーカイブデータを掘り起こし、プレイヤーが特定の試合で使った手を指してくるらしい。つまり、そのプレイヤーの幽霊相手に腕試しができるってわけ。デイヴィッドは一九二六年に初めて行われた試合に八か月以上もハマっていた。オンライン上で、二十世紀初頭の著名なチェス史家ハロルド・ジェームズ・ルースベン・マレー（一八六八－一九五五）と対戦していたのだ。マレーは一般にはチェス史家として知られていると思うけど、彼がオックスフォード英語辞典初代編集者の、十一人いた子どものうちの一人だったという事実を知っている人もいるかもしれない。デイヴィッドの部屋の前を通りかかったときにノートパソコンを両手でバンバン叩きながら画面にむかってののしる声が聞こえてきたときとか、スワンズビーとオックスフォード英語辞典とのあいだになにか因縁のライバル関係みたいなものがあって、それにケリをつけようとしているんじゃないかとか、勘ぐりたくなる。デイヴィッドが勝ったことがあるかは知らない。でも、勝ってたら、ぜったいわたしに報告してくると思う。

一度、辞書のデジタル化についてピップに説明しようとしたことがある。二人のアパートで過ごしていた晩だった。辞書の下原稿のほとんどは、十九世紀の最後の数年間に書かれたもので、そこにある語はもちろんない語も、時代を反映している。なにか例がないかと思って、キッチンを見まわした。ほら、例えば、「ティーバッグ」。一八九九年には、まだその語は使われていなかったから、スワンズビー新百科辞書の見出し語にもない。

「動詞の？　名詞の？」ピップはきいた。ったく。わたしは顔をしかめた。[*1]

ティーバッグは、一八九九年の下書きや草稿には顔を出していない。まだ発明されていないからだ。そのころに出版されたいくつかの辞書を信じるなら、一八九九年にはまだ、誰も横とんぼ返り（カートホイール）はできなかった。そちらの意味はまだなかったのだ（荷車の車輪（カートホイール）の意味では、十四世紀から使われている）。それに、「エスカレーター」で昇ることもできない（エスカレーターの発明は一九〇〇年）。一八九九年の時点では、「ブロケッシュ（平凡な男によくある）」や名詞の「カムヒザー（誘惑）」や「ドーム（寮）」が英語の辞書に登場するのに、あと一年待たねばならない。[*2]「ハングオーバー」や「モーニングアフター」が現代のように「二日酔い」という意味で辞書に顔を出すのは、一九一九年だ。[*3] つまり、戦争で大量のページが失われたスワンズビーの辞書に載ることはなかった。もちろん言語は、戦争があろうとなかろうと変化する。会社のパーティでなにがあって二日酔いという言葉が生まれたのかは、神のみぞ知るだ。

仕事中にそんなことを考えれば考えるほど、目前だったのに手の届かなかった一九〇〇年という響きと、その年に生まれた新語が好きになった。一九〇〇年に口や耳やインク壺に入りこんできた見出し語たちだ。「ティーバッグ」「カムヒザー」「ラズマターズ（派手さ、けばけばしさ）」。一九〇〇年は一八九九年よりも、なんなら、その年にメモを取っていた辞書編纂者たちよりも、ずっと楽しそうだ。

一八九九年には、ゾウは最高級のビリヤード玉の需要を満たすために大量に殺されていた。一本の象牙から玉はわずか四つしか取れない。こうした事実を知ったのは、第五巻の「象牙」の項の、「貿易取引」という小見出しの記述を読んだからで、インターン初日に辞書を読むという作業があまりに退屈で数ページ飛ばしたときだ。電話が鳴ったのはちょうどそれと同時だった。だから、受話器を取って肩と耳のあいだに挟んだときわたしが考えていたのは、殺されたゾウたちのことだった。

百科事典や辞書や百科辞書の項目の定義をアップデートするというのは、もちろん、新しい発想でもなんでもない。わたしは、電話応対でパニック発作を起こすのと、倉庫でランチを食べる合間のほとんどを、辞書のアップデートについてあれこれ読むのに費やしていた。人物紹介はアップデ

＊1　ティーバッグは、動詞だと、陰嚢（いんのう）を口に入れたり顔の上に置いたりする行為を指すスラングでもある。
＊2　すべて初出は一九〇〇年。
＊3　ハングオーバーはもともと残存物などの意味。モーニングアフターは前日の放蕩（ほうとう）などを後悔する時期のこと。

ートが必要だし、国も名前が変わったり、なくなったりする。この点においては、スワンズビーだけが孤独な戦いを強いられているわけではない。辞書や事典類は時代に遅れまいと努力しつづけてきたわけで、スワンズビーもその立派な仲間と言っていい。エイブラハム・リース著の『提案』は、イーフレイム・チェンバーズによる『サイクロペディア、または諸芸諸学の百科事典』（一七二八）を改訂しようという試みであり、牧師だったリースは出版に先立つ教会での説教で、「時代遅れの科学は除外し、余分な箇所は削除」することを意図したと説明している。科学が発展するにつれ、新しい造語が生まれ、理解が進み、説明文は、意味がないとまでは言わなくても余分な記述で数インチずつ伸びていく。例えば、十九世紀の英国百科事典の「マラリア」の項目では、マラリアは、沼地に潜む謎の気体〈マラ アリア〉即ち「悪い空気（マラアリア）」により感染すると説明されている。事実は概して合っていて、語源にも正当な根拠があるが、マラリアのベクターコントロールで蚊の果たす役割についてはなにも触れられていない。その話になると、デイヴィッドはすぐさま、オックスフォード英語辞典の初期の版に「appendicitis（名）（虫垂炎）」が抜けていた話をする。この語が掲載されていなかったことは、一九〇二年に痛烈に批判された。というのも、この年、エドワード七世が虫垂炎の激痛に見舞われたせいで戴冠式が遅れ、この語がメディアで広く使われるようになったからだ。

従来の辞書は、個々の辞書編纂者の知的な背景や潜在的な偏見に左右されることが少なくない。デイヴィッド・スワンズビーは、まちがいがひとつもなく、あらゆる項目を適切に説明した百科辞書など不可能だと考えていて、そこに慰めを見出しているんだと思う。どんな編集者だろうと編集部だろうと、完全に客観的に編纂作業を管理するなんて不可能だ。人は孤島のごとくは生きられないし（ジョン・ダンの詩より）、辞書は恒星のごとく不動ではないし、ま、とにかくそういうこと。当然のことながら、より「今日的な意味を帯びている」語を入れるために、それまで掲載されていた語を削除しようとすると、とかく議論を呼びやすい。例えば、最近の例では、オックスフォードジュニア辞書が「尾状花序（びじょうかじょ）」と「トチの実」を削除し、代わりに「コピー&ペースト」と「ブロードバンド」を入れると言ったところ、全国ニュースとなり、怒り狂ったコメントが次々と寄せられた。それに比べれば、スワンズビーがオンライン辞書のアップデートをしたところで否定的な反応はほとんどない。ほとんど誰も気づかないからだ。

そう、ほとんどは。

また電話が鳴った。

スワンズビー新百科辞書に新たな見出し語が追加されることはないが、もともと載っている語の多くにアップデートが必要だ。例えば、動詞の「リフレッシュ」は、微調整が必要だった。一八九九年当時に、「リフレッシュ　モバイル　ストリーム」って言ったとしたら、今の意味（モバイルのデータを再読（リフレッシュ）みこみする）とはまったくちがうことを指しただろうから。同じように「タグ」「ウイルス」「フレンド」の意味も、最初にこうした語が出てきたときからはかなり変わっている。変わったと言えば、「結婚」もそう。

以下が、一八九九年の「結婚」の定義〈傍点筆者――って、めったに使わなくない？〉。

marriage（名）夫と妻という関係を構成する行為及び儀式を指す。完全な共同体内の男女間の幸福な肉体的、法的、道徳的な結びつきであり、家族の設立の起点である新しいデジタル版では、デイヴィッドが以下のようにアップデートした。

marriage（名）個人が別の個人との関係を構成する行為及び儀式を指す。二人の人間の肉体的、法的な結びつき

どういうわけか、この変更はマスコミで大きな騒ぎとなった。そして、例の電話がかかってくる引き金にもなったのだ。

電話に出るほかに、デイヴィッドがアップデートした文章のスペルや句読点をチェックするのもわたしの仕事だ。この仕事は多くの時間と労力を要した。というのも、デイヴィッドはオンラインチェス以外のテクノロジーを嫌悪していたからだ。それに、オフィスの備品の購入をケチっていた。スワンズビー社でパソコンを使うと、砂時計の表示を憎悪するようになる。わたしのパソコンのロード画面の砂時計は、無音・白黒で指の爪より小さく、上の部分には黒いドットが六個、下の部分には十個入っている。人は、人生の何か月分を、このウエストのくびれた小さなグラフィックを見つめて過ごすんだろう？　そんなことを考えていると、今度は、わたしが引き継いで使っているキーボードのことも気になりはじめる。いろんな跡がついてる。灰色とも、黒とも、茶色ともつかない。なんの跡？　皮膚？　垢（あか）？　他動詞の「スラフ（ヘビなどが皮を脱ぎ捨てる）」が浮かぶ。名詞の「シーバム（皮脂）」とか。このプラスチックの上に、以前これを使っていた手たちの履歴が残っている。中にはもう手の主（ぬし）は死んで、この擦れた跡だけが、地球上に残された唯一の生きた証（あかし）ってこともあるかも。

軽い吐き気がこみあげる。

　で、このロード画面の砂時計。砂時計のグラフィックの真ん中で、二つのドットが止まっていて、砂が落ちようとしているところを表している。画面を見ていると、この砂時計は見えない進行役の手によって何度もひっくり返されているみたいに見える。ああ、こんなこと、誰でも知ってるのに。なんでわたし、わざわざ自分に説明してるんだろう？　百科辞書がいつも手に届く範囲にあるせいで、こんな手がつけられない人間になっちゃったのかも。手がつけられないからもう手の施しようがないし、手がこんでるだけでもうお手上げ。ああもう、手も足も頭も出ない。砂時計恐怖症は、わたしだけじゃないはず。矢印とか手の形をしたポインターと仕事をしていたはずなのに、いきなりそれがぜんぜん別の目的に使う道具に早変わりするんだから。それって、衝撃に決まってる。しかも、その目的っていうのは、自分の力では達成しようもないのに、問答無用でそっちが優先されるのだ。基本ソフト（OS）がキーボードやマウスのインプットを受け入れられないってことに、パソコンが自分で折り合いをつけてくれるまで、こっちはなにもできない状態に陥る。そのあいだ、くるくる回る砂時計といやでもお付き合いしなければならない。

　デスクの電話がまた、鋭い音で鳴った。

　砂時計の形をしてるせいで、よけい不安がかきたてられるのかもしれない。いくら眺めてても、最終的にほっとできるって感じがぜんぜんしない。そう、こうやってすわったまま朽ちていくと思わされるのだ！　こんなの意味がない！　無駄だし！　どうしてピアノの音階をぜんぶ覚えたりしたんだろう？　どうして歌詞をいちいち暗記したんだろう、どうして「プロナンシエーション（発音）」なんて語をちゃんと発音しようって必死になったんだろう？　倒円錐（とうえんすい）の先っぽから下の円錐へ絶えず落ちる砂は、どう見たって、ちゃんと決まった時間をカウントダウンしてるようには思えない。なにを言いたいかっていうと、砂時計は、苛立たしい不確実性を表すのにぴったりのアイコンで、物事がちゃんと前進してるっていう感覚は与えてくれないってこと。約束された未来っていうより、ぜんぜん変わらない逃れようのない「現在性」のイメージ。ほかに、同じような不気味な効果をもたらすものっていったら、針のない時計かな。って、どうしてわたし、こんなこと考えてるんだろう？　不確実性とか不気味とか。さっきの固ゆで卵の中になにか悪いものでも入ってたとか？　いったいわたしってどういう人間――

電話がまた鳴った。

図像学では、砂時計は、ある「前進」、つまり「すべての自然物は死へむかっている」ということを暗に表す。それって、オフィスの士気によくない。パソコン画面の砂時計が空になって、また砂が補充され、また空になるのを待っていると、虚しいだけじゃなくて、人は死すべき運命にあるのだという感覚が生まれてくる。西洋の文化で「時の翁（おきな）」とか「死神」が人間の姿で描かれるときに、小道具として砂時計が好まれる理由はよくわかる。ディズニーの『ふしぎの国のアリス』の映画で、白うさぎが「遅刻だ、遅刻だ、遅刻だ！」とさけびながら、懐中時計じゃなくて砂時計をつかんでいたとしたら、図像学的にはるかにぞっとする〈ウサギの像（レポライン・シジル）〉（ちなみに、この言葉はスマホでググった）になっていただろう。頭がい骨や燃え尽きたろうそくや腐った果物に負けず劣らず、砂時計も、物質のはかなさを描くヴァニタス（寓意的な静物画）でくりかえされるお決まりの比喩のひとつだ。萎れたチューリップ、干からびた羊皮紙。こうした「死を忘れるな（メメント・モリ）」の小道具がかきたてる幽鬱な恐怖感を有効利用し、十七世紀から十八世紀の海賊船は、有名な骸骨の印と共に砂時計を描いた旗をかかげていた。砂時計の図像は墓石でもよく見かける。「時は飛翔する（テンプス・フギト）」とか「時間は飛ぶように過ぎる（ルイト・オーラ）」といった警句が添えられていることも多い。

　オフィスのパソコンは古くて、のろい。前の週は、砂時計が何度もひっくり返るのを見ているはめになり、そのあいだに、手近にあった辞書で「倒円錐」と「幽鬱」っていう語を調べた（から、使えたってわけ）。

　デスクの電話が四度目の呼び鈴を鳴らした。たいてい、ここまでしか耐えられない。でも、砂時計のイメージは必ずしも絶望というわけではない。それどころか、考えてみると、今を精一杯生きることのシンボルという場合もある。砂時計がよく紋章に描かれているのも、それが理由かも。だから、調べてみた。もちろん調べるに決まってる。それで、ネットのアーバンディクショナリードットコム（俗語や慣用句のクラウドソーシングオンライン辞書サイト）でそそられる定義を見つけた。「コンピューターが『考え中』で、無反応な状態」を表す言葉として、「砂時計する」という動詞が載っていたのだ。「砂時計している状態は、厳密にはフリーズとちがい、コンピューターの一部は動いてるんじゃないかという錯覚を与える」。家族みんなでジェスチャーゲームやお絵描きゲームで楽しく遊んでるときも、砂時計の細い口から砂の最後の一粒が落ちる瞬間、ぜんぜん楽しくない恐怖が襲ってくることってあると思う。こうしたゲームに使われる大きさの砂時計は、エッグ・タイマーとも呼ばれる。〈朝食には半熟卵〉派の人たちの使用法をそのまま名詞にしたんだろうけど、わたしに言わせると、「エッグ・タイマー」という語は、同じ砂時計の同義語仲間の「クレプサンミア」にある詩趣に欠けていると思う。辞書編纂者のノア・ウェブスターは、この言葉を彼の一八二八年版の辞書に載せた。ギリシャ語の「砂（アモス）」と「盗む（クレプト）」が語源で、砂時計のくびれから砂が一粒落ちるごとに、時が盗まれるという意味だ。「クレプサンミア」という言葉には、楽しげな鋭い歯擦音があるし、「clepsammia」というスペルが、本体をひっくり返すさまや、球体から球体へ中身がするすると落ちるさまをなんとなく想像させる。でも、スワンズビー新百科辞書の、未完のまま出版された一九三〇年版には、「クレプサンミア」は載っていない。でも、「アワーグラス（砂時計）」はハイフン付きのスペル「hour-glass（名）」で載っている。形がシンメトリーだし、二語が短い地峡でつながっている感じが、砂時計を横に倒したところか、もしくは、ちょうどひっくり返している途中っぽくも見える。

電話が鳴りつづけ、わたしの頭がい骨を穿（うが）つ。

もちろん、哀れなパソコンユーザー（＝わたし）とその待ち時間に付き合うアイコンは、砂時計だけじゃない。アップル社製品の待機カーソルはくるくる回転する円盤だけど、愛情をこめて「死の回転ビーチボール」とか「運命のビー玉」って呼ばれてる。わたしのむかしのブラックベリー社の携帯画面には、時々四角い時計のグラフィックが出てきて、針がぐるぐる回転した。ブラックベリー・タイム。アップル・タイム。エッグ・タイム。うちで使ってるノートパソコンは会社のよりはるかに新しい型で、はるかに新しい基本ソフト（OS）で動いている。砂時計はなくなり、わたしの待ち時間に付き合うのも、その後継者である光るリングへと変わった。小さな緑色の、永遠に自分の尾を食べ続けるウロボロスの蛇のようなグラフィックだ。苛々する気持ちは前と変わらない――前進してるっていうより、一時停止状態に囚われているって気がするのは同じ。だけど、よりマニア好みだったタイムキーパー係を奪われた気がする。この光る輪は、なぜか、砂時計より客観的で無慈悲な感じがしてしょうがない。海賊や時の翁よりも、文化的に近いのは『2001年宇宙の旅』の

HAL9000や、『ナイトライダー』に出てくる車、ナイト2000のアナモルフィックイコライザーじゃないかな。ヴァニタスの図像学の路線で考えると、未来の基本ソフト（OS）は、頭がい骨とか朽ちかけた花みたいな虚しさを表すアイコンを使うかも。ドットで描いた極小のシーシュポス[*1]を、むりやりスクロールバーに登らせるとか。とにかく現在、砂時計の護符は消え、わたしはそれを懐かしんでいる。「時」は「飛翔」を止めないのは確かだけど、少なくとも、前はそれが最後まで堂々と飛び続けるさまを見ていられたのに。

「砂時計」という語は、わたしにとっては、すさまじい怒りという以外の意味を失った。

　電話がまた不機嫌な音を鳴らした。わたしはため息をついて、受話器を取り、デスクのむかいの壁にある一点のシミにむかって笑みを浮かべた。

「はい、スワンズビー社です。ご用件はなんでしょうか？」

「地獄で焼かれろ、マロリー」受話器のむこうから、ゆがんだ合成声が聞こえた。

「はい」わたしは言って、シミにむかって親指を立てた。「はい、こちら担当部署です。ご用件はなんでしょうか？」

　息遣いが聞こえる。デジタル化された呼吸音が、電話線を伝ってくる。

「今日は二回目ですね」わたしは言った。自分でもどうしてそんなことを言ったのかはわからない。

「建物に爆弾を仕掛けた」そう言って、相手は電話を切り、画面上の砂時計が最後にもう一度、ひ

＊1　ギリシャ神話で、神々を欺いたため、大岩を山頂に押しあげる罰を下される。岩は、あと少しで山頂というところで転がり落ちてしまい、苦行がくりかえされる。

っくりかえった。

Dはごまかすの D

dissembling（形）ごまかす、隠す、偽装の

ウィンスワースは、業務開始は逃れられないにせよ、できるだけ遅らせたいという、いたってまともな願望を持っていた。ふだんからスワンズビー会館の外には、似たような考えの辞書編纂者たちが群れ集い、天気や近くのセントジェームズパークの芝の状態についてぐずぐずとしゃべりながら、タバコの本数を数えたり、手袋の留め具をいじったりしていた。オフィスという牢獄の外にいる時間を少しでも引き延ばしたいと思っている者たちが、その時々で人数は変動するが、礼儀作法のゲームを繰り広げる。ルールは暗黙の了解で成り立っており、この競技が就業時間を無駄に過ごすためのものだなどと大っぴらに認める者はいない。例えば、目深にかぶった帽子のふちをあげたり、スワンズビー社のベーコンみたいな縞模様のレンガの外壁を大げさに誉めたりといったことが、ゲームに含まれる。誉める際により専門的な建築用語を使うことができれば、ポイントは高くなる。言うことが尽きたり、沈黙が耐えがたくなったりすれば、ゲームオーバー。その時点で、業務時間がスタートする。

その日、ウィンスワースの業務開始時刻はロックフォート＝スミス博士のところへ寄ったせいで

ふだんより遅かったので、正面玄関の石段にはもう、いっしょに時間をつぶす同僚がいなかった。コートの折り襟から首をのばすように建物を見あげ、頭痛のもたらすカオスに負けじと用語をリストアップしていく。「ベーコンみたいな縞模様のレンガ」は、その分野の専門家には受け入れられないだろうから、スタートとしてはよろしくない。建物の建築様式は「クイーン・アン」？　ここでだらだらしていたときに誰かが口にしたのは、「クイーン・アン」だったか？　それとも、あれは聞きまちがいで、スワンズビー会館の形やデザインや建築材を表す建築用語は「クイーナン」が正しいのだろうか？　そのときは、相手に合わせてただうなずき、そのまま受け入れた。言語というのは、必ずしも実際に使ってみたいと思うとはかぎらず、受け入れ、信頼するものなのだ。「クイーナン」だとして、それが今まで聞いたことのある建築用語の中でいちばんそれらしくないわけでもない。今、取り組んでいる新百科辞書のSの巻では、「スカチョン（盾形飾り座金）」「スクインチ（入隅迫持）」「シスタイル（集柱式）」について調べなければならなかったが、どの語も口の中で転がすと、馴染みのない質感と水の跳ねるような感覚があった。どんな語も、実際必要になるまでは無意味に思える。その語の表すものについてよく知るようになって初めて、意味があると思えるのだ。ウィンスワースは、クイーナンの石段と薄切りベーコンの壁から二階の窓へと視線を移した。それから三階の隅石、その上の階の張り出し窓から、破風（ペディメント）と煙突へ、さらに、その上に広がる一月の面白くもない空っぽの空、そして錬鉄製の風向計の上の椋鳥（むくどり）か鳩らしき点、など、など、などを眺めた。

そろそろ意味のない言語調査を手伝いにいかなければ。これ以上は引き延ばせない。ウィンスワースはネクタイをまっすぐに直し、木製の大きなドアに肩を押しつけた。

体に染みついた行動パターンは知らず知らずのうちに現われる。完全に無意識的で、一般に共有されるものもある。朝食のお湯を沸かしているときに蒸気からパッと手を引っこめるとか、体温を下げるために額に汗をかくとか。必ずしも自然発生的に生まれるのでなく、育まれる反応もある。初めは自律神経による反応だったのが、だんだん儀式化し、日々の行動パターンに組みこまれる。例えば、ウィンスワースは、スワンズビー会館の敷居をまたいだとたん、偽の舌足らずが落とし格子よろしく舌に落ちてくる。今やあまりにも決まりきったこととなり、いちいち考える必要すらない。

スワンズビー新百科辞書の仕事に就いてだいぶ経つから、一種の筋肉記憶を獲得している。正面玄関からコート掛けへと舵を切り、それから自分の席を目指して二階の中央にあるスクリプナリーホールへとあがっていくが、このときにもっとも効率よく手すりをつかんでは放すためにどのくらいはずみをつけて腕を振ればいいかは、正確に把握している。階段を上がっていくのはウィンスワースだけではなく、やわらかい足が石の段を踏むポン、ポン、ポンという音が加わる。ジェロルフ・スワンズビー教授のお墨付きで、書類にネズミを近づけないように社をうろついている猫たちのうち一匹が、いっしょにのぼってくる。今日ついてきたネズミハンターは黄色くて図体の大きなやつだ。ウィンスワースは手を伸ばして、耳のうしろを掻いてやったが、猫はミャッと鳴いて顔を背けた。こいつも頭痛持ちなのかもしれない。猫の頭痛はもっとすべすべとなめらかそうな感じがするが。

ロックフォート＝スミス博士の診療所からスワンズビー会館まで歩いてくるあいだ、ウィンスワースはまたもや、今現在の自分の頭痛にぴったりの語がなぜ作られていないのかという苛立ちに襲われた。爪ではじかれるような、冷酷なまでに意地の悪い痛み。酔っていた時間に対するどろっとした強烈な罪悪感と、それをまさに具現化したような肉体的苦痛。記憶も、まるで痛みのせいで脳から締め出されたかのように一部失われている。飲みすぎると、やってくるこの頭痛。世界は、この苦痛に語を与えるのを求めているはずではないか？　もし存在しないなら、自らの名を冠し、ウィンスワースと名づけたらどうだろう？　「ひどいウィンスワース症状に襲われた」「おそろしいウィンスワースになったため、本日の仕事は休ませていただきます」そうしたら、この語は彼の遺産（レガシー）となって、彼の名は何世代にもわたってくりかえされることになるだろう。あとでこの語がすでにスラングや方言として存在していないか調べるのを忘れないようにしよう、とウィンスワースは頭に刻んだ。もしかしたらドーセット州あたりに、新鮮で素朴で、ぶっきらぼうな摩擦音と平板で重い母音を持った語があるかもしれない。

スクリブナリーホールへつづく廊下まであがると、寄木張りの床に靴底が擦れるキュッという音がウィンスワースと猫を出迎えた。建築における「デコールム」とは、建物が適切かどうか、つまり、建物のパーツや装飾が場所や用途に合っているかということを表す用語だ。スワンズビー会館の中央にある、スクリブナリーホールは円形の壁に沿って棚が並び、広々として明るく、高い窓があって、頭上に白い漆喰の円天井を戴いている。古代ローマの集会場（バシリカ）の音響を備えた、本好きたちの闘牛場といったところだ。どんよりとした一月ですら、下で働く社員たちに日の光が槍のように降りそそぎ、古い書類をガサガサと動かすたびに舞いあがる埃が光の中で凝固する。ホールには少なくとも五十の机が、入り口のほうをむいて一定の間隔で並んでいる。ペーパーナイフの平たい刃に光が反射し、あちこちでちらちらと鈍い光を放つ。

スクリブナリーホールで聞こえる音のほとんどは、紙にまつわるものだ。書類が机の上を滑るときの歯擦音。紙をきちんとそろえるときの音は、それよりわずかにたどたどしい。だだっ広いホールの壁を埋める棚にぴっちり入っている本を取りだすときの、ギギギギギズズッという音。こういったものを、辞書編纂者はすぐ分類したがる。ともあれ、ロックフォート＝スミス博士のオレンジ色の鳴き鳥のもたらす悪夢と比べれば、はるかに歓迎すべき、大聖堂のような静けさに包まれていた。ましてや、馬がいななき人や馬車が忙しくゆきかうバードケージ通りをはじめとしたロンドンの大抵の通りとは、比べるべくもない。聞こえてくる音はおしなべて低い。ページをはがすようにめくる音、猫たちが机から床に降りたつ音。机からドーム型のホールの壁に設けられた分類棚へ、辞書編纂者たちが密やかに移動したときに時折発するくしゃみと鼻をすする音がハイライトだ。分類棚は、アルファベット順にラベルの付いたそびえるような木製のキャビネットで、ホールの壁に沿ってぐるりと取り付けられている。

「鳩の穴（ピジョンホール）」とも呼ばれる分類棚は、その日がいい日だったかそうでなかったかによって、「鳩小屋」とも「魔窟（まくつ）」とも呼ばれる。ウィンスワースの机は、Sから始まる見出し語の棚の横にあった。

ウィンスワースは、まだガンガンしている頭を抱えたままこそこそと椅子にすわった。この「こそこそ」という言葉は、彼の動きを形容するのにぴったりだ。彼としては流れるような動きのつもりのときでさえ、他人にはやはり「こそこそ」して見える。建物に入るのと同時に舌足らずが降ってくるのと同じで、机にすわると同時に両肩がクィッと不自然にあがる。ウィンスワースは本能的にスワンズビー社仕様の万年筆へ手をのばした。が、万年筆はいつもの場所になかった。彼は、使い道を思い出そうとするように自分の両手を見つめた。

スクリブナリーホールでは、誰もがつぶやくように会話する。すべてが、「ボソボソ」「ブツブツ」もしくは「ヒソヒソ」レベルで行われ、例外は、ごくたまに訪れるひらめきの瞬間か、嘆かわしいまちがいやミスが見つかったときくらいだ。大抵は眉をひそめる程度だが、結局のところ、どんないい加減な辞書編纂者も所詮は人間であり、ウィンスワースも無論、この突発的な声をあげるという罪を犯していた。スペルのまちがいや文法のうっかりミスが目に入ったとたん、どうしても体が反応してしまう。盛大にチッと舌を鳴らすと、少し緊張がほどけるのだ。この感じは、文章を読む者なら誰もが経験しているのではないだろうか。つまり、精巧に組み立てられた文章が、手の中をするするとすべっていくロープみたいに頭の中を通り抜けていく。だが、まちがいや、集中をとぎらせるような曖昧な表現が出てきたり、奇抜な構文やウッとなるような単語や文法が登場すると、そこで流れが中断されたり、たどたどしくなったりしてしまう。左の二文の手触りを比べてみてほしい。

① The quick brown fox jumped over the lazy dog.
② The jumx quickfoot browned oevr the, dogly laze.

二番目のほうを見て思わず舌打ちしたとしても、仕方なかろう[*1]。

ウィンスワースのとなりの机にすわっている同僚は、舌打ち派ではない。ビーレフェルトはまちがいや流れが中断する箇所を見つけると、のどの奥から馬のいななきとも、鼻が詰まった音ともつかない声を漏らす。ひどく苦しそうに聞こえるので、ぎょっとさせられることも多い。目を見開き、きれいに整えた頰髭を逆になぞり、小さく高い叫声を響かせる。野生動物の声のようだが、ワイングラスを指でこすったときの音にも似ていなくもない。彼がその声を出すと、猫も辞書編纂者たちも思わず振り返る。その瞬間が過ぎると、ビーレフェルトはまた穏やかな表情にもどってまちがっている箇所に線を引くか、あるいは、引っかかったところまでもどり、なにごともなかったかのように続きを読みはじめるのだった。

スワンズビー社の平和は、こうしたやかましい声にかなり頻繁に引き裂かれていたが、ウィンスワース以外の者は誰も気にするようすはなかった。

左側にすわっている叫／鼻声ビーレフェルトはすでにせっせとなにかを書いている。ビーレフェルトは、ワインを入れるカラフェみたいな体型をしている。右の席のアップルトンは、コーヒープレス体型だ。三人は、ぼそぼそといつもの社交辞令を交わした。

ウィンスワースの机は、昨日のブルーの項目カードとくしゃくしゃの紙切れが散らばったままで、いつでも仕事に取りかかれる状態だったが、本人のほうがそんな状態ではなかった。昨日、片づけようなどと考えもしなかったことを、後悔する。机がすっきりすれば、頭もすっきりする。これを表す語が必要だ。落ち着いてかつ合理的に働けるよう環境が整えられている状態を示す語。そんな語をのんびり考えるなんて、贅沢かもしれない。だが、もし考えるとしたら……古典ラテン語を少々ふりかけ、母音とリズムに大理石像のひんやり感を与えたい。そうだ、「クワイエセント」（ラ

＊1　二つの文はパングラム（アルファベットのすべての文字を、なるべく重複が少なくなるように使った短文）になっている。①は、「すばしこい茶色のキツネが、ものぐさな犬を飛び越えた」というような意味。②は意味を成さない文。

テン語の「quiescere」の現在分詞「quiescens」からの派生語で、「休む、静かにする」の意味だ）の感じを取り入れよう。ウィンスワースは机の上を整理しながら、新しい料理の作り方を編み出すかのように新しい言葉の組み立てを考えた。「quiescens」の派生語のストックから借りればいいが、それにプロヴァンス語の「ais」やイタリア語の「agio」（荷の重い、あるいは困難な義務から解放する）と同じ語源の古フランス語の「eise（ゆとり）」や「aise（安らぎ）」のようなニュアンスのある「elbow room（十分な空間）」か「ease（気楽さ）」の持つ安定感を加え、そこへ混ぜる言葉は――そうだな、アルプスの川をたどる感じで考えてみよう。川は、ゲルマン祖語の「friskaz（新鮮な）」から流れ出し、古英語の「fersc（水の）」を経由して、「fersh（淡水の、純粋な、甘い、真剣な）」を通り、最終的に「fresh（新たな、未使用の）」へ流れこむのだ。語源の持つ気の利いた躍動感を、この新しい言葉に少々まぶすというわけだ。よし、これでどうだろう？

freasquiscent（形）　落ち着いてかつ合理的に働けるよう環境が整えられている状態
例文：机は、フリースキセントで、いつでも仕事に取りかかれる。

肩をトントンと叩かれ、ウィンスワースは跳びあがった。
「昨日の夜は、たいしたパーティだったよ。そうじゃないか?!」
ウィンスワースは、手を見て、それからこちらを覗きこんでいる顔を見あげた。スワンズビー社で働くうちに、同僚を分類するのを意識的に避けるようになっていた。自分の中だけでカテゴリー分けする（ビーレフェルト↓カラフェ、アップルトン↓コーヒープレス）のさえ不当だし、なんなら非人間的だとすら思っていたが、かなりの人間が活字を組むかのごとく決まった型にぴたりとはまるのだ。類型化したり、月並みな表現を使ったりするのは本望ではないので、例えば今、目をぱちくりさせながらさわやかに自分を見下ろしている男は、古英語学者とだけ認識するようにしていた。スワンズビー社の辞書編纂者たちの中でもこの種族は、半分雲からできているように見える。頭のてっぺんに白い雲がのっかり、あごにも白い雲がかかっている。目も曇っているし、必要以上に近づいてしゃべるときの息もどこか、ほかの人間より生暖かく重たいように感じられた。彼らは常に、目に見えない横風に押されたかのようにこちらへ身を乗り出してくるし、移動するときも廊下の真ん中を歩いたり、机のあいだも一方に寄ることなく通るなど、いちいち場所をとる。強引にではなく、おだやかに空間を占拠するのだ。歩き方も、ぐいぐい寄ってきたりずかずかやってきたりはせず、ふわふわと漂うような感じだ。

しゃべるときの声は小さく、母音の発音がごつごつとしていて抑揚（よくよう）がある。この男も例外ではない。

「パーティ」ウィンスワースはくりかえした。「ああ、昨日の夜の？　ええ、すごかったですね、あのパーティは」

雲はうなずいて、にやっとし、ぷかぷかと漂っていった。

円天井のホールでウィンスワースが交わす会話の内容と範囲は、だいたいいくつかのパターンに分けられる。例えば、スワンズビー新百科辞書を仕切っているふわふわ髭の天才、ジェロルフ・スワンズビー教授は、ランチの前にウィンスワースの机の横を通るときは必ず「おはよう、ウィンスワース！」と声をかけてくる。必ず同じイントネーション、同じ語順だ。またエドマンドという、手紙や書類を配る係の少年がいるが、籐製の口車ならぬ手押し車を調子よくキィキィと鳴らしながらやってきて「今日の分です！」と大きな声でさけぶ。と、ウィンスワースは決まって「じゃあ、なにがきたか見てみようか！」と言ってしまうのだ。毎回同じ抑揚、同じ高さ、同じ声域、同じ声量だ。

ごくたまに、同僚がウィンスワースの机へやってきて、天気やクリケットの点数やちょっとした政治の問題について意見を述べることもある。だが、彼の意見をききたいわけではない。なにか具体的な答えを求めて、彼に話しかける者はいないのだ。

どうしてむこうはこっちを型にはめようとするんだろう、とウィンスワースは思う。存在感の薄い男とか。堅苦(デコールム)しい舌足らずなやつとか。

配達係のエドマンドがやってくる。そして、案の定、「今日の分です！」という声と共に、書類や手紙がドサッと机の上へ置かれた。ウィンスワースは思わずまた跳びあがってしまった。

「ああ、じゃあ、なにが——」反射的にいつものセリフを口にしかけ、ウィンスワースは雲のうしろ姿へ目をやった。「なにがきたか——」続きを言おうとしたが、声は明らかに震え、昨夜の名残でまだかすかにウィスキーがかっている。

少年はすでに次の机へ移動し、かごからアップルトンの書類を取りだすところだった。

「今日の分です！」少年はアップルトンに言った。

「どうもありがとう」ウィンスワースは誰にともなく言った。

「どうもありがとう！」アップルトンは書類を受け取った。

一日の手順はいたってシンプルだ。ウィンスワースは日々、さまざまな語とその定義の出典を受けとり、ふるいにかけ、査定し、注釈をつける。最終的な定義を書く準備が整うと、目の前の淡いブルーの項目カードの山から一枚取って、スワンズビー社の万年筆を使い、定義をしたためる。記入済みのカードは、毎日の終わりにエドマンドが集め、スクリブナリーホールの壁にアルファベット順に並んでいる分類棚にしまうことになっていた。そこで、語は辞書の校正刷りに加えられるのを待つのだ。

アップルトンと目が合った。「ウィンスワース、昨日の夜はちゃんとうちへ帰れたか？　顔色がちと悪いぞ」

「うむ。そうか、だろう？」ウィンスワースは答えた。案の定、アップルトンはウィンスワースの答えなどまったく聞いておらず、続けて言った。

「まったくのところ、頭で鐘が鳴っているみたいだったよ。フラシャムの一族は、ルバーブジャムを売って、あんなすばらしいコニャックを手に入れられるんだな」

「だろう？」ウィンスワースはもう一度言った。それから、もうひとつの便利な相槌フレーズもくりかえした。「そうか？」

「だとしても」アップルトンは、机に散らばっている封筒をペーパーナイフでかきませた。「ようやくあの幸せなカップルに会えたな」

ウィンスワースは目をしばたたかせた。昨日の夜の記憶が浮かびあがってくる。

横からビーレフェルトが口を挟んだ。「フラシャムは手紙で何度か彼女のことを書いていたよな？」

アップルトンは、誰もすわっていないフラシャムの机のほうへ顔をむけた。スクリブナリーホールでその机だけは、書類と項目カードがなく、代わりに、机の主が旅行先から送ってきた写真や土産品がへりというへりに、羽根みたいに飾られていた。

「いいや、書いてきていない」ウィンスワースは言った。「一度も書かれていなかった」

「テレンスが帰国してよかったよ。これで、やつの動向を観察できる」アップルトンは言った。

「いや、最悪だね」と、ウィンスワース。

「長すぎたよ、あまりに長すぎた。やつと、やつの影みたいなだんまりグロソップはいったいどこでなにをしていたか、神のみぞ知るだな」

「茄子（なす）だよ」ウィンスワースは教えてやった。

アップルトンの表情はピクリともしなかった。「だが、昨日は忙しくて、やつとちゃんと話す機会はなかったよ。次に顔を出したときには、とっ捕まえてやらないとな。やつがバラライカを弾いたのは見たか？　たいした代物だよ！　実にすばらしい男だ。さあて！」アップルトンは伸びをして、肩の筋肉をほぐすようにくねくねさせた。「仕事にとりかかるか」そして、またウィンスワースと目を合わせた。ウィンスワースはうつろな笑みを浮かべた。「さっきなにか言ったか？」

「いや？」

「ならいいが」アップルトンは言ったが、いぶかしげな顔をするくらいの気遣いはあった。

ギギギギギギズズッ。近くの棚から本を取りだす音がした。

「かなりの美人だったよな？」ビーレフェルトが反対の席から言った。

「え、なんだって？」アップルトンが、ウィンスワースの机越しに身を乗り出した。アップルトンの目が、白目（ピューター）の杯にさしてある鉛筆の至近距離まで迫るのが、嫌でも目に入る。

「フィアンセだよ。ほら、例の彼女。話せたか？」ビーレフェルトがたずねた。

「話してないよ」アップルトンが言った。

「おれも話してない」と、ビーレフェルトが嘆く。

「話した」と、ウィンスワースは答えたが、誰も聞いていなかった。鉛筆と、その至近距離にあるアップルトンの目から、どうしても目が離せない。中でも一本が、目と数ミリしか離れていない。

「わたしも、彼女とお話しさせていただく機会はなかったわ。ずいぶんとお高く留まってるわよね」うしろの机から、めったに聞くことのない女性の声がした。ウィンスワースたちと同じく百科辞書の仕事をしている双子のコッティンガム姉妹の片割れだ。片方が古代スカンジナビア語文献学の専門家で、もう片方がケルト語派に属するゲール語の権威だということをウィンスワースは知っていたし、二人はそっくりだが、片方が真っ黒い髪、もう片方が真っ白い髪をしていることも認識していた。なかなか奇抜だが天然ではなく、それぞれが別個の人格であるのを確認するために、いろいろな染料やオイルを塗布した結果らしい。実際、黒髪のほうのミス・コッティンガムは一度、きかれてもいないのに、ラム酒と海狸香（かいりこう）のオイルを混ぜたものを夜に毛の根元にすりこむのが育毛及び健康的な艶を出すのに効果的だと、長々説明したことがあった。おそらくその養生法のせいで、彼女のシフトドレスの襟元に錆（さび）みたいなしみがあるのだろう。

　ウィンスワースはある仮説を立てていた――スワンズビーで働いている者は誰もこの双子のファーストネームを知らない、もしくは関心がない、というものだ。スワンズビー社に勤めて五年になるが、まだ一度も二人別々に紹介されたことはなく、また、こちらから名前をたずねる勇気もなかった。二人に話しかける必要があるときは、いつも頭の中で調味料姉妹と呼んでいた。一人がペッパー頭、もう一人がソルト頭、というわけだ。

スクリブナリーホールの手洗いのタイルには、品のないリメリック[*1]が刻まれていた。押韻には、「オシアニック（ゲールの詩人オシアンの訳詩のような、という意味）」が使われており、なかなか創意に富んではいた。

コッティンガムの片割れの声を聞いて、ビーレフェルトとアップルトンはすわったままぐるりと向きを変え、首をのばした。あと半インチ近ければ、アップルトンの目は抉(えぐ)られていただろう。ウィンスワースはそのさまを一瞬、空想した。目玉が抉り出され、机のあいだを縫うように進んでいくエドマンドのカゴにポンと入るところを。

「そもそも彼女は英語をしゃべるのか？」ビーレフェルトはしつこく言った。ソルト・コッティンガムは肩をすくめ、こちらへやってきた。

「さあね」

「フラシャムとしゃべる隙なんて誰もなかったろ」アップルトンが言い、ウィンスワース以外、みんなが二心のない愛情のこもった笑いを漏らした。

「ハッハッハッ」みんなの笑いが収まったころ、ウィンスワースはわざと半秒ほど遅れてひどくゆっくり笑ってみせた。また別の古英語の雲が机のあいだをせかせかとやってきたので、ビーレフェルトはさも忙しそうに「フリースキセント」な机の上のメモを整理しはじめた。メモを重ねて並び替え、もう一度重ねて、いかにも仕事をしてますふうの演出をしてみせる。

「彼女、旧ロシア皇帝と親戚関係にあるって噂よ」ミス・コッティンガムが言った。

ウィンスワースはぱっと振り返り、ビーレフェルトとアップルトンが同時に言った。「うそだろ！」「うそだろ？」

「娘とか姪とかっていうんじゃないわよ。だけど、皇帝の家系図のどこかに引っかかってるってこと」

「ほんとか？　その手は食わないぞ」アップルトンが言った。

「家系図がでかけりゃ、おれだって皇帝の親戚ってことになるさ」ビーレフェルトはフフンと笑った。

「ティンブクトゥ長官とかね[*2]」ミス・コッティンガムが言い、みんなはまた笑った。

「だけど、本当だとしても驚かないよ」と、ビーレフェルト。「フラシャムは、あらゆる上流階級の人たちと交流があるみたいじゃないか。考えてもみろよ、ロシア皇后が仲間に加わるなんてさ」

「彼女はロシアのイルクーツク出身だって、フラシャムは言ってなかったか？」ゴシップ好きのアップルトンが言った。

「ああ、今ちょうどイルクーツクの項目を書き換えているところなんだ。彼女と話せたら、役に立っただろうにな」ビーレフェルトが言った。こうなったら、ビーレフェルトはさっそく雑学を披露するにちがいない。スワンズビーの研究者たちはこれをやらずにはいられないのだ。「イルクーツクの紋章は、ビーバーみたいな動物がクロテンを口に咥（くわ）えたところだって知ってたか？　もともとその動物は『バブル』だったのに、役人が『ボブル（ビーバー）』と勘ちがいして誤訳したんだ。本当は、地域の方言(1)では『バブル』はシベリアトラという意味だったのに！　トラがビーバーになっちま

＊1　ユーモラスな五行詩。「ＡＡＢＢＡ」の脚韻を踏むもの。

＊2　マリ中部の商業都市だが、「異国」や「遠い土地」の比喩として使われる。

ったってわけさ。まったく驚きだよな」

ウィンスワースはあくびを噛み殺し、今朝のトラのキムズカシヤさんのことをつらつらと考えた。ビーレフェルトとアップルトンは、ありがたいことにそれ以上しゃべらず、眉をクイッとあげただけで、自分たちの机のほうへむき直った。ウィンスワースも自分の机のいちばん上の封筒を手に取ると、振って中身を出し、さっと目を通した。ループの多い筆記体で、茶色のインクで書かれ、あちこちに下線が引いてある。

……指示通り、同封したのは、Sから始まる言葉の証拠書類です……大聖堂学部長から頂いた調理法から取った極めて印象的な例……但し、なぜ種なし干しブドウ（サルタナ）に二日間乾燥させた柑橘類の皮をこのような方法で合わせるかは、まったくの……

「フラシャムの父親がコールリッジと親しかったって知ってる？」うしろからペッパー・コッティンガムのほうがささやいた。ウィンスワースとビーレフェルトとアップルトンはまたもや振り返り、ゴシップの抗しがたい力に引き寄せられ、またぐるぐると同じ軌道を描きはじめた。

「こっちの手も食わせようってか⁉」アップルトンが言った。

「そりゃ、すごいな！」

アップルトンを正面から見据え、ウィンスワースは言った。「きみはコーヒープレスそっくりだ。前からそう思ってたんだよ」これもまた、完全に無視された。

「それとも、ワーズワースだったかしら？」ペッパー・コッティンガムが言った。「どっちかよ。

ううん、やっぱりコールリッジだわ」

「ちょうどまとめているところなんだよ——ええと、どこだ？」ビーレフェルトは机の上に重なっている書類をガサガサと引っかきまわし、スクリブナリーホールに新たなテンポの紙音を響かせた。「あった！　これだ！　コールリッジの初期の造語のひとつなんだが——」ビーレフェルトは勝ち誇ったように顔を紅潮させて、ブルーの項目カードを一枚かかげた。「ソウルメイト、名詞だ！」ビーレフェルトの声が響くと、「シィィィィ！」という声があちこちからほとばしり出てホールじゅうにさざ波のように広がっていった。それを受け、四人は声を落とした。ビーレフェルトが引用を読みあげた。「『生活の伴侶だけでなく魂の伴侶（ソウルメイト）を持たなければなりません』ほらな！　この言葉が最初に使われたのは、コールリッジの手紙なんだ」ビーレフェルトは、ウィンスワースに言わせれば〝名ハンター〟といわんばかりの笑みを浮かべた。

「ちょうど昨日、彼の論説で『スーパーセンシュアス（超感覚的）』の初期の使用例を見つけたところよ」ソルト・コッティンガムが、対抗意識をにじませた声で言った。

「そりゃすごい」アップルトンはいったんそこで黙ってから、ビリヤードでブレイクエースを決めるかのように付け加えた。「もちろん、ぼくが入手したコールリッジの資料にも、彼の使った斬新な言葉が出てきたよ。ええと、なんだったっけ？　ああ、そうだ。『アストログノシー（恒星天文学）』と『ミスティシズム（神秘主義）』だ。数か月前かな。それに、この夏、コールリッジが『ロマンティサイズ（美化する、理想化する）』をどう活用したかがわかってね、うれしかったよ」

「この世に、『自己陶酔（ナルシシズム）』って言葉があるのは知ってるか？」ウィンスワースは言った。「名詞だ」

三人がこちらをむいた。

「ごめんなさい、ウィンスワース。今、なにか言った？」ミス・コッティンガムが言った。

「その、たださ――」アップルトンは、鉛筆のささっている白目(ピューター)の杯を見て、天井を仰ぎ、それからミス・コッティンガムとビーレフェルトのほうへわかるよなと言わんばかりの視線を送ると、またウィンスワースを見た。「ほら、舌足らずはさ！　たまによく聞き取れ――」

そこへ、ビーレフェルトが言った。「前からよく言ってるんだけど、コールリッジの格言が正しくて、『詩人は世界の非公認の立法者である』っていうなら、辞書編纂者なんて詩人の倍、そうだよな。目立たないだけで」

「ああ、そりゃいいな！」アップルトンが言い、ミス・コッティンガムもパチンと手を叩いた。

「それを言ったのは――本当はシェリー――」ウィンスワースは言いかけたが、まさにそのとき、数えきれないほどいるスクリブナリーの猫のうち一匹が机の上に飛びのった。

「わっ！」アップルトンが声をあげる。

「おやおや、うれしいお客だね！」ビーレフェルトが言う。

「落ち着いて」と、ミス・コッティンガム。

猫はウィンスワースをじっと見た。心の中を見透かすように。ウィンスワースが手を伸ばすと、猫はウィンスワースを見つめたまま、数歩うしろに下がり、一瞬動きを止めて、落ち着き払った態度でゆっくりと時間をかけ、まるめた毛のようなうっすら湿ったものをウィンスワースの書類と膝の上に吐きだした。

アップルトンとビーレフェルトがうしろへ飛びのいたひょうしに、椅子が床に擦れ、またもやホールに「シィィィィ」という声が響き渡った。

Eは責任逃れのE

esquivalience（名）新オックスフォード英語辞典 **CD-ROM** 第一版に掲載された実在しない語で、公の責任を故意に回避すること

爆破予告があった場合どうするかなんて訓練は、受けたことはない。というか、そもそも訓練なんてなにも受けたことがなかったから、まずたっぷり一分間受話器を見つめてしまった。それからスマホを手に取って、勤め先のカフェにいるピップにメッセージを送った。〈ごめん、もうだめかもしれない。愛してる、さようなら。キス〉。作業を保存もしないでパソコンの電源を落とす。窓の外で、ツタがそよ風にはずむように揺れているのを見たあと、デスクのすぐ横にある赤い火災報知器の「強く押す」と書いてある部分をこぶしでガツンと叩いた。初日からずっとこのボタンを押すところを夢想していた従業員の持てる全熱情を込めて。

そして、この建物の火災報知器が機能していないのを知った。経費節減の一端だろう。じゃあどうすればと思ったとき、例の事務用品の倉庫に、「非常用安全のしおり」があったのを思い出した。パウチ加工の下に点々としみが浮き出ていたけど、そこに、三角形に人がつまずいているピクトグラムが描かれていて、曲げた膝の上あたりに、それこそドッカーン！　って感じの爆発を表す赤い

トゲトゲの吹きだしみたいなものがついていた。そこで、倉庫までいって、その安全のしおりを取り、ギュッと胸に押しつけた。それから、デイヴィッドのオフィスへいってドアをノックすると、デイヴィッドはパソコンの前で背を丸め、人差し指二本でキーボードを叩いていた。

「またやつから電話か？」デイヴィッドは顔もあげずにきいた。

わたしが状況を説明し、火災報知器を力いっぱい叩いたところを再演して見せると、デイヴィッドはあきれたような顔をした。

「この状況はつまり――」わたしは安全のしおりを見て、正しい言葉を探した。「『建物から即刻避難』すべきなのでは？」

「非難されたくないしな」デイヴィッドがうれしそうな顔をしているので、合わせたほうがいい気がしてわたしもニッと笑った。

「猫も連れていったほうがいいかな？」デイヴィッドはそう言って、形だけデスクの下を見まわしたあと、「いや、ちがうな。優先順位がちがう。よし、いこう――」こうして、わたしたちは階段を降りて、中央ホールを抜け、ほほえんでいるジェロルフ・スワンズビーの肖像画の下を通って、一二〇年間の昇降で研磨された石段を外の通りへむかって駆け下りた。

「警察（999）には通報したか？」階段を降りながら、デイヴィッドがきいた。わたしはうなずいてから、見られないようにこっそりスマホに999と打ちこんだ。

警察はすぐにやってきた。爆破予告を本気で受け止めたらしい。スワンズビー会館はバッキンガム宮殿にも近いから、もともと装備が用意されていて、素早く行動に入る／移る／かかることができるんだろう。警官の一人は迷彩服に蛍光色の反射ベストをつけていたけど、迷彩服と反射ベストって役割が正反対のような気がする。とにかく、あらゆる特殊装備を身につけた特別警察が建物のドアから突入していった。中を「徹頭徹尾捜索」するためだろう。犯罪ドラマでよく聞くフレーズだ。わたしたちは少し離れたところから、ちょっと圧倒されて傍観していた。というか、わたしは圧倒されていたけど、デイヴィッドのほうは、警官がドアの塗装に傷をつけるんじゃないかってほうが気になってるみたいだった。

「今日は、イベントの予約が入ってなくてよかった」警官たちが中へなだれ込んでいくのを見ながら、デイヴィッドはどこか上の空なようすで言った。「これだけ広い建物に、われわれ二人しかいなかったわけだからな。結婚式が入ってたらどうなっていたことか」

わたしたちは待つように言われた。わたしは、電話の作り声について精一杯説明し、しょっちゅうかかってきていたことも伝えた。警官はそうした細かい説明をすべて書き留めると、わたしに大丈夫かどうかたずね、その答えもメモした。そして最後に、わたしの名前をきいて、スペリングを確かめた。「登山家のマロリーと同じスペリング？」

デイヴィッドがわたしの答えを熱心に聞いているので、わたしのファーストネームの起源とか意味になにか見解でもあるのかと思うほどだった。名前には一家言あるタイプだとか？　ま、わたしも、ジェロルフなどという名前の人の子孫だったら、そうなったかもしれない。前に、アメリカのテレビドラマの『ファミリータイズ』（一九八二－八九）に出てくるうぬぼれ屋のマロリーから名前をとったのかってきかれたことがある。マイケル・J・フォックスにキスしないマロリーだ。『ナチュラル・ボーン・キラーズ』（一九九四）の猟奇的な妻にちなんでつけたとか？　ってきかれたこともある。こっちのマロリーはウディ・ハレルソンにキスする。中には、頭の中が暴走して、スペルが違うのに、イーニッド・ブライトンの「マロリータワーズ学園」シリーズ（一九四六－五一）を思い浮かべる人や、さらにはアーサー王伝説の作者まで遡る人もいる（『アーサー王の死』の作者サー・トマス・マロリーのこと）。でも、今回の、エベレストで行方不明（一九二四）になったハンサムな隊員は新顔だった（エベレスト登頂に挑戦した登山家ジョージ・マロリー）。みんな、うちの親のことをどういう人たちだと思ってるんだろ？

ものの本によれば、わたしのマロリーのスペル〔Mallory〕は古フランス語からきていて、「不運な人間」という意味らしい。

これが本当だとしたら、確かにうちの親ってどういう人たちなんだろう。

デイヴィッドは警官と話しているあいだ、そうすれば会話や進行を早められるとでも思ってるみたいに手や腕を振り回していた。「どこかの頭のおかしなやつだ」デイヴィッドは、彼のかなりある翼幅を広げながら言った。「完全にやられてる。頭のネジがとんでるんだ、狂ってるんだよ」

「そうした言葉は適切ではありませんね」警官が言った。

「ああ、確かにな。じゃあ、イカれてる（バーキング）、とか？」

別の警官が、まだしばらく捜索が続くからと、セントジェームズパークの売店で季節外れのアイスクリームを買ってきてくれた。デイヴィッドには99フレーク（ソフトクリーム）、自分にはカリッポ（スティック状のアイスキャンディ）、わたしにはチョコレートコーティングされたアイスだった。アイスを選ぶにあたってわたしたちのことをどうプロファイリングしたのかは考えないようにする。彼がアイスを配り、わたしたちは広告板に寄りかかった。パトカーの点滅する青いライトが、デイヴィッドのソフトクリームに当たって、チカチカ光るネオンに影を作っている。腕を組んでスワンズビー会館を見あげているわたしたちを、観光客が写真に撮っていた。

すると、道路のむこう側から声がした。

「マロリー？」

ここでひとつ。人は、職場でのお決まりのやり方とかふるまい方を作り上げる。それってそんなに大変なことじゃないし、一日を乗り切るために、自分のキャラクターの一部を、あるいはすべてを切り替えることにしている人もいる——というか、多いだろう。ところが、例えば、脅迫電話のせいで一日のパターンが変わって、そんなときに、えっと、通りの反対側から、そう、すぐそこに突然、世界一愛している相手が現われたとする。いきなり。マンホールからラスベガスの舞台の下から出てきたみたいに、手品師の帽子から引っぱり出されたみたいに、黄金の光をともなって天から降りてきたみたいに。その声なら、自分の名前よりもよく知ってる。朝起きたときに最初に聞き、夜寝る前に最後に聞く声であってほしいと願っている声なんだから。その声の持ち主とずっといっしょにいたい、その声がこの世に存在するあらゆる言葉を、あらゆる抑揚で、口にするのをすべて聞きつくすまでずっと。そう願い、その人を見るたびに恋に落ち、その人が存在するからというただそれだけの理由で恋に落ちていることに恋をし、一日のうちでなにがいいことなのかを定義するのも、ううん、いいこととはなにかを定義するのも、その人なのだ。

愛っていうのは、そんなふうにすばらしくくだらないものでしょ？　たわ言、戯れ言、寝言、うわごと、痴れ言、空言、虚言、世迷い言、たわけた話、バカ話、出鱈目、ナンセンスなどなど。これぜんぶ、いっぺんにまとめたようなもの。「恐怖」みたいなものはもっと簡潔でわかりやすいけど、「愛」はいきなり核心(ハート)を突く。

「マロリー！」ピップがさけんだ。そして、道路を渡ってきたけど、警官に止められた。「無事？無事だよね？」

「うん、大丈夫。どうしてここに？」

「メッセージがきたから。あのメッセージ、完全に――」そこで、ピップはハッと言葉を呑みこんだ。「えっと、ごめん、すぐに来られなくて――」

デイヴィッドはソフトクリームにかぶりつき、わたしたち二人を遠慮深げに見つめた。カリッポい、した警官はピップの肩に手をかけ、わたしたちを引き離した。それってひどいけど、ある意味では助かった。というのも、わたしはバカみたいに、二人が親密な理由をなんとか考えだそうとしていたからだ。**友だちなんです。いとこなんです。この人、わたしの名前を当てずっぽうで当てたんです。って、なにそれ？　その確率って――**

「すみません」警官が言っている。ピップはうしろに下がった。「このお嬢さんとお知り合いですか？」

ピップはわたしを見て、それからデイヴィッド・スワンズビーを見た。

「ルームメイトなんです」ピップは答えた。

わたしはうなずいた。

今日の朝、ピップは仕事へいく支度をする前に、ただなんとなくわたしの体の部分を指さしながら名前を並べていた。「爪半月(つめはんげつ)」と言ってわたしの指先を指さし、次に「パーリキュ（親指と人差し指の間の皮膚）」

を指す。そんなふうに名前を挙げながら、ベッドの上をまず横に進み、次に上へとのぼっていって、最後、「眉間（みけん）」と言って、目の間を指さした。そこで、ちょっと間があき、それから言った。「ホニャララ」

「人中（じんちゅう）（鼻の下にあるくぼみ）」わたしは教えた。

「そう、それだ」

「これで、勢ぞろい」

「そろい踏みってやつだね」ピップが言い、わたしたちは続きを続けた。

常にすべてをすべての人に説明する必要はないと、わたしは思う。でも、ピップの意見は違う。というか、違うって口で言うんじゃなくて、身をもって示している。わたしは職場ではカミングアウトしていない。ピップはそれを卑怯だとは言わない。逆の立場だったら、わたしは言ったと思う。

学校では、いい辞書かどうかの判定基準は、解剖学もしくは卑語関連の語があるかどうかだった。例の四文字の語たちだ。[*1] たいてい、ページの端が折られているのはこの語が載っているところだけだった。この判定基準をスワンズビー新百科辞書の草稿に適用したら、「ディック」は「職人のエプロン」の別の言い方だとか、「ジズ」には「鳥類もしくは植物の特徴から得られる全体的な印象や外観のこと」という意味もあるって学べたはずなのに（ディックはペニスの卑語、ジズは精液の卑語）。教育の機会の損失。悪い言葉が載っているのを見るのがスリリングなのは、よくわかる。学校で、辞書の「cunopic」と

＊1　主な卑語に四文字が多いことから。fuck や shit や suck など。

「cup」のあいだ、もしくは「penintime」と「penitence」のあいだをのぞきこめば、ちゃんとそこにあるのだ、卑猥だと――顔を赤くしたり小声でしか口に出さないものだと、小さいころからずっと思ってきた語が。[*1] そして、これを書いた辞書編纂者はなんて堕落した人なんだと思い、頭の中では卑猥なことを考えながら取り澄ました顔をしてこうした語をタイプしたんだ、とか、生徒たちを色めき立たせ、自分もぞくぞく感を味わうために、辞書にこっそり忍びこませたにちがいない、などと夢想するのだ。

学校辞書のこうした使い方は、子どもっぽい興奮を呼ぶ語をふるい分ける砂金探しのようなもので、みんなついそれに参加してしまう。わたしがそれ以外の言葉を引いたのは、ほかのみんなが下校したあと、教室に一人になってからだった。ただの好奇心だって自分に言い聞かせて。そのときは、辞書っていうのは道しるべを探すようなものだって、あるいは、鏡を見たりするようなことだって、気づいていなかった。[*2]

butch（他・動）（動物を）殺す、売るためにほふる。または、切り刻むこと

dyke（名）溝やえぐられた場所

gay（自・動）陽気な、明るい。もしくは、愉快な〈廃〉

lesbian rule（名）計るものに合わせて曲げられる物差し（大抵は鉛製）〈比喩的〉特に法律原

理で、状況に合わせ柔軟に適応させることを表す

queer（形）不思議な、妙な、変わっている、風変わりな。または　疑わしい人物、怪しい、いかがわしい。（俗）硬貨もしくは紙幣　偽金、偽札

queer（自・動）たずねる、質問する、ぶち壊す、だめにする。もしくは、評判や（人の）チャンスを台無しにする、（人を）不利な立場に置く

あのころ、学校でもクローゼットについて考えていたのを覚えている。クローゼットの中に人がいるのと、骸骨が入ってるのと、微妙な違いはあるか、とか。[＊3] はっきりさせたくて辞書を引いたけど、なにも載っていなかった。恥ずかしくなって体が火照（ほて）るのを感じながらページをめくった。

ピップは、勤め先のカフェでもカミングアウトしていた。ピップにしてみれば、当たり前——だって家族にも職場の人にも、どこでもなんでも、煮ても焼いても、とにかくカミングアウトしてるんだから。ピップって子宮から出てきたときにはもう、襟に小さなバッジをつけてたんじゃない

＊1　cunt（女性器の卑語）とpenis（陰茎）のこと。
＊2　続く語はすべてゲイ・レズビアンに関わるスラングでもある。
＊3　「クローゼットの中の骸骨」は内輪の秘密という意味の慣用句。そこから、性的指向を公にすることを「クローゼットから出る（カミングアウト）」という言い方をする。

かって思う。〈ラベンダーメナス〉(反ゲイ活動をしているキリスト教右派に対するスローガン)とか、〈10%じゃ足りない！　もっと、もっと、もっと増やせ！〉って書かれたやつ。

「デイヴィッド・スワンズビーは、マロリーが話したところで、顔色一つ変えないよ」ピップは前にそう言ったことがある。カミングアウトの話題を出したときだ。「それに、顔色が悪くなったら、お灸をすえてあげればいいよ」

ピップは正しい。いつもそう。だけど、まちがってる。そう、いつも。

「お灸をすえる」わたしはくりかえした。

「じゃなきゃ、悪いオオカミ――じゃなくて、悪いブッチ〔butch〕の彼女がきて、片をつけるからって言えば？」ピップはうなり声をあげながら、寝室のむこうへのしのしと歩いていった。

「ピップは、一人でわたしたち二人分の勇気を持ってるよね」ジョークのつもりだったけど、なんだかメロドラマっぽい、メロメロな感じになってしまった。ピップは答えなかった。

別にカミングアウトしたくないわけじゃない、とわたしは心の中で言った。カミングアウトしてる人たちのことはすごいと思うし、羨ましいし、勇敢ですばらしいと思う。わたしには、それを言い表す言葉がない、ほかのみんなはわかってるらしいのに。地味でつまらない、抑えつけられ押さえこまれた恐怖のせい。前に食肉処理施設のドキュメンタリーで、殺される前、家畜にどんな生物学上の影響があるかっていう話をしていた。家畜が苦痛を感じた場合、乳酸とアドレナリンが増えることによって肉の味は変わるらしい。「恐怖は肉質と味を低下させる」という字幕がジャーンと表示され、それ以降、食肉処理施設のドキュメンタリーは一切見るのをやめた。

お皿を洗っているときになにげなく、職場にかかってくる電話のことを話した。びっくりした。

ピップがわっと泣き出して、わたしを抱き寄せたから。

スワンズビー会館の外で警察に囲まれていると、一羽の鳩がこのときとばかりにデイヴィッドの足元に落ちているソフトクリームのコーンのかけらを失敬した。

「ああ、マロリーのルームメイトか。そう言えば、彼女から聞いていたかもしれません」

「へえ、そうですか」と、ピップ。

「それはそれは。どうぞよろしく」デイヴィッドがピップと親しげに握手するのを見て、わたしは頭にきて、思わず引き離したくなった。二人は、ベン図上で交わりも触れ合いもしない二つの円のはずなのに。ロンドンはそんな事態が起こらないですむ広さがあるはずなのに。

「ちょっとした騒ぎがありましてね」デイヴィッドは、不安そうに上を見ているピップにむかってはにかみながら言った。「なんでもないことです」

「両方なんてありえる？　騒ぎなのに、なんでもないって？」ピップはわたしのほうをむいた。

「メッセージに書いてたじゃん――」

「なんでもないの」わたしは言った。

「なんでもあるように見えるけど」ピップは警察の車や警官のほうへ腕を振った。

「くだらない悪ふざけよ。一応、警察が安全を確かめてるだけ。火災報知器が鳴らなかったから、通報するしかなくて――」

「そのまま黒焦げになるかもしれなかったじゃん！」ピップはデイヴィッドを上から下まで見た。背が高い分、やや時間がかかった。「信じられないくらい違法だよ！」

「違法に程度などありませんね」デイヴィッドは言わずにはいられなかった。「違法か違法じゃないか、のどちらかです」

「mansplain（動）（マンスプレイン。男性が、無知と決めつけた相手に解説すること）」がスワンズビー新百科辞書に載る日はきそうもない。

「じゃ、あなたが信じらんないってことですね」ピップは、いかにもピップっぽい感じでくいっと頭をもたげた。ところが、デイヴィッドのほうは上の空で、足元に気をとられて目をやった——

男性が一人、警察など目に入らないかのように能天気なようすで舗道を歩いてきて、ふだん通りの散歩ルートを楽しむべくわたしたちのあいだを通り抜けた。わたしは毎日通勤でウェストミンスター通りを歩いているが、道はすべて自分のものだと信じて疑わない人たちがいる。さて、その男性は小さな犬も連れていたが、犬は爆破予告のせいで自分に注目が集まらないと思ったのか、わざわざわたしの上司の足元を通るタイミングを選び、おもむろに芝居がかったしぐさで排便したのだ。

「うわ！」デイヴィッドが声をあげた。

「うそ！」と、ピップ。

「申し訳ありません」と、通行人。「これまでこの子はこんなこと、したことなかったのに」

アイスクリームの警官が同僚にたずねた。「これって、条例違反か？」

「ちゃんと片づければ、ちがうんじゃないでしょうか」デイヴィッドが答えた。

ピップはポケットをパンパンと叩いて、ビニール袋を探すふりをした。

わたしはチョコアイスの残りを口にほうりこむと、アイスクリームの安っぽい包装袋で、今日のごたごたのうちでは比較的簡単に片が付くものをしゃがんで拾いあげた。わたしはこのために地上に遣わされたのかも。この先、勇敢にも誇り高くもなれなそうだけど、タイミングと場を取りなすちょっとした方法は心得ている。

「騎士道精神だね」ピップは言った。みんなのためにこの場を収めたから。

アイスクリームが歯にしみる。

「もうおしまいでいいですかね？」デイヴィッドが警官にきいた。警官は無線にむかってなにかしゃべっている。

あたしゃ忙しいんでね、という顔をして、犬はリードをぐいぐい引っぱった。堅苦しいこと抜きにうまいコミュニケーションが取れたことにご満悦らしい。

「じゃ、会えてよかったです」ピップが言った。誰にむかって言ったのか、よくわからなかったけど、ピップはわたしの手からチョコアイスの包装袋を取ると、振り返りもせずに立ち去っていった。

Fは作り話のF

fabrication（名）作り話、でっち上げ、作り事

ウィンスワースは、誰も見ていないのを確かめ、スワンズビー社の革製アタッシュケースを開いた。スワンズビーに勤めて数年経つが、ウィンスワースにはちょっとした暇つぶし兼ささやかな愉しみがあった。単語とその定義を創作することだ。気がむいたときに、くだらない思いつきを無断借用した便箋に書きつけている。スクリブナリーホールの同僚たちとの交流から、語が生まれるときもある。「bielefoldian（名）わずらわしいやつ」[*1]。「titpalcat（名）ちょうどいいときに気をそらしてくれる存在」[*2]。スワンズビー百科辞書の項目のスタイルでちょっとした作り話を創作することもある。偽の項目を書くために、十四世紀のコンスタンティノープルの高官や、日本アルプスで暮らす小さな宗派をひねり出した。でも、なにより、こうした偽の項目を作るのは、既存の語彙の足りないところを補うためということが多い。つまり、現在流通している語にはぴったりくるものがない感覚や事実を表す語を創作するわけだ。きっかけは、多岐にわたる。おいしくない食べ物について詩的な気分が盛りあがって生み出された言葉もあれば――「susposset（名）かさを増やすため

にアイスクリームに白墨を混ぜているんじゃないかという疑い」[*3]――、日々の出来事の反芻からできることもある――「coofugual（動）鳩たちが目を覚ますこと」[*4]、「relectoblivious（形）集中力の欠如や早く終えたいという気持ちのせいで、同じフレーズや行をうっかり二度読んでしまうこと」[*5]、「larch（動）白昼夢に時間を割くこと」[*6]。

ウィンスワースは、両手をほぐした。別に誰かに迷惑をかけるわけじゃない、と心の中でつぶやく。ちょっとした個人的な愉しみがあったっていいだろう。いなくても話題の中心になるフラシャムのことを考え、さっき見つけたスワンズビー社の万年筆の先を齧った。安物で中が空洞になっているので、噛み切ってしまうんじゃないかと心配になることが、たまにないこともない。そして、なにも書いていない新しい項目カードを取ると、書きはじめた。

frashopric（名）頭の悪い人間が金の力で得た職もしくは地位[*7]

＊1　Bielefeld（ビーレフェルト）と接尾語 -an（～する人）を組み合わせた語。またドイツにあるビーレフェルト市をめぐって、存在しないという〝陰謀論〟があることもこの語の意味を強化している。

＊2　Titivillus（96頁参照）、pal（友だち）、猫（cat）を組み合わせた語。

＊3　suspicion（疑い）と posset（熱い牛乳を固まらせた飲み物）を組み合わせた語。

＊4　coo（鳩の鳴き声）と fugue（音楽のフーガ）を組み合わせた語。

＊5　接頭辞 re-（くりかえし）、lector（朗読するひと）、oblivious（気づかない）を組み合わせた語。

＊6　lurch（よろめく）や lark（ヒバリの意味だが戯れという意味も）からインスピレーションを受けた語。

＊7　Frasham（フラシャム）と prick（嫌なやつ）を組み合わせた語。

テレンス・クロヴィス・フラシャムは、ウィンスワースの舌足らずをからかってくる数少ない一人だ。スワンズビー社の寵児（ちょうじ）だが、それは辞書編纂者として特別才能があるからでも、勤勉だからでもない。一族のジャム事業のおかげでものすごい金持ちだったのだ。それだけでも役立つが、さらに、ものすごい金持ちの友人たちの自尊心をくすぐって虜（とりこ）にするという生まれながらの才能も持ち合わせていた。たまにジェロルフ教授の金庫の中身が寂しくなってくると、フラシャムはキンキラのパンパンに膨れあがった夜会（ソワレ）を開き、知人友人たちに寄付を募る。と、魔法のように金が現われるのだ。この、辞書のための資金を獲得するという類稀なる才能のおかげで、フラシャムはたまにスワンズビー社に顔を出すたびに、小公子か大スポンサーかというもてなしを受けることになった。

　ウィンスワースも時折、こうした資金集めの会の招待状を目にすることがあった。季節によって、ダンスだったりボートレースだったりするが、一度も出席しようという気は起きなかった。どちらにしろ、ウィンスワースに差し出せるものなどないし、服装でなにかまちがいをやらかすか、礼儀作法上のうっかりミスを犯すに決まっている。**テレンシュ・クロヴィシュ・フュラシャム**。先月ウィンスワースの机にいつの間にか置かれていた招待状によれば、フラシャムは二七歳の誕生日に一五〇〇マイルクラブの会員となったそうで、〈その偉業をいっしょに祝いませんか？〉と書かれていた。

　テレンス・クロヴィス・フラシャムがいる場で深酒をしてしまった理由はたくさんあった。フラシャムはハンサムで人気があり、プロ級のテニスプレイヤーという座にある。テニスでは、大学在学中に、フェンシングと長距離泳と並んでオックスフォード・ケンブリッジ対抗試合の代表選手に選ばれていた。対するウィンスワースは（そもそも「対する」つもりならば、だが）中堅のチェスプレイヤーという立ち位置だ。またフラシャムは、大の自慢屋という腹立たしい性分ながら、一見、実に魅力的なのだ。ウィンスワースとは同期入社で、年齢も近かった。

　パーティの招待状によれば、フラシャムはシベリアから無事帰ってきたことにより会員資格を得たということだった。この長期出張は、Sの巻のために「シャーマン〔shaman〕」と「木舟（ストラス）〔struse〕」の語源、及び「皇帝（ツァー）〔tsar〕」（「t」で始まるのに？　実に不明瞭かつ難解だ）の正しいスペルを調査するためにスワンズビー社が資金を出したものだ。フラシャムがどうやってジェロルフ・スワンズビー教授を説得したのか、ウィンスワースには未だに謎だった。フラシャムは、みんなの知るかぎりロシア語なんて、一言だってしゃべれないし、訳す能力もない。「spurious（形）うさんくさい、まことしやかな」。この言葉はラテン語の「spurius（違法の）」からきており、それは非嫡出子を意味する「spurius（名）」に由来し、「spurius」はエトルリア語の「世間」を意味する「spural」からきている。フラシャムはスワンズビー社に送ってきた手紙によれば、「starlet（名）（小さい星、若手の女優）」の語源をたどるために、ロシアの上流階級のさまざまな人に拝謁する必要まで生じたらしかった。

　これまでの二人の人生を並べてみれば、フラシャムはアジアの大草原地帯へ派遣され、一方のピーター・ウィンスワースが治療費は会社負担でチェルシー通りのロックフォート＝スミス博士のもとへ行くことになったのは、妥当だと思われる。やがて、フラシャムの写真が次々とスワンズビー社に送られてくるようになった。ロンドンがもうもうと霧の立ちこめた夏と秋をすごし、自動車に道を譲るために馬たちが殺され、地下鉄を通すために都市が魚のごとく三枚におろされているさなかに、フラシャムが送ってくる写真を見て、立派な大人であるスワンズビー社の人々は羨望と興奮で歓声をあげることになった。ラクダに乗っているフラシャム。シルクの服を着て、バイカル湖を眺めながら外交官とお茶を飲んでいるフラシャム。とりわけ芝居がかっていたのが、フラシャムがセイウチと取っ組み合っているふりをしている写真で、スワンズビー社の面々はヒステリーさながらの興奮状態となり、その写真はすぐさま、聖壇に捧げられるがごとくフラシャムの机に飾られた。

その写真のすみっこに、かろうじてグロソップも写っていた。フラシャムといっしょに派遣されたスワンズビー社の社員だ。背が高くがっしりした同僚に対し、ロナルド・グロソップには魅力的なところがまるでなかった。おそらく、フラシャムが特別見た目がいいことの証なのだろうが、そんなフラシャムの横にいつもいるためか、グロソップの特徴を思い出すのは至難の業だった（実際、横にいるどころか、ウェストミンスターのオフィスだろうがベーリング海の海岸だろうが、グロソップは常にフラシャムの近くに控え、万年筆と紙を手に駆けずり回っていたようだ）。ウィンスワース自身、グロソップがどんな声をしていたか、思い出せなかった。そもそもしゃべっているのを聞いたことがあるかどうかすら、定かではない。覚えているのは、ベストのポケットにライムグリーンのハンカチを入れていることだけだった。目立つ色なので、スクリブナリーの広い中央ホールでセントエルモの火のように輝いている光景はおなじみになっていた。グロソップはフラシャムの助手のように扱われていたが、実際は、スワンズビー社での肩書は同じで、グロソップの言語及び文献学の知識はフラシャムのそれをはるかに上回る。一年にわたるシベリア出張のあいだ、辞書編纂に関わる実際の作業はほとんどグロソップがやっていたのではないかと、ウィンスワースはにらんでいた。重労働は（劇的効果をもたらすセイウチなどは除いて）、ほとんどグロソップがやったにちがいない。

セイウチの写真では、グロソップはフレームからはみだしそうなところに立っている。ぼんやりとかすんで背景と化しているが、手斧を持って、ひどい仕打ちを受けているセイウチの浮氷仲間のひれを切り落とそうとしているようだ。

フラシャムの写真には手紙が添えられていたが、たいてい隠喩とスペルミスがちりばめられていた。肝心の語源調査の進み具合については、まともに書かれていたためしはない。

前に一度、ビーレフェルトはウィンスワースがひどく悲しげにセイウチの写真を見ているのに気づき、通りすがりに明るく声をかけてきた。「片や勇猛なるフィールドワーク、片や激務のデスクワークだな！」

ウィンスワースは笑みを返すと、スワンズビー社の万年筆をきつすぎるくらいぎゅっと握りしめた。手元に目を落とすと、「solecism（名）（文法違反）」のメモにインクが飛び散っていた。

Gは幽霊のG

ghost（動）ゴーストライターを務める

警察に電話はただのいたずらか悪ふざけだから中にもどってもいいと言われ、デイヴィッドとわたしはオフィスのある三階へもどった。デイヴィッドは、火災報知器は次は作動するからと言って階段下にある電気系統の箱の中をいじくっているので、任せておいた。すると、一時間くらい経ったときに、内線で電話がかかってきて（わたしはざっと見積って四〇〇フィート跳びあがった）、デイヴィッドの部屋にくるように言われた。

デイヴィッドがわたしを呼んだのは、ピップに会ったからではない。そんなはずない。そんなふうに考えるなんて、どうかしてる。ありえない、ありえない、ありえない、けど、その考えはのどの奥にぺたりとべったり貼りついていた。

ノックをして入っていくと、デイヴィッドは驚いたようにビクッとして立ち上がった。その突然の動作のせいで、連鎖反応が引き起こされ、混乱はみるみるカオスにまで進化した。七十歳にもなれば年を追うごとに背中が曲がっていく人もいるけど、デイヴィッド・スワンズビーはむしろ逆に伸びていくようだった。これまで会った誰よりも背が高い。というわけで、立ち上がって勢いよく伸びた体が、コーヒーカップにあたり、カップが机の上を転がって、それに驚いた猫がプリンターに突っこみ、プリンターの電源が入って、「発作（パロキシズム）！」という語に似たけたたましい音を何度も、何度も、何度も、何度もくりかえしはじめた。こぼれたコーヒーがデスクのあっちとこっちに、淹れたて、熱々、オルガニックな「うわ、たいへん！」をまき散らす。ちなみに、コーヒーが淹れたてだってわかったのは、書類とファイルの上にこぼれてもまだ湯気をあげてたから。

数分後、平安が取りもどされ、猫は肘掛の上でスフィンクス化して目を閉じた。背中をげんこつで押してやると、手を通してゴロゴロゴロと連帯感らしきものが伝わってきた。

「さあ、すわってすわってすわって」デイヴィッドは言った。

「ありがとうございます」パソコンの画面を見ると、オンラインチェスのページが開いていた。

「おっぱい（ティッツ）、おっぱい（ティッツ）、おっぱい（ティッツ）」デイヴィッド・スワンズビーは言った。

初めてティッツに会ったのは、就職の面接のときだった。ティッツは黄色い目をしたひょろひょろの年寄り猫で、古いトーストみたいな色の毛をしていた。彼が副面接官として同席したことには（「足元の猫は無視してくれ。さあ、どうかすわって！」）、こちらとしても異存はなかった。おかげで、目の前のデスクに陶器の浅皿がある理由もわかったし。スワンズビー社印のマグと付箋と並んで、置いてあるのを見て、最初は灰皿かと思い、灰皿でなければ、よくホテルの受付にあるミントキャンディの安物バージョンが入った器かと思った。器の半分ほどまで入ったくすんだ茶色の粒は、粉ともちがうし、肉らしいところは一ミリもない。確か「キブル〔kibble〕」っていうんじゃなかったっけ、こういうキャットフード。アメリカのホームコメディのおかげで、名前だけは聞いたことがあった。音と文字の組み合わせはすごくいいと思う。「子猫〔kitten〕」と「齧る〔nibble〕」と「石ころ〔rubble〕」のニュアンスがあって、なんとなく袋を振って中身を出すときの音も彷彿(ほうふつ)とさせる。

インターンシップの面接が半分くらい終わったところで、その浅皿に〈ティッツ〉と書かれていることに気づいた。デイヴィッドは（面接時には「スワンズビーさん」だったけど）、わたしの視線に気づいた。

「『ティティヴィラス』の略なんだ」デイヴィッドはデスクを回ってこちらへくると、猫にむかって言った。「そうだよな、ティッツ？　ティッツ、ティッツ、ティッツ」そして、手を伸ばし、ティッツの耳をかいてやった。その瞬間、わたしの〈どうしても仕事を手に入れなければ脳〉が作動し、この猫こそ外交のパイプ役なのだと気づいて、すかさず猫の肩とおぼしきあたりに生えているふさふさに手を置いた。スワンズビー氏が親指でティッツのあごのあたりにある猫を笑わせるスイートスポットを探っているあいだに、わたしは猫の「き甲（肩甲骨のあいだの高くなっている部分）」をじっと見つめていた。たぶんこの語でよかったと思う。そうしたことは関係なかったかもしれないけど、とにかく、ティッツはチームワーク精神を発揮してのどをゴロゴロ鳴らし、わたしは職を得た。

デイヴィッドが予備の靴下みたいに見えるものでコーヒーを拭いているあいだ、わたしは雰囲気を和ませるようなことをなにか言わなきゃと考えていた。どうしていつもそうしなきゃっていう気持ちになるんだろう。

「そういえば、まだ猫の名前のことを説明していただいてませんよね？」

デイヴィッドは顔をあげずに答えた。「厳密に言えば、スワンズビーにいる猫はぜんぶ、この名前なんだ。初代のネズミ取り用猫が地下の印刷室で飼われるようになって以来ずっとね。クマネズミは、ゲラ刷りの紙のゴミで巣を作るから。代々続く王朝だな、このティッツで十八代目になる。紅茶は飲むかね？　コーヒー？　水か？」

「けっこうです」わたしは親指でティッツの鼻面をなでてやった。

「ティティヴィラスだと、首輪に書くには長いと思ってね、必然的にこうなったわけだ。最初の一年はおかしな気もしたが、そのうち――まあ、人からどう思われるか、忘れてしまうんだよ。〈ティッツ〉と書かれた皿があちこちにあって、窓からわたしがしょっちゅう『おっぱい(ティッツ)！』と叫んでいるのが聞こえるわけだからね。だが、今じゃ、すっかり慣れてしまって、おかしいとも思わないんだ」デイヴィッドはケトルと小さなコーヒープレスでコーヒーを淹れながら言った。

「ティティヴィラス」わたしはもう一度くりかえし、発音を確かめた。「皇帝の名前でしたっけ？　それとも、皇后？」

「悪魔だよ――たしかミルトンが書いていたはずだ。ちがったかな」デイヴィッドは天井まである本棚の真ん中より下あたりを指した。たぶんMの棚を示したつもりなんだろう。仮にも百科辞書の編集者が、読書家を気取りつつ、こんなあっけらかんと己の無知を認めることに、あっけにとられた。[*1]「中世の神秘劇に登場したんだ。文章に誤りをもたらすのがこの悪魔だと言われていた。不注意によるまちがいとか誤字とか、そういうたぐいだな。それに、ディケンズの『ピクウィック・ペーパーズ』にも『ティッツ』が猫を呼ぶ語として出てきたはずだ。『猫ちゃん、猫ちゃん、猫ちゃ

＊1　実際の初出は、ウェールズのヨハンネスによる『悔悛論』。

ん、ティッ、ティッ、ティッ』。まあ、こんなようなセリフで」

手を通して伝わってくるティッツののどを鳴らす音が、ますます強くなる。デイヴィッドはコーヒープレスのつまみを、山を発破しようとしている人みたいにぐいと押した。

「そういえば、その子は雄なんだよ」デイヴィッドは言った。

「なるほど」と言い、猫に「よろしくね」と挨拶する。

「まあ、それはただのついでの話だ。ききたいのは、きみは秘密を守れる人間かということなんだが」

わたしは目をぱちくりさせた。

「迅速かつ非公式にすませたい」デイヴィッドは自分の口調を確かめるようにいったん間を置いてから、続けた。「つまり、これから話すことはこの壁の内側だけにとどめておいてほしいんだ」

クビを切られるのかも、と思った。ナイフで、剣で、仕事で。グザッ、ズブッ、スパッ。デイヴィッドが咳払いをしている横で、家賃と口座残高を計算しはじめる。そういえば、この仕事を始めて以来ずっと頭の片隅でこの種の計算をし続けてる。こういう現象を説明する語が必要だ。極度の疲労の原因がわかったときに、アドレナリンがどっと放出される状態。不安定な雇用、危うい立場、？マークだらけの買い物リスト、家計簿アプリ、シャワーを浴びながら泣くこと、パスタソースを水で薄めること、それから――

「最初に、わたしも今日の出来事にはひどく心を痛めているということを伝えておきたい。忙しい中、時間を割いてもらって感謝している。また、きみを動転させてしまい、信じられないくらい申し訳なく思う」

わたしは待った。

「きみに『マウントウィーゼル』のことを説明しないとならない」

「マウントウィーゼル」わたしはくりかえした。

「まちがいがあるのだ。辞書に」デイヴィッドのやわらかな声がじりじりと涙声に変わっていくように思え、わたしはじっと上司を見つめた。すると、デイヴィッドは弁解がましい口調になって言い直した。「そうだな。まちがいではない。まちがいとは少しちがうな。あるべくしてあるのだが、あってはならない語のことだ」

「マウントウィーゼル」わたしはまたくりかえした。

「ほかの辞書にもあるんだ！　ほとんどの辞書にな！　作られた言葉のことだ」デイヴィッド・スワンズビーは言った。

「言葉はみんな、作られたものですよね」

「確かにな」デイヴィッド・スワンズビーは答えた。「だが、ここでそういうことを言ってもあまり役に立たない」

「フェイク語とか？」

「そう言ってもいいかもしれないな」

デイヴィッドは机の上の鉛筆とノートを並べ直しながら、続きを話した。学位論文発表みたいに練習してあったような話しぶりだ。どんな辞書にも、事実上正しくない語が入っている可能性がある、とデイヴィッドは言った。辞書の客観的な信頼性を損なうことになるが、しかし、こうした項目は必ずしも「捏造（ねつぞう）」とはかぎらない。ディヴィッドいわく、「事実でないこと」を広めようという意図があったかどうかを見極めることが大切らしい。辞書に事実でないことが載っている原因は、単純に二つに分けられる。辞書編纂とは関係のない問題のためにまちがいが生じた場合と、編集作業中の行き違いでまちがいが生じた場合だ。ディヴィッドはライバルの辞書がいかにしくじったかという説明に、大変な労力を割いた。例えば、オックスフォード英語辞典では、初期のころ、「Pa」から始まる全項目の草稿が、編集前にうっかり焚（た）きつけに使われてしまったことがある。不注意な家政婦のせいだった。しかも、第一版では、出版されたあとになって、「bondmaid（名）（逃亡女奴隷）」の項目が、校正刷りの段階でまるまる抜け落ちていたことがわかったという。こちらは、ファイリングのミスのせいだ。こうした不幸な事故は、もちろん辞書や百科事典だけで起こるわけではない。広く使われている『ロンドンA–Z街路地図』の生みの親は、突風のせいで二万三千枚の項目カードを一瞬にしてなくしたと、インタビューで語っている。手書きのカードのほとんどは、ちょうどホルボーン通りを走っていたバスの屋根の上に落ちた。第一版にトラファルガー広場の項目がないのは、そのためだ。この逸話が本当かどうか、わたしは知らないし、調べる気もないけど、許容範囲内と言える編集者のミスを語らせたら、ディヴィッドはロンドン一だというのはわかった。失敗談を集めた辞書が書けそう。

　ディヴィッドの話は続いた。こうした不幸な偶然の一致や誤った判断のせいで、辞書は不完全になってしまうわけだが、わざとまちがえたのとはちがう。こうした例に、悪意がある証拠はない。ユーザーなり読者なり偶然見つけた人をミスリードしようという意図があったわけではないのだ。まちがいと同様に、単純な定義の誤りが入りこむこともある。こうしたミスは、知らず知らずのうちにいわゆる「幽霊語」を招き寄せる要因ともなる。そう言って、デイヴィッドはしばらくこの「幽霊語」について話し、棚から本を一冊取って、そこから直接引用してみせた。「そう、『幽霊語』とは――『実際には使用例がない、実在しない語』」かくかく、しかじか――デイヴィッドは文を親指で追いながら読みあげた。「『印刷工や写字生のミス、あるいは、無知もしくは不注意な編集者のいきすぎた想像力の結果生まれた造語』」

いったい引用元はなんだろう。

「いきすぎた想像力」が生んだ幽霊語の代表は、「ドード〔dord〕」だろう。これは、『ウェブスター新国際辞典』に五版続けて掲載された。一九三一年に、ウェブスターの化学関係の語彙を担当している編集者が「D or d, cont./density」と記入した紙片を提出した。「cont.」は、「contraction」つまり「略記」のことであり、彼は「大文字のDもしくは〔or〕小文字のd」は、化学方程式では「デンシティ〔density〕」の略記である、というつもりで書いたのだ。ところが、出版のプロセスで各部門間の行き違いが生じ、この紙を受けとったウェブスターの植字工は「Dord」が見出し語で、その定義が「密度値（デンシティ）」なのだと勘違いし、「大文字のDもしくは小文字のd」という意味だとは考えもしなかった。一九三九年になって、「dord」の語源の説明が欠けていることに誰かが気づき、それで初めてこの項目はおかしいのではないかということになって、ようやく削除された。

愚鈍（デンシティ）、愚鈍（デンシティ）、愚鈍（デンシティ）。当時どれだけの人がこの「ドード」を使ってしまったかは知りようもない。自分が少なくとも週に四回は使ってるのはわかってるけど。ドードーメグリノダラダーラブーラブラしながら一日をやりすごしているから。

辞書編纂者や百科事典編集者の多くは、「巨人の肩の上に立つ」戦略を取り、先任者を参考にしていることを思えば、「ドード」がスワンズビー新百科辞書に入りこまなかったことをラッキーと思ったほうがいいだろう。

講義がここまできたところで、デイヴィッド・スワンズビーはそわそわしたように咳払いをした。そして、わたしの視線を避けながら、また続きを話しはじめた。

しかし、辞書によっては、わざと架空の語や意味を「捏造」して「広める」場合がある。自分たちのコンテンツを守るためだ。フェイクの項目を挿入するという違反行為が、反・違反行為のための仕掛けになるわけだ。こんなふうに考えてみてくれ、とデイヴィッドは言った。仮に（え？　仮に？）辞書を作っていたとしたら、ほかの人間が書いたものを盗んで、あたかも自分が書いたかのように流用するなど簡単だ。語は語であり、どこまでも語で、語……だからね。しかし、捏造したフェイク語を入れておけば、丸写しされたときにそれとわかる。

「マウントウィーゼル」。この名詞は、著作権を守るために、辞書や百科事典に載せる偽の項目のことを指す。要は、デマとか、フェイクニュースとかと同じ——ほら、わかったでしょ？

この戦略は、地図製作者も自分の地図を守るために使ってる。実在しない「架空の通り（トラップストリート）」を道路とか裏道に紛れこませておいて、ほかの地図に自分の地図が丸写しされていないかをチェックするのに使う。

デイヴィッドがしゃべりつづけているあいだ、ティッツは好きなだけわたしの膝の上で丸くなっていた。「マウントウィーゼル」というのは、『新コロンビア百科事典』（一九七五）に掲載された有名なフェイク項目「リリアン・ヴァージニア・マウントウィーゼル」に由来するんだ、とデイヴィッドは説明した。リリアン・ヴァージニア・マウントウィーゼルは、Mの巻のオリンポス山〔Mount Olympus〕とラシュモア山〔Mount Rushmore〕のふもとに、作曲家のムソルグスキー〔Mussorgsky〕と共に遠慮がちに載っている。

Mountweazel, Lillian Virginia, 1942–1973,
アメリカの写真家、オハイオ州バングス生まれ。一九六三年に噴水デザインから写真に転向、一九六四年に南シエラのミウォック族の有名なポートレートを制作。また、政府の助成金を得て、ニューヨークのバス、パリの墓地、アメリカの田舎の郵便受けなど、珍しい題材のフォトエッセイを次々と制作した。郵便受けのシリーズは海外でも多く展示され、『Flags Up!』*1（一九七二）として出版。『Combustibles（可燃物）』誌の取材中の爆発事故により、三一歳で亡くなった

リリアン・ヴァージニアっていう響きが気に入った。実在してないなんて、残念だ。

「では、うちの辞書にもそうしたフェイク語があるということですか？」わたしはたずねた。

「ある意味では」デイヴィッドは言った。

「一つですか？　二つくらい？　なんていう語ですか？」

＊1　郵便受けにはよく郵便物が入っているかどうかを知らせる旗がついている。

「これが、その問題のものだ」

デイヴィッドはプリントアウトした紙を差し出した。デスクの上の動きを察知して、ティッツはなんだなんだというようにわたしの手の下から顔を出す。紙の縁はコーヒーでうっすら湿っていた。スワンズビー新百科辞書のページをスキャンしたものだったけど、スキャンが下手で、両端にデイヴィッドの指先の亡霊が写ってる。真ん中あたりにある語と定義に丸がつけてあった。

cassiculation（名）　透き通った見えないクモの巣に突っこんでしまったときの感覚[*1]

わかる、とわたしは思った。使い方が想像できる。

不正の匂いを嗅ぎつけようとするかのように、紙を顔に近づけた。「これがそのフェイク語なんですか？　マウントウィーゼルとかいう？」

「手に入る辞書と片っぱしから突き合わせてみたんだ。どの辞書にもこの語は載っていなかった」デイヴィッドは本棚を指さし、髪をかきあげた。そのしぐさを見て、いつも髪を掻きむしっているんだなと思う。

「つまりその」わたしはこの語を口の中で転がした。「一つだけなんですね。『カシキュレーション』。それくらいなら大したことでは――」

「書庫を見てみたんだ」デイヴィッドが遮った。ふだんは人の発言を遮るタイプではない。デイヴィッドはデスクの上に置いてある色あせた項目カードを掲げてみせた。「書庫にあるオリジナルのカードを見てみた。辞書に載っている語には、一項目につき一枚カードがあって、定義が書かれている。見てごらん、これだ。用例はない。語源も書かれていない――まったくもって標準的な書き方ではない。どうやって編集プロセスをすり抜けたのかは想像もつかないが、こいつは、これまで出版されたものすべてに紛れこんでいるんだ」

「これがそのマウントウィーゼルなら」わたしはそのカードを手に取った。「わたしがちゃんと理解しているならですが、フェイク語を掲載したときの記録が残っているはずですよね？　そうでないと、仕掛けの意味がなくなってしまう。著作権保護という目的が果たせないですよね。罠を仕掛けたこと自体をわかっていないと」

デイヴィッドはうなずいた。「まさにそれをなんとか手に入れたいと思ってるんだよ――書庫のどこかにリストがあって、それを手に入れられれば、フェイク語を洗い出し、デジタル化する前にふるい落とせる」

「リスト？　つまり、そのマウントウィーゼルは一つだけじゃないとお考えなんですね？」

デイヴィッドは椅子に身を沈めた。「そうなんだ」がっくりしたようすで指をくいっと曲げる。「次のページを見てくれ。今週の初めに、ほかにもそうした語があるかどうか、探してみることにしてね。書庫を無作為に見てみたんだが、三時間くらいでまた同じ筆跡のカードが見つかったよ」

Ａ４の紙をめくると、またスキャンが出てきた。これにもまた、語とその定義に丸がついている。気のせいかもしれないけど、さっきの丸よりわずかに取り乱しているように見えた。

＊1　作者によれば、クモの巣が肌にふれたときの擬音やからまる感じから創られた語。

asinidorose（名）　燃えているロバのにおいを発すること[*1]

「やだ」思わず声が出た。「いったい誰がこんな――ええと、ちょっと、その、突飛なものを思いついたんでしょう？」

「突飛どころか、面目に関わる」デイヴィッドは大げさな身振りを交えて言った。「マウントウィーゼル自体は珍しくもなんともないが、こうしたくだらない言葉は一つの版に一つでいいはずだ。そして、編集者はマウントウィーゼルが入っていることを知っている必要がある。そうじゃないと、意味がないからな。これじゃ、ただの無意味なイカサマだ！　どうしてこんな語があちこちにまき散らされているのか、説明がつかん」

「辞書が自分の意思を持っているみたい」

「まったく面目に関わる」

「でも、これって、いいことじゃないですか」

デイヴィッドは顔をあげた。「いいこと？」

「ええ。すばらしいですよ。デジタライゼーションの利点になります。あ、デジタイゼーションだっけ？　どっちでもいいか」いい顔をするチャンスと見て、ここぞとばかりに熱が入る。「そうですよ――こういうフェイク語をフェイスブックとかツイッターとかのネットワークにあげて、光を当ててるんです、その――」ぴったりの表現を探そうとする。「うまく言えないんですけど、辞書の特異性に。〈カウントダウン（番組（クイズ））〉の辞書コーナーとか、暗号クロスワードのクラスタでちょっとした騒ぎを起こすとか。こういう『自社が持つ独自の強み（USP）』は買えるものじゃないですからね。

バカバカしいし、突飛だし、新しい購買層に訴えると思います」わたしはすっかり熱くなっていた。デイヴィッドの持ち出した話の種だか芽だかつぼみに。わたしの目には、ホットな話題に映ったのだ。

　自分でもなにを言ってるかよくわかってなかったし、こういう話はデイヴィッドに肉体的苦痛を与えるらしかった。『自社が持つ独自の強み（USP）』って言ったとき、目に見えて年取ったように見えたし。「スワンズビーの辞書が笑い物になってしまう。そういうことだろう」デイヴィッドは言った。「編集者として、脈々と続いたスワンズビー辞書の終わりを見るだけでもつらいのに、バカバカしい見世物として人々の記憶に残るのに手を貸すなど、論外だ」

　ティッツがあくびをしたので、耳をなでてやると、ゴロゴロとのどを鳴らしはじめた。これで少しは雰囲気が和らぎますように。

「では、どうするおつもりですか？」デイヴィッドがわたしを呼んだのは、悪い知らせがあるからかもしれない。「デジタル化をストップするおつもりですか？」

「とんでもない！　まさか、ちがうよ。それはない。だが、わたしがデジタル化とアップデートを進めているあいだ、総がかりで書庫をチェックし、この筆跡の項目カードを探し出してほしいんだ」

　ティッツがまたあくびをした。

「総がかりっていったって――」

＊1　asinus（ラテン語で「ロバ」）とodor（ラテン語で「臭い」）をあわせ、接尾辞「のような」-oseをつけた語。

「きみが新百科辞書を読んでいるのを見たよ。デスクに広げていただろう」

さぼっているのを見られた後ろめたさがこみあげた。「ほんの好奇心です」顔が赤くなるのがわかる。退屈。そう、本当は退屈だったからだ。「たまたまです」

「ぜひそのまま——そう！」デイヴィッドは手を叩いた。「そのまま読み進めてくれ。ただし、書庫の項目カードと照らし合わせながら読んでほしい。一九三〇年版を、全九巻、頼む。ゲラもな。それでフェイクと思われるものが見つかったら——そうだな、わたしに知らせてくれないか？」

わたしは項目カードを持って立ち上がった。クモの巣と燃えているロバが頭を占領する。

「よしよし」デイヴィッドは誰にともなく言った。うれしそうだ。それに、足取りもだいぶ軽くなったように見えた。秘密を打ち明けることができて、肩の荷が下りたらしい。「さてと、問題ないかな？　Aの見出し語が入っている箱はすでにほとんど持ってきて、そこに、ええと、その、猫用のトレイの横に置いてある。残りの箱をきみのデスクに運ぶのを手伝おう。一刻を争うからな。それでいいいね？」

HはおべっかのH

humbug（名）おべっか、大うそ、空世辞

　ウィンスワースの思考はまたもや前の晩のパーティと頭痛の原因に舞いもどっていった。ガンガン鳴っている頭こそが、彼の現在の状態を定義している。この頭痛に至るまでの経緯をたどることは即ち、〈昨日の自分〉のあとにくっついて、夕方のロング・エイカー通りを埋め尽くす帽子やら肩やらショールやらのあいだを争うように通り抜けていくことだ。歩いているあいだずっと、脳裏には「カリーバクション（たくさんの人が行き交い、通行を困難にする）」という言葉が浮かんでいた。ウィンスワースはそれを追い出そうとするように、焼き栗をボリボリと音を立てて食べた。

　昨夜、ウィンスワースは、パーティに〈1．遅刻したくなかった〉。というか、〈2．そもそも出席したくなかった〉。フラシャムの誕生日を祝うなんてごめんだ。

　あの男には、これ以上の注目なんて必要ない。ウィンスワースは三十分ほど顔を出して、適当な言い訳をし、帰るつもりだった。しらふのまま、会場で情報を得て、思索を楽しみ、適度な運動をする。それからうちへ帰って、詩集か哲学書でも読むか、美術史の勉強に取りかかるのもいいだろう。とはいえ、一五〇〇マイルクラブの会場には、いってみたかった。招待状によれば、ロンドン

から一五〇〇マイルの距離を旅した者だけが会員になれるという。そんなクラブは聞いたことがない。

ドルリー通りの近くの、パーティ会場のある建物を見つけ、いかめしい顔つきの蝶ネクタイをしたドアマンにクラブの場所をたずねると、こちらでございますと、廊下の先のこうこうと明るいオークの羽目板張りの部屋まで案内してくれた。おしゃべりやブレスレットがシャンパングラスにあたる音でにぎわっている。

部屋は広かったが、フラシャムはすぐに見つかった。大学時代の友人やスワンズビーの同僚たちに囲まれて一五〇〇マイルクラブの革製の肘掛椅子にすわり、仕立てのいいグレーのスーツに派手なピンクの花をさして、シガレットケースをもてあそんでいる。スポティッド・ディック[*1]とゆで豚で培(つちか)ったがっしりした体はもう失われていた。若いころは、ラグビー場を駆けまわったり、一年生をいじめたりするのに有利だっただろうが、シベリアは彼の体質に合っていたらしく、今では、無骨で引き締まった体つきになり、立派な赤い口髭に、ワックスでなでつけた黒い髪が耳の上でリコリスキャンディみたいにくるりと巻いて、その取り合わせがムカつくほど魅力的だ。

ウィンスワースは陽気なふうを装って、フラシャムと握手を交わした。握手はべたついた上に長すぎたが、なぜかそれはウィンスワース側のせいという感じになった。

「やあ、ウィンスワース！」

「やあ」

「やあ、ウィンスワース！　ありがとう、うれしいよ。ぼくも二十七歳に若返ったよ！」こちらからはなにも言っていないのに、誕生日の主役は大声で言った。まだ握手は続いている。手首の先が上がったり下がったりするのを、ウィンスワースはじっと見ながら、クラブの会員になった祝いの言葉を述べた。

「ああ、そのことか」フラシャムは手を上下に振りながら、顔を寄せてきた。「クラブはぼくが作ったんだよ。帰国したときに。伯父と話してね――」フラシャムは握っていた手を放し、窓のそばにすわっている、甥と同じカリスマ的な育ちの良さをぷんぷん匂わせている男のほうを指し示した。伯父なる人物を見たウィンスワースはがっかりした。フラシャムのこうした物腰やふるまいも、やがては時の経過に打ち負かされるのではないかとひそかに期待していたからだ。

フラシャムは近すぎる距離のまま、しゃべりつづけた。「伯父とぼくとでこの部屋をうまいこと手に入れたんだ。パーティには悪くない舞台だろ。どうだい？」

この部屋のもともとの用途はもはやわからなかった。今や完全にフラシャムと伯父のバカバカしいクラブのための場となっている。天井にはニコチンのしみらしき黄色い汚れが点々と散り、肘掛椅子の背もたれについた後光のような黒ずみと相まって、いかにも男たちが集う場といった雰囲気を醸している。アルコーブには、カルトゥーシュ[＊2]や、まるい尻丸出しのヘルメスの小像が飾られている。クラブの突飛な思想を伝えるためにちょっとした小道具を付け加えたということだろう。さっきも、ウィンスワースは部屋に入るとき、もう少しでゾウの足の形をした傘立てにつまずきそうになった。フラシャムの一族はキュー・ガーデンズ（ロンドン南西部のキューにある王立植物園）にもコネクションがあるに

＊1　スエットとドライフルーツで作られた、伝統的なベイクド・プディング。
＊2　古代エジプトの象形文字で記された王の名を囲む、装飾用の楕円形の枠。

ちがいない。植物園は温室（パームハウス）にある植物を惜しみなく貸し出していた。広い部屋に鉢植えの葦（あし）やイネ科の植物がふんだんに並べられ、青々と生い茂って、ヒョウの一匹でも隠れていそうだ。

　会社での会話を思い出そうとする。フラシャムの伯父や一族の資産は確かルバーブに由来しているはずだ。ルバーブのジャム／プリザーブ／砂糖煮／砂糖漬けを世界じゅうに輸出している。それらがどう違うか、ウィンスワースには一生わかりそうもないが、しつこいくらい甘くて、歯にピリリとくる、酸っぱくて、舌が思わず縮むようなどろどろした物体だということはまちがいなかった。

「なるほど」ウィンスワースは明るく、明るすぎるくらい明るく、ほほえんだが、驚きのあまり腹の中がかっかと燃えていた。このままこの笑顔を続けていたら、左右の口角がぐんぐんのびて頭のうしろで合わさり、頭がスパッと切れて転がっていったっておかしくない。「なるほど！　じゃあ、きみは一五〇〇マイルクラブの会員であり創立メンバーってだけじゃなくて、たった一人の会員なんだね？」

「今の時点では、二人いるうちの一人ってことかな。会員は二人いるからね」フラシャムがウェイターに合図をすると、次の瞬間、ウィンスワースの手には生ぬるいシャンパンの、感嘆符型のグラスが握られていた。「バルト海より先へひとっ飛びすれば、きみもクラブに名を連ねることができるよ。どうだい？」

　ウィンスワースは、フラシャムが伸ばした手を目で追った。この男は直接指をさすことができないのか？　ルネッサンス期の宮廷ダンスをうさんくさく、こじゃれた感じにしたようなしぐさで、フラシャムは手をすっと出し、ウィンスワースの視線を壁に飾られた木製のプレートのほうへ導いた。学校によくある表彰者の名の記されたプレートに似ている。

金の文字で書かれたフラシャムの名前（ケンブリッジ卒）の下に、ロナルド・グロソップの名前があった。

グロソップは入り口の横で、入ってくる客が芳名帳に記帳するのを確認していた。さっき入ったときは、彼の存在に気づかず素通りしてしまったにちがいない。こっちも記帳してくれとは言われなかったが。グロソップのほうを見やると、ライムグリーンのハンカチで顔をぬぐっていたが、そのひょうしに、ウィンスワースと目が合った。グロソップがグラスをかかげ、ウィンスワースはシャンパンをすすり、フラシャムは一気にグラスを飲み干した。どこかで時計が鳴った。

部屋の一角で楽団が演奏し、時折オーボエの音が句読点を打つように響く。選曲のセンスをわかりもしないで誉めようかと思ったが、口を開く間もなく、フラシャムはほかの客に捕まっていってしまった。これで一息つける、とウィンスワースはほっとして、こういうときにいつもやることをやりはじめた。独房にいるかのように歩き回って歩数を数えるのだ。

誰にも邪魔されずに部屋を一周したところで、今度は戦術を変えた。部屋のカーペットの上に、目に見えない言葉を描くことにしたのだ。まず部屋の両側の壁沿いに歩き、次に部屋の真ん中を突っ切って、Hの文字を描いた。それから、Eの文字を完成させ、次に壁沿いを歩いてLを二つ描き、最後にもう一度部屋を一周した。Oだ。時間をつぶせるだけでなく、なにかに没頭しているかのように顔が引き締まるというおまけがついてくる。こんなふうにカーペットに文字を描いていると、礼儀を失することなく会話をうまく避けられるのだ。文字を描くコースの方向をにこやかに、しかし一心に見ていると、誰も、近づいてきて話に引っぱりこもうとはしない。一度、ウィンスワースが一人ぽつねんとしているのに気づいた給仕係がついてきたときは、少々気まずい状況にはなった。

一五〇〇マイルクラブの給仕係の名誉のために言えば、彼らは皆、すばらしく気が利いた。こうしてさらにシャンパンを二杯飲むことになったのち、ウィンスワースは給仕係のこれ以上の進攻を阻むべく、ありえないほど風変わりなカクテルを注文した。注文に応えるには相当の時間がかかるだろうから、そのあいだ放っておいてもらえると踏んだのだが、実際はすぐに、エルダーフラワー酒と、ルバーブはちみつから取ったにちがいないなにかを混ぜて壺みたいなグラスに注いだものを差し出された。計画失敗。そのカクテルは石鹸、それも、暴君の秘密すら洗い流せそうなやつの味がした。そこで、ウィンスワースは作戦を変え、給仕係にはざっくばらんに接することにした。ウィスキーを注文したのだ。ウィンスワースの論法からすれば、どうせ勘定はすべてフラシャムが払うのだ、せっかく気前よくしてくれようというのに断るバカがいるか？　ついでに、楽団のメンバー全員分の飲み物も注文すると、彼らは楽器を軽くかかげて感謝の意を表明してくれた。

部屋のむこう側では、フラシャムがなにか気の利いたことを言ったらしく、妖精の輪みたいにまわりを囲んでいるおべっか使いの同窓生たちがいっせいに拍手をした。すると、わきのドアからケーキが登場した。かなりの重量級で、数人の男たちが棺のように担ぎ上げている。ケーキは本の形をしていて、ロイヤルブルーのアイシングで覆われ、タイトルの場所に白い糖衣で今夜の主催者の名前が入っていた。楽団が『フォー・ヒズ・ア・ジョリィ・グッド・フェロー（彼はいいやつだ）』のさわりのところを演奏し、フラシャムがケーキに巨大なナイフを入れる。グラスの氷が鳴る音やカフスがグラスにあたる音、ステッキがカーペットを叩く音が響き渡る。グロソップはほほえんで、芳名帳をのぞきこんだ。

ウェイターが切ったケーキを配り、ウィンスワースは床にアルファベットをAからZまで二回首尾よく書き終え、もはやすっかり酔いが回っていたので、部屋をあともう一周回ってから帰ることにした。会話より歩き回るほうが自分のいいところを引き出せると、ウィンスワースは自分を納得させた。別に緊張のせいで歩き回っているんじゃない。むしろ散歩に近い。トレイからケーキを取ったとき、ふと閃（ひらめ）いた。ここから出て、ロンドンの通りにアルファベットを描いたらいいかもしれない。壁に体をもたせかけ、ローマン体をなぞるルートを考えはじめる。散歩とアルファベットの組み合わせは、余計なことから気をそらすためのすばらしいセラピーとなるのではないか。Aの文字は、ケンブリッジ広場（サーカス）から始めるのがいいだろう。その後（ご）アーラム通りを素早く進み、セブン・ダイヤルズを曲がって、セント・マーティンズ通りに入る（タワー通りがAの横棒になるだろう）。いくつかの文字は、はっきりイメージできた。Dはビリングスゲート魚市場を一周すればいいし、セント・ジェームズ広場はOになる。広場の周辺を五千周すれば、一五〇〇マイルクラブの会員になれるな、とウィンスワースは思った。フィンズベリー広場の最近取り壊された教会と、ホクストンハウスの精神病院のあいだを使えば、「S」と「Z」を寝息のごとく量産できる。[*1] ウィンスワースはこうした思い付きをどんどんリストに加えていった。

今、グロソップの前を通ったなとぼんやりと思う。グロソップは親指を舐め、芳名帳をめくっていた。

ウィンスワースは、文法の説明と練習問題が並んだ教科書のことを思い出すことがよくあった。中に、以下の歩き方を表わす動詞を速さ順に並べろという問題があった。「ジョーント」「ストライ

＊1　寝息は「sss（スー）」や「zzz（グーグー）」で表わされる。

ド」「アンブル」「ランバー」「ストラット」「パトロール」「プロッド」「プランス」「ラン」「ソーンター」「シャンブル」「ストロール」「トレイプス」。また楽団の前をさっと横切る。「マルチア・モデラート」でてくてく歩く。「アレグロ」で闊歩する。「アダージェット」でのんびり歩く。ウェイターと目を合わせると、ウィスキーをもう一杯身振りで注文した。みんな、笑って乾杯している。袖口からあらわになった肌、むき出された歯。「ラルギッシモ」で重々しく歩き、「アド・アンダンティーノ」でもったいぶって歩き、「モデラート」で巡回する。今では二百人以上が集まり、誰もかれもが楽しいときを過ごしているようだ。ウィンスワースは「グラーヴェ」で一歩一歩足を運び、「ヴィヴァーチッシモ」で跳ねまわった。

　社会的な品位を保つだけの時間をすごし、うまい具合にじりじりと部屋から退散するチャンスはまだ残っている。そこで、ウィンスワースはとりわけ大きな葉を茂らせている鉢植えのうしろへ隠れ、給仕係やフラシャムの目に留まらないようにしようと考えた。比較的安全と思われる場所に身をひそめ、カウントダウンを始める。目指す鉢植えは巨大で、辞書編纂者約一人分の背丈があり、大きくて平べったい葉が垂れ下がるように生えていた。横歩きをしているようには見られたくない。ちょうど会社でこの「サイドル」という動詞を定義するのに一日を費やし、横歩きを目撃されると、なにか悪いことを企んでいると思われる可能性があるということを痛感したところだったのだ。「sidle（動）（横歩きする 忍び足する）」のいいところは、「slide（動）（いつの間にか移る）」にいつの間にか移せそうなところだ。うしろめたいものだったのが、優美なものになった感じがする。要は、身のこなしが問題なのであって、それはおそらくフラシャムのほうがウィンスワースよりカリスマ性があるように見えるのと、同じ理由だろう。「横歩き」だと言われないようにするためには、膝をわずかに弾ませるようにし、肘を脇へくっつけるのがいいのではないか。そう考え、ウィンスワースは、自分が生まれながらのサイドル族だという事実にくよくよしつつ、「鉢植えの木の青々としたところ」というのがもっとも近い同義語だろうと思われるもののうしろへ、葉一枚揺らすことなく、弾むようにすべりこんだ。

そして、先にそこに隠れていた女性に横歩きでぶつかったのだ。

その女性は軽く前かがみになって、誕生日ケーキを食べているところだった。二人は見つめ合った——二人の眉が同時に跳ねあがり、まったく同じ、驚きを表す角度をなす。その変化と合わせて表情も変わっていく。瞬時に抑音アクセントの形をとった眉は、次に揚音アクセント、それから曲折アクセント、すなわちò→ó→ôと変化し、それぞれ表すものも、ショック→ごまかし→無関心を装おうとする、へ移行した。彼女はウィンスワースと目を合わせたまま、ケーキをビーズのついたバッグに押しこみ、すっと背を伸ばしたので、すっかり酔っぱらっていたウィンスワースはこの一連の出来事を口述せよという意味だと思いこみ、コホンと咳払いをした。

「——」言葉が出ず、しばし考えてから、ウィンスワースはささやくように続けた。「すみません、この鉢植えに先客がいるとは思っていなかったので」

その女性は鳩羽（はとば）色の服を着て、真珠をつけていたが、その大きさときたら、目玉かカエルの卵か……ちがう、もっといいものに例えなければ。大きさが近いことにそこまでこだわる必要はないのだ。「大粒の真珠のネックレスをつけていた」で、十分だろう。首がとても白い。いや、どうして彼女の首を見つめているんだ？　舌足らずにしゃべるのをすっかり忘れていた。振り返って、鉢植えのあいだから会場のほうを見ようとしたが、そのとき彼女がさらに奥のほうへ一歩下がったので、葉が三枚、彼女の髪にあたって曲がった。ウィンスワースは、頭を振って集中しようとした。

「ご心配なく」彼女がしゃべっている。「この鉢植えは、まちがいなく、一〇〇パーセントお勧めですから」そして、ウィンスワースのほうに手を差し出した。「もしかして、リヴィングストン博士でいらっしゃいますか？[*1]」二人の表情は不信から共謀者同士の笑みへと変わった。ōからōという感じだ。ウィンスワースは、心ひそかに、信じがたいことに、そして、率直に言ってまったく不向きだが、自分は恋に落ちたのではないかと考えた。

「あの立派な博士は招待されていないんじゃないでしょうか」ウィンスワースはさらに鉢植えに身を寄せ、両方のかかとをくっつけた。

「あら、運のいい人っているのね」

「つまり、あなたも来たくて来たわけではないんですか？」ウィンスワースはきちんとまっすぐ立っているか気になって、背骨を伸ばそうとした。

「コメントできる立場にはないの」彼女は、ウィンスワースをまねるように視線をまた会場のほうへむけた。「あなたも逃亡を企てているの？」

鉢植えの幹に、植物の概略（サムネイル）を記した札が打ちつけてあった。札が少し傾いていたので、ウィンスワースは親指の爪（サムネイル）でまっすぐに直した。部屋がくりかえし唱えているように思える。ルバーブ、ルバーブ、ルバーブ。

「なかなか難しいですね。わたしは内勤者ですから」思い切ってまた彼女の顔をちらりと見やると、困惑したような表情を浮かべている。「つまり、外へ調査に出かけていくタイプではないということです」と説明したが、失敗だ。「テレンスとちがうということですよ。フラシャムさんのことです。ところで、どこかでお会いしましたっけ？」

葉がガサガサと鳴った。鉢植えの札には、「触るべからず」とあった。

「それはないと思うわ。あなたも一五〇〇マイルも旅をなさったんですか？」

「今夜は、してないですね」男が二人、政治の話をしながらウィンスワースたちの鉢植えの前を歩いていった。声が大きいので、議会用語をまちがって使っているのがわかり、ウィンスワースは思わず額にしわを寄せた。この角度からだと、楽団の一人がヴィオラのケースに携帯用の酒瓶(フラスク)を隠し持っているのが見えた。「その、なにか落とし物でもなさったんですか？」彼女の目はブラウンで、片方に一か所、グリーンの刻み目が入っているように見えるところがある。いや、どうして彼女の目をのぞきこんでいるんだ？　いや、「のぞきこんでいる」んじゃなくて、「見ている」だけだ。彼女のことを見ないようにすればいいんじゃないか。それなら、くだらないことを言っても責められないような気がする。「うかがったのは、もしかしたら、あなたがここに」そう言って、ウィンスワースはまわりの葉を指し示した。「いらっしゃるのは、なにか特別な理由がおありなのかと思いまして。例えば、なにか落とし物をされたのなら、探すのをお手伝いしますが」

「にぎやかな社交の場にいると、わたし、調子が出ないの」と、彼女は言った。もしくは、そんなような意味のことを、てらいなく、でも穏やかな口調で。「だけどわたし、見晴らしの利く場所を

＊1　リヴィングストンは、アフリカ大陸を横断した探検家、医師、宣教師。行方不明になったリヴィングストン博士を見つけたジャーナリストのスタンリーが発したセリフで、思いがけず人と会ったときの慣用句となった。

見つけるのがうまいのよ。ここからいろんな人のことを観察して楽しんでるの」そう言って、彼女はさらに声をひそめた。「ルソーのジャングルを通して、マネの描いたシーンを見ているといった感じかしら。それに、なにがいいって、世間話をしなくてすむこと」

「では、どうぞそのままお続けください」ウィンスワースはうしろに下がってグラスをかかげながら、機会があり次第、スワンズビー新百科辞書の草稿で「マネ」と「ルソー」の項目を調べようと誓った。「木の陰に隠れるのは、わたしにとっては、精一杯大胆な行動なんです。しかも、とても穏やかにできる」

「なら、いっしょに大胆しましょう」

「大胆する」か、とウィンスワースは思った。こんなに長く続いた会話は数か月ぶりだ。毎日、一日の始まりに「ウイスキー／ウィスキー」を飲めば、すべてがこういうふうにそつなく、楽になるのかもしれない。「これまでのところ、どんなものを観察したんです?」

「とてもたくさんのものよ」彼女はふいに生き生きとしはじめ、目の前の光景へ目をやった。「移動パターンの形成、水飲み場の選択、それぞれの集団で使われる掛け声。本当のこと言って、ついさっきまであなたのことを見ていたのよ」

「見苦しいことをしていないといいのですが」ウィンスワースは頰に手をやった。

「気を悪くしないでね――」(彼女も酔っているのかもしれない)「三十分前に、あなたは意味をなさない進路を切り開いていく人だと結論づけたの」

　彼女の「t」の発音にはわずかな訛(なま)りがある。どこの訛りだったか、思い出そうとする。

　ウィンスワースは、なんとか自分を魅力的に見せようとした。「ある意味では、われわれはみな、それぞれささやかながら、そうしているんじゃないですか」そしてまた、ウィスキーのグラスを唇にあてようとした――が、なぜか狙いが外れて、グラスは口を通りすぎ、グラスを持った手がそのままぐーんと目の高さまであがってきた。傾いたグラスを通して、彼女のドレスが一瞬、黄色になる。仕方なくしばらくそのままかかげていると、グレンリベットのウィスキーの香りで目がヒリヒリしだした。

彼女のほうは、会場に目が釘付けになっている。「あそこの男の人は、さっきまでのあなたと同じでぐるぐる部屋を回ってるけど、回り方が逆なの。あなたは時計回りだったけど、あの人は反時計回りなのよ」

その瞬間、「反時計回り」はウィンスワースが世界でいちばん好きな言葉になった。

「あと、あの女の人――」彼女が指をさしたので、ウィンスワースはそちらへ目をむけた。「ちがうちがう、その人じゃなくって、あの人。後ろの髪をものすごく膨らませている人。ほら、頭がい骨から脳橋（ポンズ）が抜け出そうとしてるように見える――」

「ポンズ？」

「カレー色の帽子をかぶってる人よ。あの人は七分ごとにくるっと回っているの、右足と左足と代わりばんこに軸足にして。あと、グロソップはね――」彼女はドアの横を指さした。「あら、さっきからぜんぜん動いてない」

「グロソップと知り合いなんですか？　ええ、ええ、そうでしょうね！　なにしろ、彼は有名なんですよ、その――」ウィンスワースはまたウィスキーをあおり、どう表現するか、考えた。「――鈍重なる不変性で」

「わたし、観察者用ガイドを作ったらいいかもね。あなたは今、行けるならどこに行きたい？」

突然の質問に面食らい、ウィンスワースは自分でもどこから出てきたのかわからないまま本音を言った。「セネンコーブ村」

彼女は眉間にしわを寄せた。「聞いたことがないような――」

「コーンウォールです。ランズエンドの近くで、行ったことはないんですが、一度新聞の切り抜きで写真を見たんです。その下に説明がついていて」ウィンスワースは思い出そうとして無意識のうちに目を天井へむけ、わずかに声音を変えて引用を口にした。『セネンコーブには国内でも一、二を誇る美しい砂浜がある』。人魚や密輸人の伝説がたくさんあるんですよ。そこに漆喰塗りの小さなコテッジが持てたらと思って」

「持てるわよ」

「難破船の物語も、もちろんあります。幽霊がうようよしているんですよ。ああ、すみません、くだらない話を長々としていますか？　していますよね。あなたがたずねてくださったから。それで、それからずっと調べているんですよ、セネンコーブのことをね。正直に言って、今こんなふうに考えていると、むこうへ引っ越して暮らしたいと妄想してしまうんです」

ウィンスワースはこれまで一度もこうした夢や考えを人に話したことはなかった。しかし今、この夢は――そう、この願望は真実であり、常に舌の先まで出かかっていたのだと気づいた。これまではわかっていなかったのだ。目が覚めているあいだもずっと、この白昼夢が今にも飛び出してこようとしていたことに。

「近くに『構文論（シンタックス）博士』と呼ばれている岩があるんです。[*1]もうひとつ、『ジョンソン博士の頭』という岩もあります。[*2]風変わりなシルエットにちなんでつけられた名前なんですが——すばらしいと思いませんか？　あ、退屈かもしれませんが」

「すばらしいわ」彼女は力を込めて言った。そして、音楽のせいでウィンスワースに聞こえていないかもしれないと思ったのか、もう一度くりかえした。「うれしいわ、教えてくださって」

ふだんなら、ウィンスワースはからかわれていると思っただろうが、今夜は、もしかしたらこうした話は人に聞かせるだけの価値があるんじゃないかと思えた。「ええ、すばらしい。あなたを退屈させていないといいのですが。申し訳ありません。その場所のことを読んで以来、どうしても考えてしまうんです、こうしたことすべてから——」そう言って、ウィンスワースは大きく腕を振って、この部屋を、この都市を、彼の日々の生活すべてを表そうとした。「逃げ出して、セネンコーブへ行きたいと」

彼女はにこやかにほほえんだ。「そうすべきよ。逃げるの」

ウィンスワースはがっくりと肩を落とした。「ありがとうございます。そうしたら——」そして、ため息をついた。「ミツバチを飼おうかな」

「チェスを覚えるのもいいかも」彼女は言った。

「ミツバチを飼い、チェスを覚える。見過ごされそうな世界の片隅での穏やかな生活」

「だけど、そうしたら辞書編纂のお仕事が懐かしくならない？　今日はスワンズビー社の人たちと

＊1　十九世紀の漫画の登場人物の形に似ているとして名づけられたもの。
＊2　サミュエル・ジョンソンの頭の形に似ているとされる。

いっしょにきたのよね？」

ウィンスワースが顔をしかめて見せると、彼女は笑い声をあげた。その声にぞくぞくし、ウィンスワースは彼女を喜ばせたい一心でますますぎゅっと眉を寄せてみせた。「むしろすっかり姿をくらませて、言語にとってなにが最善か知っているふりをするのをやめてしまいたいですよ」

「あなたの率直さ、好きよ」

ウィンスワースは顔を赤らめ、コホンと咳をした。口から言葉が、ふだんの話すスピードよりもはるかに速く、まるで早口言葉みたいに、校正する間もなく、次から次へと転がり出てくる。言葉がぐちゃぐちゃになるかもしれないのが、痛いほど意識される。簡単にそうなるのは、わかっている。母音がからまりあい、歯擦音は唇でもつれ、不明瞭な言葉が口の端に引っつく。

彼女がじっと目を見つめるので、ウィンスワースの声はだんだんと小さくなり、ついには黙ってしまった。言葉がまだ形を成さないままに彼女のまつげにからまり、あるいは瞳のふちの影になった刻み目にひっかかる。ウィンスワースはなんとか、会話を立て直すようなことを、あるいは謝罪を、あるいはなにかそれらと似たようなセリフを二人のあいだの空間へ繰り出し、しゃべりすぎたことを、もしくは立場をわきまえないで話したことを謝ろうとした。

「じゃあ、どうして行かないの？」彼女がそう言って、ほぐれはじめたウィンスワースの思考を断ち切った。「難破船とミツバチのもとへ行かない理由はなに？」

「資金がないことです」別に、残念そうな口調で言ったわけではなかった。すでに夢想は霧散しはじめ、その話自体より、ぺらぺらとしゃべってしまったという後悔の気持ちのほうが大きくなっていたからだ。「でも、かまいません。あれこれ考えて楽しんでいるだけですから」

「あなたが望む生活には数えきれないほどの富が必要なのよね。どのくらい？　数えてみて」

ウィンスワースは調子を合わせ、指を折って計算しているふりをした。「小さなコテッジ、ミツバチの巣箱、あと、チェス盤？　新しい服もいるだろうし、最高級のシャンパンが一本あれば――」

「いくら美しい砂浜が近くたって、のどが渇いて死ぬわけにはいかないものね」

「六九九ポンドきっかりだ」ウィンスワースはくるくると手を回した。「あと汽車代で一、二シリング余計にあればいいかな」

「決まりね」彼女は言い、二人はグラスを合わせ、知り合いになった知らない同士が浮かべる笑みを浮かべた。そして、もう一度パーティ会場のほうを見やった。

「わたしが夢見ている場所のことはきかないの？」しばらくして彼女が言ったとき、ウィンスワースは申し訳ございません！　と叫びそうになった。

「あなたはどこへどうやってどんなふうに――？」

ところが、最後まで質問を言い終えないうちに、いじめっ子の猟犬のごとく気まずい状況を嗅ぎつける天才フラシャムが、まさにこのタイミングで、鉢植えの葉のあいだからウィンスワースの頭のてっぺんがのぞいているのに気づいた。ウィンスワースはさっとまた顔の前にグラスをかかげたが、時すでに遅し――フラシャムが大またで二人のほうへ歩いてきた。

「ウィンスワース」フラシャムは声をはりあげた。「クモの巣の掃除はもうやめにして、ちゃんとぼくと話せよ」

ウィンスワースも共に隠れている同志も動かなかった。

「あーあ、見つかっちゃった」彼女がぼそりと言った。

「いつだって彼のことなど無視できますよ」ウィンスワースは冗談とも余裕とも言い切れない口調で言った。

「おい、ウィンスワース！」

さっき挨拶はしたじゃないかと言ったところで無駄だろう。ウィンスワースは負けを認めた。

ウィンスワースは出ていくと、言った。「やあ、フラシャム。うれしいよ」今日の主役の広い胸に抱かれると、シャツのボタンにまぶたをひっかかれた。

「ここの植物相と動物相を観察しているというわけか」フラシャムも、ウェイターたちの気の利いたサービスを存分に楽しんだようだ。ウィンスワースの腕につかまるようにして彼女が出てくると、フラシャムはそちらをむいた。「ソフィア、彼の話がそんなに退屈だったのかい？　演出用のジャングルに紛れこもうとするなんて」

ソフィア！　その瞬間、ウィンスワースのいちばん好きな名前になった。

袖をつかむ彼女の手袋をはめた手に力が入るのを感じ、同志意識の表れだろうとウィンスワースは解釈した。「二人で旅をしていたのよ。いっしょに深い森のいちばん奥から。今じゃ、兄妹よりも仲良しなの」ウィンスワースはごくりとつばを呑み、気が遠くなるまいとした。

「やるじゃないか」フラシャムは面白そうにウィンスワースを見た。「ピーターはもう、ぼくと彼がどういう知り合いか、話したのか？」

「まだよ、そんな暇はなかったから」

「ウィンスワースは、例の、ぼくが話していた男だよ」フラシャムの声が幾分大きくなった。「舌足らずで『S』の見出し語を担当してるってやつさ！」

体の熱でシャツの生地が焼けこげることはあるだろうか、とウィンスワースは考えた。

「そりゃたいそうなことだな」すぐそばで会話を小耳に挟んだ男がかん高い声をあげた。見覚えがある。スワンズビー社の口頭言語学者だ。でも、名前が思い出せない。どういうわけかトルコ帽をかぶっているその男は、酔っぱらいの気さくさで、とろんとした目をウィンスワースからフラシャムにむけた。「まあ、それはいいからさ、テレンス、シベリアの冒険の話の続きをしてくれよ」

フラシャムはニッと笑った。重さ四〇〇ポンドの鉢植えで頭を殴りつけるのはどのくらい大変だろう、とウィンスワースは考えた。「実に驚くべき旅だったよ！」フラシャムが言うのが、聞こえた。「それに、途方もないことがしょっちゅうさ、いやほんとに！　スーツを着たコサックが涙管を破裂させながら「ツァー」だか「ザァー」だか「スザァー」だかを一四〇〇通りに発音するのを見てたんだから。それを、哀れなグロソップが片っぱしから書き留めていくわけさ」

ウィンスワースは脇を通りかかったウェイターのトレイからもう一杯飲み物を取った。ほほえんではいたが、口がこわばってパキパキいいそうだ。あごの骨がわずかに動くたびにカチカチとねばついた音を立てるのが聞こえる気がする。かくれんぼの同志が会話の成り行きに退屈しきっているように見えるのだけが、ささやかな喜びだった。

部屋のむこう側で誰かがバラライカを取りだした。どうやらフラシャムは旅のあいだに弾き方を覚えたらしく、よしとばかりに小さな輪を離れ、再びクラブのソファーに収まった。そして、『愛する男は天井桟敷にいる』を、弦も見ずに、グロソップにむかってまつげを震わせながら弾きはじめた。茶目っ気たっぷりに。テレンスっ気たっぷりに。

ウィンスワースはウィスキーの香りを吸いこんだ。

ソフィアをまた鉢植えのうしろに連れていって、説明しようか？（しゃっくりの音声体系は記録できるんだろうか？）舌足らずなんてバカげた話ははるかむかしのことだ、って。ウィンスワースの酔った頭では今や、謝りたいと思っているのをソフィアにわからせるだけでなく、自分はいいやつだと伝えることが、最重要課題となっていた。バラライカは弾けないが、ほかの才能ならある。「ハロー〔hello〕」の語源をもっとも古いところから紡ぐことだってできるのだ。

フラシャムは今や、例のセイウチと取っ組み合ったようすを再現して観客を喜ばせていた。会社に送ってきた、あの有名な写真にあったやつだ。ランプの光が髪にあたり、歯にチリンと反響して、スーツに金色の織り模様が浮かびあがっている。フラシャムはまた歌いはじめた。

「嫌よね、ハンサムな目立ちたがり屋って」ぼそりとソフィアが言った。二人は、フラシャムが天井を仰いでセレナーデを歌いあげるのを眺めた。フラシャムの晒されたのどもとを見て、口及び口器の専門家ロックフォート＝スミス博士なら完璧な見本だと言いそうだな、とつい思う。

「スロトボッラ〔Protobolla〕」は古英語で、男性のアダムのりんご、即ちのどぼとけを指すんです、とウィンスワースは言いたかった。元の意味は「のどの玉」で、詩的でもなんでもない。あるのは、語源的実用主義だけだ。「Þ」の文字の突き出た形は、食道のふくらみを演出している。目をしばたたかせて目の前のソフィアを見ると、一瞬、彼女が二重に見えた。

今、自分はなにをしゃべろうとしていたんだ？ ウィンスワースは考えた。テレンスが舌足らずについて言ったことは無視してくれ、ソフィア。この舌をブンブンうるさいぼってりしたハエの口吻（こうふん）みたいに思わないでほしい。舌のことは忘れて。ぼくは舌以上の存在なんです！

新しいウィスキーが目の前に差し出された。グラスを持つ手の指はそばかすだらけで、爪には血の気がない。白いM（エム）の字が並んでいるように見える関節が、こぶしの山にそって「エムムム」とつぶやいている。「ハロー」の語源のことをお話しさせてください、とウィンスワースは頭の中で言い、グラスを傾けた。ぼくは歌えないしハンサムでもありませんが、総論より各論に魅力を感じるんです。それであなたをうっとりさせることができるかもしれません、それがぼくの才能なんです。白昼夢を見がちで、細部に喜びを見出す体質、小さなことに関心をむけることで変革を起こす力とでもいいましょうか。

ウィンスワースは、かなり、相当、著しく、酔っていた。

「ねえ、大丈夫？」ソフィアがたずねた。

「ハロー」は「取ってくる／連れてくる」という意味の古高地ドイツ語「ハローン」「ホローン」の強調命令形からきている。特に渡り船の船頭に声をかけるときなどに使われ、遠くにいる人や忙しい人を呼んだり、思いがけない相手に会って驚いたときなどに口にする。要は、高価な鉢植えのヤシの陰などで使うわけだ。「霊場（ハロウ・グラウンド）〔hallow ground〕」などに使われる「ハロウ」は見事なまでにすばらしいという意味なので、発音は似ているように思えるが、「ハロー」とは関係がない。犬を獲物にけしかけるときにさけぶのは、「ハルー！（それ、行け！）」。「ロウ！　ハラバルー（それ！　大騒ぎだ！）」はフランス語の「バ、ラ・ル・ルー！（静かに、オオカミがいる！）」からきている。**ハレルヤ！**

ああ、語源、語の起源の推論。**辞書編纂者としてのぼくをどう思います、ソフィア？**　ウィンスワースは、再び二重になったソフィアを見ながら考えた。辞書編纂者と知ったら、なにを質問したいですか？　ぼくのいちばん好きな言葉とか？　それとも、もっと絞りこんで、ぼくの好きな文字とか？　退屈な辞書編纂者に、この程度の密やかな想像くらいはお許しください。どうかソフィア、なにか質問を。

テレンス・クロヴィス・フラシャムがまたもや二人の横へきた。「もちろん」と、テレンスは言って、ソフィアの肩に腕を回した。「今回の旅行でのなによりすばらしい収穫は、彼女だけれどね」

それで、ウィンスワースは小さな細部に気づいたのだ、ソフィアとフラシャムの指にはまっているおそろいの指輪に。そして、のどぼとけのすぐ下がしめつけられるのを感じた。

ぼそぼそと言い訳を言って、転がるように階段を駆け降り、外へ出る。

ロックフォート＝スミス博士なら誉めてくれるに違いないフレーズが浮かぶ。「一月の太陽は、さっとしっそうするサーカス雲の中にしずかに癒しを探してひさしい」。ウィンスワースは走った、きわめて速く（プレスティッシモ）。そして、よろめいた、遅く（レント）。最後には、重い足取りでとぼとぼと、適度に歩くような（アンダンテ）速さで（モデラート）。

ポケットの奥に誕生日ケーキを突っこんだまま、ピーター・ウィンスワースはふらつく足で道路を渡り、家へむかった。

Iは創作力のI

inventiveness（形）創作力のある、発明の才のある

「やっぱりあのとき辞めればよかったんだよ」ピップは電話のむこうできっぱりと言った。「地獄の業火に焼かれろって脅されるのだけでもどうかと思うのに、本物の脅迫だよ？　信じらんない」

わたしは目の前の項目カードをパラパラと見ながら答えた。「デイヴィッドをあのまま見捨てるのもなんだし。ねえ、もう別のが見つかったんだよ。聞いてよ、これ。見つけたのはほぼ偶然。『agrupt（名・形）大団円を台無しにされたことによる苛立ち[*1]』」

一瞬の沈黙のあと、ピップは言った。「アグラプト？　本当にある言葉みたい」

「わたしもそう思ったんだ。それで、実在する言葉かどうか、スマホで調べたんだけど。結果は一瞬で出た。あ、それは嘘か、〇・四一秒かかったから。で、結果は六九四個。いちばん上に、『もしかして：abrupt agrupate agrup agrupe』って表示された」

＊1　aggro（いやがらせ）とabrup（唐突な）を合わせた語。

「三ドル札並みの偽物」

「ね？」

「よく見つけたね。それにしても、誰も気づかなかったってどういうこと？」

「見落としたんでしょ。フェイク語はどれも、なんの規則性もなく入ってるから」電話のむこうのピップの職場のカフェから、ミルクを泡立てる音と、受話器のすぐそばでカップがぶつかる音がする。「仕事のほうは大丈夫？」

「ぜんぜん平気。今はどのへんをやってんの？」

「いちばん上から始めてる」

「またツチブタ（アードバーク）登場？（aardvark――辞書の最初のほうに表示される）」

「今は、ええと――」わたしは手元を見た。「『abbozzo（名）』」

「アッボッゾー？　それ、ぜったいフェイク。じゃなきゃ、パスタの名前。『修道院長（アボット）だけどマヌケ（ボゾー）なやつ』って意味とか。アルファベットの最初の二文字をへんてこりんに発音（プロナンシエイト）する方法とか？」

「プロナンシエイトって単語はないから。正しい動詞は『プロナウンス』」

「おそれいりました。あーこわっ」

スマホを耳に当て直す。「カードによれば、定義は『スピーチや文書のアウトラインもしくは下書き。〈廃〉〈まれ〉』」

「うそでしょ？　一語一語調べてるわけ？　ひとつ残らず？」

「まあね」

「ランチは？」

「食べた」

「立ち食い卵？」

「まあね」わたしはまた言った。

「あたしはちゃんと警告〔admonish〕したからね」ピップは言った。「今後は、全責任を放棄〔abdicate〕するから」


　わたしたちが出会ったのは三年前で、場所はコーヒーショップ。ピップはカウンターで働いていて、わたしは客で、スワンズビー社に勤めはじめたばかりだった。当時はまだ都会にくらくらしていたし、雇ってもらえそうなところに片っぱしから履歴書を書くことに疲れ切っていた。スワンズビーでのインターンシップは、せいぜい一年くらいだろうと思っていたのだ。**一冊の辞書をデジタル化するのにそんなかかるわけないし。**あー、あのころはまだ初心だった。

　最初にしゃべった日のことは、覚えてる。午前中ずっと、職場のダメパソコンの砂時計を見つめていたせいで、カフェインを摂取したくてたまらなくなっていた。列のいちばん前に並んでいたのに、オーダーを言う前に、うしろにいた男が割りこんできた。「カップチーノを三つ。あ、イタリア語だと、カップチーニだね」男は指を鳴らすしぐさをした。おれは多忙なんだってやつ。トップ・オブ・ザ・多忙。

「承りました、おあとは？」カウンターの女性は言った。彼女を見て、思ったのを覚えている。冷静を保つ方法を心得てるんだな、動じないタイプなんだ、って。

「えっと、クロワッサン三つ」割りこみ男は言った。

「クロロロワッソーン三つですね。えっと、おフランス語ふうでコワソーン三つ」彼女はわざとらしく発音してみせると、わたしと目を合わせた。「あと、そちらのお客さまはコーヒーおひとつですね。今日は、テイクアウト用のカップしかないのですが、それでよろしいですか？」ずいぶんと親切で、まるで客が「よろしくない」と言えるみたいな言い方だった。砂糖の袋とミルクの横に置いてある紙ナプキンは、〈産地別フレーバー〉とプリントされ、コーヒー豆の絵がついていた。

「ええ、完璧！」わたしは言った。**なに言ってるの？　バカっぽすぎ！**

「お名前は？」彼女が手に持った発泡スチロールのカップをペンで叩き、わたしの寿命は一気に四年ぶん、失われた。

「アダム」割りこみ男が言った。

「だからって、最初の人間とはかぎらないけどね」ピップは早口で言った。ジョークになってないけど、彼女の見解はわかった。わたしは自分でもどうしてかわからないまま彼女の腕を見つめていた。こんなの、まともじゃない気がする。まともすぎるくらいまともだって気もする。紙ナプキンのちんぷな文言にもう一度目をやる。

「そちらは？」ピップがペンを構えて、わたしにきいた。「カップに書くので」

「マロリーです」わたしが答えると、ピップはうなずいて、あくびを手で隠した。手の指にタトゥーが彫られている。今のタトゥーだよね？　右手四本、左手四本で〈TUFF TEAK〉と書いてあるように見えたけど、上下さかさまだったし、のぞきこむ間もないまま、ピップは背をむけて、コーヒーマシンを手荒な手つきで動かしはじめたから、ちゃんと読めなかった。

〈TUFF TEAK（かたいチーク材）〉のはずないか、とわたしは思った。それが大工業界ではやってるスラングで、わたしはそこまでオタクじゃないからわからないって可能性もあるけど。きっと、それ。てか、もういいから、見るのはやめて。自分に言い聞かせる。そして、今の状況を指に彫れる長さの言葉にすることに集中した。

TRIC／KY!!（きわ／どい!!）
CAFÉ／GIRL（カフェの／女の子）
MANY／TIPS（たくさんの／チップ）
POLY／DACTYL（多／指）

「おれ、マジで死にかけてたんだよ」アダムがワイヤレスのイヤホンマイクにむかって言っている。

「これね、今朝、書いたばっかり」

　彼女はコーヒーを渡しにこっちへ出てきて、わたしにこぶしをむけた。

「へえ」わたしが言うと、彼女は両手を伸ばしてわたしの手の上に置き、くるりとひっくりかえした。突拍子もないけど、でも、本当にそうしたのだ。見ると、文字はタトゥーなんかじゃなくて、というか、文字ですらなくて、意味のない落書きだった。発泡スチロールのカップにわたしの名前を書いたのと同じペンで。

「穴が開きそうな勢いで見てたからさ」彼女は言った。別にいいことを言ったわけじゃなかったけど、ほぼいい意味で言ったみたいだし、ある意味親切って思った。彼女はうしろをむいて、わたしのコーヒーを取った。

「ありがとう」

「何時に仕事終わるの？」カフェのカウンターの彼女はきいた。そして、「カフェのカウンターの彼女」は、代名詞の「あなた」となり、短くて便利になった。これって、小さな細かいことで、どうしても必要ってほどじゃないけど、すごく大切なことでもある、っていう一例だと思う。

「で、項目カードを持ち帰るつもり？」ピップが電話のむこうできいた。「あたしはこれから十五年間、うちの本棚を倒れないように押さえながら、マロリーが辞書にかじりついてるのをがまんするってこと？」

「しかたないでしょ」

aberglaube（名）迷信、aberr（動）迷う、aberuncate（動）根こそぎ引き抜く

「で、大丈夫なの？　マジで。本気で言ってるんだよ」

「ちょっと処理オーバー、かも。たぶんね。まだまだだし」

「でも、ちょっと面白いかも。その男が、むかし……えっと、ヴィクトリア時代ってどんなだったっけ？」ピップがそう言いながら降参というように両手をあげているようすが目に浮かぶ。「シルクハットに鳥うち帽にコレラ。ハンサムキャブ（屋根付き一頭立て二輪馬車）。蒸気機関車と電報。それから、フェイク語をでっちあげて、図々しくもマロリーをひどい目に合わせてる犯人」

「ふーんそうなんだ。ありがとう」

「じゃ、ネタバレ。最後の最後に出てくる犯人は『zebra（名）』だよ（シマウマ（zebra）は辞書の最後に出てくることと、推理小説の犯人は最後に明かされることをかけたジョーク）」

「うまい。いいね」

「じゃ、あとで」ピップは言った。

「うん」

「で、大丈夫？」ピップはまたきいた。「朝のことはもう平気？」

「うーんと」わたしは聞いていなかった。

「愛してる」ピップが言い、わたしは電話を切って、目の前の項目カードを手に取った。

Jは捜索のJ

jerque（名）密輸品や未申告品がないか、捜索すること、登録されていないものがないか調べること

机で数時間、頭痛に耐えたのち、ウィンスワースはスワンズビー社を抜け出して、外の空気を吸いにいった。でっちあげの造語の案を詰めこんだカバンを肩にかけていたが、そんな遠くまで行かずに、セントジェームズパークのベンチに腰を落ち着けた。猫の「噴出物」のせいでシャツがほんのり湿っている。膝をじっと見つめ、両手を眺める。今朝、慌ててロックフォート＝スミス博士の診察所へむかったせいで手袋を忘れ、指にあかぎれができかかっていた。

ズボンのポケットから誕生日ケーキの残骸を取りだし、ひっくり返してみる。ケーキはどんなケーキ屋も感心するだろうというくらい平らに圧縮され、やたらとつやつやして、パーティ後に汗でもかいたみたいだった。ふいに仲間意識がこみあげ、しげしげと眺める。そして、膝にこぼれ落ちたくずを手のひらに受け、払い落とした。ケーキの表面に、アイシングで描かれたフラシャムのFの文字が残っている。その摩擦子音の文字に目をむけたまま、ケーキを顔の前まで持ちあげ、思い切りがぶりとやった。その歯圧で、アイシングにほとんど見えないほど細いクモの巣状のひびが走

り、モザイク状に割れた。

セントジェームズパークはスワンズビー社からいちばん近い公園なので、社員がよく、ぶらぶらとやってきて、季節によって時間つぶしに花壇を眺めたりアヒルにエサをやったりしている。掲示板やフェンスに書かれた〈セントジェームズパーク〔St. James's Park〕〉のアポストロフィの位置は、スワンズビー社の編纂部にとっては災いのもとであり、はたまた恩恵でもあった。ウィンスワースが働きはじめた年に、若手の社員と公園の管理人たちとのあいだでこのアポストロフィを巡る消耗戦が繰り広げられた。その当時、公園の芝生や敷地のあちこちに立てられた看板のとある部分が消されて読めなくなる（そして、また元にもどされる）という事件が頻発し、それに従って、公園を所有しているのは聖ジェームズ一人になったり〔St. James's Park〕、聖ジェームズたち〔St. James' Park〕になったりした。

毎日が刺激的というわけだ。

ウィンスワースが選んだベンチは、ちょうど小径の曲がるところにあり、人工池も、興味をそそられるような眺めや美しい景色も、なにも見えなかった。つまり、ここなら、同僚に邪魔されたり、耐寒力の高いカップルや観光客が迷いこんできたりということもないだろう。この時期は、花壇のほとんどは見るべきものもなく薄茶一色に覆われ、刈りこまれてわびしい雰囲気を醸している。それどころか、まわりで目につくのは、ベンチの足元にはえている早々に綿毛をつけたタンポポくらいだ。雨と寒さの中生き延びてきたのだ――会社で植物学が専門の人間に、季節外れなのか、別に珍しいことではないのか、きいてみよう。雑草雑草と言われるが、単に許しを得ずに咲いてしまった花なのだ。綿毛を一本、ありがたく蹴とばすと、種がパッと散った。

スクリブナリーホールから離れていると、肩の筋肉から力が抜けるのがわかる。息も深く吸うことができる。公園の空気のおかげで頭がすっきりすると、新たな自信が湧いて、名案が浮かんできた。あと知恵ってやつだ。あの場で言いそびれた当意即妙の返答をあれこれ思い浮かべる。「おいおい、アップルトン、まったくどうしようもないやつだな。コールリッジは、フラシャムの父親が生まれもしないうちに死んでるよ。いいか、ビーレフェルト、カラフェ首のマヌケめ、ミス・コッティンガムを感心させたくて、えらそうに『ロマンティサイズ』のことを語るなよ。コールリッジの造語にはほかにも『ビセクシュアル（両性具有）』『バセティック（ちんぷな）』『インテンシティ（強める）』『フィスター[*1]』があるんだ。それで、ご立派な週末を過ごした気分になってるとはな」

誕生日ケーキの甘さが奥歯にしみて、目を閉じて痛みをこらえる。今日という日だけですでに、体にかなりの負担がかかっている。**ポン、ポン、ポン。**せめて歯痛は出番を控えるべきでないか。

小径のむこうのどこかで、姿は見えないが鳥がさえずっている。弱々しい太陽の光を顔に浴び、ふいに眩しいような気がして、あくびが舌の下をピリピリさせる。頭をはっきりさせようと犬のように振る。それから懐中時計を取りだして、昼寝ができるかどうか計算した。徐々に吐き気が収まり、疲労感が湧きあがる。今はただただ眠りたい。スクリブナリーホールの隅っこで丸くなっている猫のように、なんにも気にせずに。

でも、今眠ったら、このあと一日じゅうぼーっとするだろうし、今夜の睡眠が損なわれてしまう。ケーキを食べて、公園をもう一周して血の巡りをよくし、新たな気持ちでこのあとを過ごそう。ウィンスワースは眼鏡をぐいと鼻梁に押しつけると、無理やり顔をあげて空を仰ぎ、眠気を追い払おうとした。二羽の小鳥がせわしげにさえずりながら空気を編むように空をわたっていく。ただの想像だろうか、タンポポの種が彼の視線をふわふわと横切り、飛んでいく小鳥たちに合流したように見えた。このまま草むらでタンポポの綿毛がのっぺらぼうになるまで蹴っていたとして、社の誰かが彼のいないことに気づくだろうか？　午後は、書類や手紙や言葉の山に囲まれて過ごさずに、空想に／を／へ遊び、小鳥の数を、数字が尽きるまで数えていたとしても、かまわないのでは？　公園には、つややかな羽をしたおかしな野鳥たちがたくさんいる。名前がわかるものもいるが、まだホシムクドリたちがもどってくるには季節が早いはずじゃないのか。星の散りばめられた輝く羽を持っている星椋鳥（むくどり）。勇敢なのが一羽、足元でぴょんぴょん跳ねてケーキのくずをついばんでいる。見あげると、何羽もの小鳥たちがタンポポの種と共に飛び交っていた。飛ばされた願いは、生け垣の穴（スメウス）を探す小鳥のごとく、空にあいた穴を探しているのだ。一月に公園のベンチで見られる珍しく魅惑的なものたちが一堂に会している――南で越冬しているはずのホシムクドリ、タンポポ、飛ばされた種に、灰色の雲を背景に群れを成して飛ぶ小鳥たち。種も小鳥たちも、まさに羽根のようにうつろう真昼の霧をかすませ、惑わせる。空は本当は灰色などではなく、何千年と小鳥たちが飛んできた跡と願いをこめた種にあふれているのだ。小鳥と種に満ち満ちた空は、混ぜられ、熟し、願いで火照り、そよ風は小鳥の吐息のようにおだやかで、まるで――そう――肺の上の小部屋でいつかきっと、きっといつか止まる心臓のようにおだやかなのだ。種の形は「さく果（か）」と呼ぶにはやわらかすぎ、まるで顔に陽の光を浴びながらベンチで眠るのにも似て、地球と呼ぶにはやわ

＊1　作者によれば、19世紀には拳で闘う者のイメージを持つ言葉だった。同時に現代では性的な含みをもつスラングにも使われている。

らかすぎ、星座というにはもろすぎ、願いをかけるに足らぬと言うには頑丈すぎる。小鳥たちの群れが、そう、一羽の小鳥ではなく雲の大建築のようなタンポポの種の率いる声なき「murmuration（名）ムクドリの群れ、ざわめき」が、綿毛坊主（クロック）が願いをかけられて飛んでいくときに漏れた無数の吐息のうちのほんの一息でバラバラになってしまう。時間や時計（クロック）の針などとは関係ない規則正しさ（クロックワーク）をそなえ、集まり、舞いあがり、羽ばたくためだけにただただ群れを成し、翼と骨とくちばしの連なりというよりは楕円の集まりとなって、輝かしい若者というより白髪の老人として眠りに落ち（そう、花よりもふわふわの綿毛として）、集めるのだ、空白のふきだしや、決して口にされない語や、口に出せない語や、頭（かしら）のいない小鳥の群れのようにせわしく会話に訪れる沈黙を。くるくると回り、そっと散って、どこよりも広い空さえも温め、色づけるために。

　頭がガクンと傾き、ウィンスワースは目を覚ました。公園のベンチにななめに寄りかかったかっこうで、服はしわくちゃになっていた。目の前に少年が立って、オモチャのボートを持ったまま、こちらを見つめている。どうやらかなりのあいだ、そうやって見ていたらしく、ウィンスワースがブルッと体をふるわせて姿勢を正し、思わず咳払いをすると、少年はビクッとして両手で抱えていた木製のボートを落とし、マストを折ってしまった。ウィンスワースの謝る声と、少年が驚いてあげた声が空中でもつれあった。

　しかし、ボートを落とし、泣きわめきつつもまだ、子どもはこちらを見つめている。目は大きく見開かれ、口はだらしなく開いて、幽霊でも見たようだ。泣き叫んでいるせいで、ますますその印象が強くなる。この声は、自分でボートを壊してしまった怒りやショックからではなく、本物の恐怖からくる声だ。

ウィンスワースは頭を振って眠気を払い、少年を見つめ返した。少年は、ウィンスワースを通してむこう側を見ているようだ。ついにウィンスワースは透明人間になったのだ。同僚たちが彼の存在に気づかなかったり目もくれなかったりはしょっちゅうだったが、さっきスワンズビー会館から出て以来、彼の中で明らかになにかが変化していた。さらに先の段階へ進んだというか、よりはっきりしたというか――ウィンスワースはどうやってかだんだんと薄らいで、ついに無に、わずかな魅力すらない空気になったのだ。すると、こちらを見つめている子どもの横に保護者である母親が現われ、ウィンスワースのほうにぐっと顔を近づけた。その顔には、子どもとまったく同じショックの表情が浮かんでいる。今や、公園のベンチの上にスーツと誕生日ケーキの残骸が浮かんでいるようにしか見えないのに違いない。

ウィンスワースは試しに、幽霊らしくそっと手を振ってみた。

母子の顔に、余計なことに気を散らされたときの不快そうな表情が浮かんだ。それを見て、もしや少年と母親が見ているのは自分ではないのかもと気づき、ウィンスワースはすわったままくるりと体を回転させて、二人が見ているほうを見た。

ベンチから一メートルほど先に、王立公園であるセントジェームズパークで飼われている巨大なペリカンが一羽、首をぐっとのばしたかっこうでシューシューと声なき声をあげていた。それだけではない――鳥は血らしきものにまみれ、その首を女性が絞めあげていた。

ペリカンは喘ぎながらも懸命に抵抗し、どこか滑稽な頭を空へむけ、生気のない目を白黒させていた。鳥もそれを襲っている人間も、低いうなり声ともとりとめのないつぶやきともつかぬ声を発しつつ、芝生の上をぐるぐる回っている。女性の帽子はとうに跳ね飛ばされ、さんざんに踏みつけにされていた。

女性が鳥の首に回した手指は、揺れるピンクののど袋に埋まっている――そうしながらもひっきりなしに動いて、パニックを起こした鳥の翼をひょいひょいよけている。

ウィンスワースのうしろから、母親の声がした。「ペリカンには、人間の腕の骨を折る力があるのよ！」

「ちがうよ。それはハクチョウだよ」目を丸くして格闘を見つめている息子が、かん高い声で訂正した。

はたから見ると女性と鳥は妙にマッチしていて、小競り合いしているさまにはどこか荒唐無稽ながら舞踏会めいた雰囲気がある。ペリカンの赤く染まった羽毛と真っ黄色のくちばしに対し、女性は赤と白のストライプ生地のスカートをはいて、脇に黄色の傘を挟んでいる。鳥と女性は互いに引っぱったり喘いだりしながら不規則なワルツを踊りつつ、ウィンスワースと母子のほうへ近づいてきた。

ペリカンがひどく汚らわしい喘ぎ声をあげた。

「通報しないと――」母親が言って、ベンチにさらに近づいた。

ウィンスワースは眼鏡を押し上げた。まだ昼寝のせいでもうろうとしている。「いったい誰に――」

「あの女、頭がおかしいのよ！」母親はウィンスワースの言葉をさえぎり、息子を引き寄せた。もがいて顔をそらした少年の視界に落ちている壊れたボートが入り、金切り声があがる。ウィンスワースは、自分が二つのバカげた騒ぎのあいだでにっちもさっちもいかなくなっていることに気づいた。うまくこの場から逃れる方法を考えねば。

「どうにかして！」ところが、母親は、ウィンスワースがこの状況をどうにかすべきだと決めたらしい。こちらを見る容赦ないまなざしにそれが感じ取れる。一方の顔を真っ赤にした息子は横で地団駄を踏んでいる。

　ウィンスワースは一歩前へ出た。この場には、礼儀作法もへったくれもない。小さな声で「あの」と声をかけたが、ペリカンウーマンは夢中で闘っていて、ウィンスワースの声など耳に入らないようすだ。ウィンスワースは半ば上の空でまだ残っていた誕生日ケーキの小さな塊を女性と鳥のほうへぽいと放った。ケーキは女性の肘に跳ね返っただけで、なんの効果も生まなかった。母親と少年がじろりとウィンスワースを見つめる。だが、ウィンスワースの声を聞いたペリカンがほんの一瞬、彼のほうに（丸く、人間に似ていて、パニックで瞳孔が開いている）目をむけ、体をこわばらせた。その一瞬の隙を逃さず、女性は戦略を変えたか、それともふいに勇気が湧いたのか、とにかくペリカンを体ごと持ちあげ、背後から首に腕を回して抑えつけた。うしろから差す薄日に鳥ののど袋がやわらかなローズ色に輝き、薄膜を走る血管が黒々と浮かびあがった。

　少年と母親とウィンスワースは目を剝いた。

　この劇的な情景は一秒と続かず、次の瞬間ペリカンの首がクッと曲がって、蛇のようにすばやく上に突きあげられた。くちばしが女性のあごを捕らえ、女性は一瞬たじろいだが、それでもペリカンののどをつかんだ手は離さなかった。

「放してやってちょうだい」母親が叫んだ。「ジェラルド、見るんじゃありません。あの女、鳥を殺そうとしてるわ！」

その声に女性が振りむいて、こちらを見た。目の上に小さな切り傷があり、髪がほつれて額にべったり張りついている。え――

ソフィア？　パーティの？

ウィンスワースは、自分がどうやってあんなにすばやくベンチを飛び越えられたのかも、どうしてひと跳びであれだけの距離を進めたのかもわからなかった。が、次の瞬間、彼はペリカンの目の前にすっくと立ち、敵を叩いて叩いて叩きまくっていた。両膝で押さえつけ、巨大な白い胴体へパンチを繰り出す。下ではペリカンがもがき、うしろでは母親と子どもが悲鳴をあげつづけているが、頭にあるのはソフィアの目の上の小さな傷のことだけだ。傷から流れ落ちた血が彼女の片頰を伝い、美しい顔の左右対称性をぶち壊している。鳥は、血など流していなかったのだ、羽を赤く染めているのはソフィアの血だったのだ。ウィンスワースはペリカンの胸を叩いて、叩いて、叩きまくった

――

Kはケレメノピーの**K**

kelemenopy（名）あらゆるものの真ん中にあるどこにもつながらない連続した直線。アルファベットの真中のklmnopから作られた、アメリカの詩人で語源学者ジョン・チャーディの造語

漫画のキャラクターが悪口雑言を吐いているとき、ふきだしにハッシュ記号やビックリマークや毒々しい記号を並べて、悪い言葉を話していることを示す。「グロウリックス」、誤植文字列ってやつだ。「@#$%&!」。「グロウリックス」って響きは、まさにイライラしてうなり声をあげている感じがする。今日みたいな日は、わたしの脳はまさにこの状態。項目カードをひたすら読むなんて作業をしていると、頭の中にアスタリスクがいくつも居座り、さかさまのクエスチョンマークが、巻き上げ機のフックみたいに脳のあちこちにがっちり引っかかる。頭の中がまさにグロウリックスしている、している。グロウリックスに動詞があるかどうかなんて、知らないけど。それを言うなら、グロウリックスの複数形だって知らない。ただSをつければいいわけ？　それとも、「単複同形（単数形と複数形の形が同じ単語）」とか？

自分がどんどん退屈していくのがわかる。項目カードの上にわめいている自分の姿を落書きする。誰にでもあるはず。つまり、紙の余白を埋めるのに無意識のうちに何度も描いている絵とか図とか。大学時代、ノートに、箱と小さな猫のイラストを何千個も描いたっけ。項目カードに落書きとかしたんだろうか、この辞書編集者も？　一人とはかぎらないか。ゲレンデのコースから外れちゃった編集者たち。退屈を紛らわすならもっといい方法もあったんじゃないかな？　フェイク語を作ったせいで、わたしが今、片っ端から探すはめになったんだから。

くりかえし同じ作業をしてると、雪眼みたいな状態になる。ピップも、仕事中に、同じような状態になるって言っている——コーヒーの注文がさっぱり意味をなさなくなって、あとは筋肉に刻みこまれた記憶をたよりに作業をするしかなくなるって。

項目カードの山から適当に何枚か引き抜く。定義をチェックして、もし見たことがない言葉だったら、スマホで検索して照合する。

一枚を窓のほうへ掲げ、美しくループを描く文字を読んだ。

crinkling（名）早熟の小さなリンゴ。参照１：crinkles（しわし）。参照２：（イングランド地域で広く使われている）crumpling（しわくちゃ）。参照３：craunchling（でこぼこのリンゴ）。

ダブルチェックし、誤りだと確信する。またフェイク語。でも、くそくそくっそ気に食わないけど、精査に耐えるだけの出来の良さがある。

くたびれて、スマホのページがかしいで見える。言語とは不安定なものだという議論は、面白いしころころ変わるし退屈だけど、高校のときから耐え／楽しんできた。でも、この作業はまったく別だ——ネット上のページや無限にある膨大な定義を見ていると、どの語が本物で、なぜそんなものをわざわざ載せようと思ったのか、もはやわからなくなる。わたしの想像力が欠如してるせいだと思う。もうお手上げ。だけど、辞書や百科事典を編集するのは、スワンズビー新百科辞書くらいお粗末なものだとしたって、星をふるい分ける方法を考え出すようなものだ。辞書のオーディオブックがあったら、と夢想する。語を文字通り食べて（ブラウズ）[*1]、味わうところを夢想する。デスクに散らばっている項目カードを漁って、貪って、語源をかみ砕き、反芻する。どれが歯に挟まって、取りのぞけるかを確かめるために。そう、くりかえし味わうのだ。

もう一度カードを掲げてみる。「クリンクリング」、と心の中で読みあげる。「小さいリンゴの一種」。早熟のリンゴ。どういう意味？　なんなのよ。「クリンクリング」っていう動詞か形容詞から連想されるのは、目尻。じゃなきゃ、ミスターブロビー（バラエティ番組から生まれたピンクのぶよぶよの胴体のキャラクター）。じゃなきゃ、ゴミ入れのよく見えない奥まった場所とか。「クリンクリング」って、リンゴのくせに根（ルーツ）が見えないって、どういうことよ？　これってつまり、むかし、この果物を持った人間が「ほら、あれあれ」とか「例のあれよ」とかただ「小さなリンゴ」とは言わずに、「クリンクリング」って名付けちゃったってことだよね？　で、別の誰かがそれを書き留めた。アダムとイヴは、大地の動物たちと、空の鳥たちと、ややこしい早熟の「クリンクリング」に名前を付けたわけだ。

＊1　ブラウズ［browse］には、目を通す、閲覧する、という意味と、（牛などが）草を食べるという意味がある。

このデスクにすわるようになって、「大人のADHDの症状」をスマホで調べたのは、初めてじゃない。結果で表示された最初の数件にさっと目を通す。それから、「大人とは?」を検索する。結果画面のいちばん上のサイトは、紫色で表示されている、つまり、すでに見たことがあるってことだ。

デスクに散らばっているカードをちらりと見やる。かんべんして、黙ってよ、面白すぎるし、過剰だってば、と言ってやりたくなる。でもこれって、職場で女性を貶めるときに使うセリフと同じじゃない? 職場だけとはかぎらないか。とにかく、わたしはそれを辞書の資料にむかって言いたい。だって、考えれば考えるほど圧倒されるし、大嫌いだから。

かんべんして! 黙ってよ! 面白! すぎるし! 過剰! だって! ば! これって、まさにピップに対して抱いている気持ちかも。だって、考えれば考えるほど圧倒されるし、大好きだから。

いったいわたしはなんで、こんなこと考えてるわけ?

二枚の項目カードをかかげる。目をぐっと細める。

フェイク語が書かれたカードは、ほかのカードとは違うタイプの万年筆が使われている。ほかのカードももちろん、いろいろな筆跡で書かれている。何百人もの人が、何千枚ものカードに記入してるんだから。でも、筆跡が違っても、文字のかすれ方は同じだし、線もハネの感じも同じだ。だけど、フェイク語の項目カードでは、書いた人間は別のペン先を使っているように見える。

そのとき、オフィスの壁をノックする音が聞こえた。

太陽のように、激震のように、世界一アグラプトでないピップの顔が、ドアからのぞいた。

Lは早わざのL

legerdemain（名）手品の早わざ、ごまかし、こじつけ

ソフィアの傘がウィンスワースの横っ面をひっぱたいた。ウィンスワースは転がってペリカンを放してしまい、仰向けになってかすかに喘いだ。

「のどになにか詰まってるのよ」ソフィアが言った。やはり息を切らしながらかたわらに膝をついたが、目はウィンスワースの左に倒れている鳥を見つめたままだ。三者ともレスラーよろしく息があがっていたが、ソフィアは片方の手を鳥の頬に当て、もう片方の手で鳥の首筋をなぞった。

ウィンスワースは慌てて上半身を起こした。

「ほら」ソフィアに言われ、ペリカンののどに目をやると、確かに皮膚の下で明らかに脈とは違うリズムでなにかがヒクヒクしている。この近さから見ると、目玉も眼窩（がんか）から飛び出そうだ。

「くちばしを開こうとしてたのよ――」ソフィアは喘いだ。「くちばしを開いて、腕を突っこんで、それを取ろうと――」

ペリカンがいきなり前へ出て、三十センチほどあるくちばしが三角帆のように揺れた。ウィンス

ワースとソフィアはぎりぎりのところで飛びのいた。

見物していた母子の姿は見当たらない。

「鳥を絞め殺そうとしているように見えたんです。てっきり鳥があなたを襲ったんだと」ウィンスワースは言った。

「バーティツ（格闘術と護身術の要素を合わせ持つマーシャルアーツ）を習っていたの」ソフィアはそれが説明になるかのように言い、目にかかった髪を手首で押しあげた。血が出ていることに気づいていないか、気にしていないらしい。「鳥が動かないよう押さえておける？」

「もちろんです」ウィンスワースは嘘をついた。

「なんとかなると思うの」ソフィアは唇を噛んで考えている。「のどに詰まってるものがなんであれ、なんとか取れると思う――鳥が動きさえしなければ――」

「もちろんですとも」ウィンスワースはくりかえしたが、ますます確信は揺らいでいた。人間の腰の高さほどもある巨体のペリカンはしりごみし、頭を下げて左右に揺らしている。ウィンスワースは上着を脱ぎ、内側を自分のほうへむけて左右にぴんと伸ばすと、そろそろと近づいていった。

「と――闘牛士のように」理由もなくつぶやく。

「『すばやい身のこなしの闘牛士のように』ね」ソフィアはバイロン卿の引用を口にした。どう見ても楽しんでいる。ソフィアがほほえんでいるのを、そう、どこか狂気じみた笑みを浮かべているのを見て、ウィンスワースの心はバカみたいに舞いあがった。

　と、ペリカンはこの隙を逃さず、小躍りするような動きでフェイントをかけ、ウィンスワースのわきをすり抜けて、舞いあがろうとするかのごとく加速した。ウィンスワースも同時に飛び出しこんだ。

——本能のままに、上着をペリカンの肩部あたりにバッとかぶせ、もろとも頭から芝生の上に倒れこんだ。

「捕まえたぞ！」

叫んで、上着の両袖をきりきりとひっぱる。ペリカンも負けじと暴れ、翼を打ち下ろす。柔らかく生暖かいのど袋がひたひたと手に当たる。ウィンスワースは体を起こして鳥に飛びかかり、両膝で押さえつけ、上着で胴体をくるんだ。首だけが木馬のように突き出たかっこうになり、ついにペリカンはおとなしくなった。ふいに力を失ったようだ。押さえつけられた鳥に見つめられ、ウィンスワースは顔をそむけた。

咳をして荒い息をごまかしていると、ソフィアがこちらへ近づいてきた。「こいつはまだ——ぼくなら、くちばしには近づきませんね。おそらく——神経が高ぶっていますし、思うに——少々凶暴なようですからね、あなたの目をくりぬかないとも言い切れない」

気がつくと、公園の別の場所から群れ集ってきたガチョウたちが、こちらを咎めるかのようにガアガアがなり立てていた。そのうち一羽が近づいてきて、ウィンスワースの腕に頭突きを食らわせようとしたので、ぱっと肘をあげたひょうしに、意図的というよりは偶然にペリカンのくちばしでガチョウの顔をひっぱたいてしまった。ガチョウは物悲しい声をあげて舌を出し、退散した。

「みんなどこに？　この公園は、ふだんはやたら人が通るのに——」

ソフィアが黄色い傘をこちらへ突き出しながら、近づいてきた。「いい、そのまま鳥を押さえていてくれれば——」

ペリカンが、のどを詰まらせたようなおかしな声をあげた。頭を振りあげ、くちばしを大きく開く。のど袋がめくれ上がって裏返しになり、頭が九〇度以上のけぞった。ありえない。このまま体が破裂するんじゃないか。血まみれの羽毛がウィンスワースの首元に押しつけられ、一瞬、なにかしんなりした感触があり、ウィンスワースはぞっとした。

ソフィアはペリカンのくちばしを両手でつかみ、軽々と上下に押し開いて、のどの奥をのぞきこんだ。

「だめ、なにも見えない、でも、だからって――ないわけじゃ――」

ペリカンからはなんの反応もないが、息はしており、ウィンスワースの胸に浅いゴロゴロという呼吸が伝わってくる。

「なにか飲みこむところを見たんですか?」ウィンスワースはたずねた。ペリカンの太い足がかすかに蹴ってくる。

「歩き方がおかしかったのよ」ソフィアは両手でペリカンの頭を左右へ動かし、目をぐっと細めた。「どうみても――ほら、ちゃんと息が吸えてないでしょ。どうかしら、あなたが叩いてみれば、もしかしたら――」

ガチョウ軍団の中でも勇気のある数羽がまたガアガア鳴きながら突撃してきたが、ソフィアに傘で追い払われた。

「さあ、どうでしょう」ウィンスワースはペリカンをぐっと持ち上げて胸に抱え、バグパイプふうにわずかに傾けた。「もしかしたら――いちばんいいのは――」一瞬、ペリカンの頭をわきに挟んで、くいっと一ひねりするところが思い浮かぶ。ペリカンがカクッとこと切れ、それですべてかたがつくというわけだ。すると、ペリカンがまたもや目を合わせてきた。半透明の紫のまぶたが目頭から目尻へむかってさあっと閉じた。

「そうだわ！」ソフィアが顔を輝かせた。「リボンを持ってる？　それか――靴紐を外してもいい？」きくにはきいたが、ウィンスワースの答えに関心はないらしく、ソフィアはさっさと靴紐を外しはじめた。ガチョウとアヒルがウィンスワースをガアガアあざ笑う。ウィンスワースはペリカンをますますきつく抱きかかえた。ソフィアは舌打ちしている。アドレナリンのせいで指がスムーズに動かないらしい。すると、ふっと靴がゆるくなり、見ると、ソフィアは靴紐ですばやくペリカンのくちばしをぐるぐる巻きにした。ソフィアの顔がすぐ目の前にある。二人のあいだにあるのは、ペリカンとぷーんと立ちのぼってきたペリカンのにおいだけだ。

「それ、使っていい？」ソフィアは言って、ペリカンの腹に巻かれたウィンスワースの上着の裏地へ手を伸ばした。そして、なにかをすっと引き抜いた――ウィンスワースが内ポケットに入れていたスワンズビー社の万年筆だ。ソフィアは金属製の万年筆を手に取ると、ぐっとたわませた。いや、たわませたんじゃない、思いっきり曲げている。と、鈍いパキンという音がして、万年筆が折れた。いや、ソフィアはペリカンのくちばしをつかみ、のどを上からすっとなぞって、鎖骨の場所を確かめた。いや、ペリカンには十中八九、鎖骨はないだろう。とにかく、ソフィアは折った万年筆をペリカンののどへ気管切開の要領でぐっと突きさした。

空気の放出されるシュウウウウという音がして――抱えているペリカンが膨らみ、次の瞬間、ガフッと空気を呑む音がした。

ガチョウがクワックワッとかん高い声をあげた。

鳥も男も女も喘いでいる。

「ここにはしょっちゅういらっしゃるんですか?」ウィンスワースはたずねた。

Mは嘘つきのM

mendaciloquence（名）巧妙に嘘をつくこと

「手伝いにきた」ピップはあっさり言った。

そして、わたしのデスクに重ねられたトレイを一つ取って、自分のほうへ引き寄せる。

明快さはピップの才能であり、わたしが彼女を好きになった理由のひとつだ。ピップは総じて行動の人だ。そして、行動は総じて言葉よりもいい。対するわたしは、とにかく心配性。「どうやって入ったの？」

「ドアが開いてた。言っとくけど、今度マロリーのボスに会ったら、セキュリティについてたっぷり言わせてもらうから。脅迫されてるんだよね？　ホモフォビアの連中が乱入してきてもいいわけ？」

「だけど、カフェのほうは——？」

「ドアが閉まってて『閉店』って札がかかってれば、そうそう無視できないもんなのよ」ピップは部屋を見回して、電話を探した。

「あれが、例のがかかってくる電話？」

「そのことなら大丈夫。ほんとにここにいるつもり？」

「あたしを止められるもんなら止めてみたら？」ピップはそう言って、わたしをぎゅっとハグした。言葉よりも雄弁ってやつ。

「だめよ、帰らなきゃ」わたしはもったいをつけて言うと、精一杯背筋をのばしてみせた。まあ、ハグ中にしてはってことだけど。


系統だったやり方でしようということになり、ピップは窓辺に腰かけ、わたしは椅子にすわって、二人して細に入り微を穿つような独特の筆跡を探していった。ピップがカフェからランチを持ってきてくれたので、しばらくのあいだ、多忙で退屈な沈黙の時間が過ぎていった。

一時間後、ピップはスワンズビー新百科辞書のページをパラパラとめくりながら、腹立たしげに舌を鳴らした。

「さっきからもう五分くらい『パット（叩く）』って単語を見てるけど、なんにも頭に入ってこない」

ピップの言いたいことはよくわかった。わたしの目と脳のつながりは完全に断ち切られ、ぜんぜん集中できなくて、ごく標準的な語すら認識できない。項目カードの手書きの文字列をじっと見つめていると、脈打っているみたいに見えてくる。「それはさすがにチェックしなくてもよくない？」わたしは言った。

「さようなら、パット！」ピップはカードを、デスクの奥のどんどん高くなっていく山のほうへひょいと放った。見つかったフェイク語は、封筒の中に入れることにしていた。

「考察：言葉とはどのようなものか？」

「ありがとう、手伝ってくれて。それにしても、紛れこんでるフェイク語をぜんぶ見つけられたかどうかなんて、わかりようがないよね？　デイヴィッドはわかると思ってるのかな？　まあ、とにかく『二つの頭は一つの頭にまさる』って言うしね」

「手伝うのはあたりまえだよ」

「うん」

「こんな単語テストみたいな調べ物、マロリー一人でさせられないよ。だって、今度単語ゲームをやるときに、マロリーが圧倒的有利になっちゃったら困る」

ピップがわざとはぐらかしているのはわかっていた。職場にかかってくる脅迫電話のことを話して以来、ピップはめちゃめちゃ心配してる。なにもできないのがつらい、って。そのときは笑い飛ばして、たいしたことないよと言ったものの、こうしてピップが近くにいてくれると、なぜか会社の電話が怖く見えなくなる。

「単語ゲームなんてやったことないじゃない」未来のピップの姿（ピップだけどピップらしくないピップが、年取って腰がほんの少し曲がり、格子縞のブランケットを膝にかけて、わたしの正面でボードゲームのコマを見つめている）を思い浮かべる。同じほほえみ、同じ髪型だけど、ほんの少し白髪が増えている。そうなったころ、わたしたちはお互いどんな話をしてるんだろう？　そのころはいったいどんなふうになってるんだろう。

「女の子はいろいろ夢想できるのよ」そう言って、ピップは次のカードの束を手に取り、うめき声を漏らした。「ああ、神様！　ペリカンの大群を見つけちゃったよ。どこの言語だとしたって、『ペリカン』たった一語に、こんなたくさんの意味は必要ないよ！　いい、聞いてよ——」ピップは一枚一枚カードを読みあげては、ぴしゃりぴしゃりとデスクに置いていった。「まず、予想通りの『pelican（名）』。まあ、説明がめちゃ細かいけどね。ペリカンの瞳が『人間のよう』とか、どうでもいいし。それに、これって校正がちゃんとできてないよね。だって、それを言うなら、『人間の目のよう』って書かないと」

「スワンズビー新百科辞書は、そういうたぐいの項目は得意じゃないんだって」ピップに言う。

「ふうん、だとしても、ほら、まだあるんだよ！　次！　動詞の『pelican』。『ペリカンの真似をすること』だって！」ピップはそう言って、こういうことよって感じでペリカンしてみせた。「この用法は認めるよ、っていうか、まあ、需要があるのはわからないでもない。だけど、次のはおかしいでしょ、『pelican（名）』の二番目の意味。『容器の両側にカーブした管のついた蒸留器』」

ピップがにらみつけるので、わたしは言った。「わたしのせいじゃないし！」

「そもそも蒸留器ってなに？　ビーカーみたいなやつ？」ピップのうめき声にますます拍車がかかる。「まさかビーカーとビーク（くちばし）をかけたシャレとか？　あ、質問じゃないから——で！　ここまでは脳内処理できましたか？　では、なんと『pelican（名）』には、三つ目の意味もあるのです！　『歯を抜くのに使う先が二股に分かれた器具』」

「英語は複雑で豊かなタペストリーだからね。その三つなら、文脈を見れば、どの意味で使われてるかわかるじゃない」

「このうち一つは、ぜったいにフェイク語だよ！」ピップは反論した。

わたしはごめんねって感じでスマホを振ってみせた。「ピップがしゃべってるあいだに、調べてみた。どうやら本物みたい」そして、年代物の器具とフラスコの画像を見せた。

ピップは身を乗り出して、わざと怒ったふうにハイタッチした。丸三年のインターン生活で、このオフィスいちばんの活動的な音だったかも。「じゃ、やっと一つフェイク語じゃないって判明したから、残りね」

ピップはまたペリカンし、言葉と苛立ちをごくりと飲みくだした。「知識を得ると、却って自分はバカだって気になるよね。じゃ、次。『ペリキー』」

「『ペリキー』は本物。古代ギリシャ・ローマの卵形の壺だって」

ピップは項目カードを部屋の反対側へ放り投げた。「フェイク語が紛れこんでるって知っちゃうと、この辞書全体がただの——ええと、なんて言えばいいか、言葉が浮かばない」

「わかる」

「『妄想狂の目録』に思えてくる」

デイヴィッドとの会議のあと、「マウントウィーゼル」とはなにかってことについては、ピップにメッセージで送っていた。どっちかっていうと、ただの愚痴だったんだけど。そうしたら、ピップがそれってカフェの客にもいるって言いだした。ありえないくらい自信満々に切り貼りしたコーヒー用語で注文してくる客。しかも、本人たちは大まじめで、〈ハーフソイラテ・ラテフラペチーノ・オールフォームミルクにソフトヘッジをつけたのをグランデでテイクアウト〉とか言うらしい。あと、テイクアウトのカップに巻く紙には、「ザーフ」という名前があるんだって。わたしは返信で、驚き顔の絵文字を送った。

せっかく目の前にいるわけだから、その話を持ち出してみた。「あるよね、『ザーフ』みたいな、あるわけないと思っていた言葉」

「それが正式な名前」

「誰も知らないんじゃ、意味ない気がするけど」

「まあね。でも、これでマロリーは知ったわけだし、一生忘れないでしょ。あたしの正式な名前がフィリパっていうのと同じ」ピップは顔をしかめた。

「すてきな名前だよ」

「馬好きって意味なんだよ？　信じられる？」

「信じたくない。ピップのほうが、ピップに合ってる」わたしが言うと、ピップはデスク越しに身を乗り出して、わたしの頰にチュッと小さくて強力なキスをした。

それからさらに三十分ほどカードをめくっていたけど、ついにピップは椅子の背にもたれかかった。「考えつくかぎりの悪態を調べたおかげで、Jで始まるものについてめちゃ詳しくなった」

わたしは目をこすった。「もう少し系統だったやり方がありそうだよね」

「マロリーだったら、どんな語を入れる？」ピップはきいた。たぶん、わたしが言ったことは聞いてない。だとしても責められない。「こういうことを表す語があればいいのにってずっと思ってた語とか、ある？」ピップはさらに言った。「今の質問の言い方、まどろっこしいね。頭がショートしてる」

「『プレカリアート』[*1]が使われるようになったのはうれしかった。ぴったりな言葉がないところを埋めてくれたから」

「たしかに。だけど、もともとあった言葉をくっつけるのって、ずるい気がする。〈かばん語〉って言うんだよね？　か・ば・ん・ご。あーあ、言葉が意味をなさないことを表す語がいるよね」

「あるよ、ナンセンス」

ピップはカードをわたしの頭に投げつける真似をした。

「この男がどういうタイプか、想像つかない？　こいつがカードに入れたフェイク語から。どんなことに関心を持っていたか、なんとなくわかるよね。今、ちょうどチェスについての説明のところを読んだんだけど、やたらと長いの。これを書いたやつにとっては、単なる趣味以上だったたって気がする」

「なにか新しいことがわかった？」わたしは上の空でたずねた。カードを二枚窓のほうへ掲げ、なにか手掛かりが見つからないかとじっと筆跡を見つめる。

ピップはこわばった肩を回し、声を出して読みあげた。「『十四世紀には、多様な形のチェスが発展した。それぞれポーンがどんな目的を持っているかによって特徴づけられる』」

「いいね」スマホをタップしながら言う。

「まだ続きがある。この手書きを正しく読めてるとしたらだけど、『イヴァン四世はチェスのゲーム中に死んだ。そのようすがコンスタンチン・マコフスキーによる絵画に描かれている』だって。こんな細かい話をチェスの項目に入れる必要ある？」

「ネットによれば、どうやら本当みたいよ」

＊1　precariat――precarious（不安定な）とproletariat（プロレタリアート）を組み合わせた語。非正規雇用者・失業者を指す。

ピップは窓枠をドラムみたいに叩いた。「これを書いた人間は、退屈してたんだよ。この中にぜったい、やたらと凝った退屈についてのフェイク語があると思う。この男が暇をつぶすためだけに作ったやつが」わたしは、ご自由にお使いくださいというようにスワンズビー新百科辞書を顔の前で振ってみせた。「ほら、あれは――デイヴィッドが見つけたのはなんだったっけ？　クモの巣を突っ切って歩くとかいうやつ。あと、燃えているロバかなんかの」

「ロバの燃えるにおいでしょ」

「なんか、変な趣味があったんだよ、ぜったい」

上のほうから、明らかになにかが天井裏を走っていく音がした。漆喰のかけらがひらひらと落ちてきて、ピップが持ってきてくれたコーヒーにまっすぐ着水した。かけらはハイブラジル[*1]の形をしていた。

「この建物、崩壊しかかってる。上にいるのはドブネズミ？」

「だとしても、デイヴィッドはなんにもしないと思う。現状のままキープするのにかかるお金すら、足りなそうだし。いないかもしれないネズミ用のネズミ取りなんかにお金は払わないよ」

「幽霊かも」ピップはうきうきと言った。

「人間みたいに家賃を払ってくれるなら歓迎」

ピップはデスクにもどった。「『チェス』『チェスアップル』『チェス盤』『チェスドム』『チェッセル』――なんなの、アルファベット順ってサイテー」

「ようこそ、辞書の世界へ。『チェッセル』ってなに？」

「ここには、『チーズ製造用の型』って書いてある」

「なるほど」

「辞書は並べ方を変えたほうがいいよ。まず名詞、動詞、叙法、あとは——地理順とか？　わかんないけど。あーもう、うるさいな」

「なにも言ってな——」

「あたしはネズミの幽霊に話しかけてんの」たぶん二人とも頭がおかしくなりつつあったと思う。

わたしはこめかみをマッサージしながら言った。「前に教授がね、ネズミは最初の記録保管人だって言ったの——初期の本や原稿から紙をちぎって、自分たちの巣に持ち帰ってたわけだから」

「ネズミって巣で暮らしてるの？　『ドレー』って言うんだっけ？」

「『ドレー』はリスの巣」わたしは言った。いまいち確信はなかったけど。

「動物の動詞化の中では、『リス（しまいこむ）』のほうが『ネズミ（裏切る）』よりはマシだね。[*2] 例のヤバい名前の猫は、天井にいる連中をどうにかしないわけ？　みんな、もっとちゃんと仕事してよね！」

　またしばらくカードを読みつづけた。

「前に、会社の猫は、何代にもわたる猫たちの子孫だって言ってたよね」

「そういうふうに説明されたってことね」ピップが邪魔ばかりすることに、ちょっとイライラしてきた。言葉をふるいにかけてるときは、脳がしわしわになるレベルの静かさが必要なのに、それに慣れてない人間がいっしょだと集中できない。「うじゃうじゃいたらしい。『チャウダー』だね」

*1　七年に一度現われ、見た者は死ぬと伝えられている伝説の島。

*2　squirrel（リス）、rat（ネズミ）は名詞と共に動詞もある。

「それじゃ、スープになっちゃう。それを言うなら『クラウダー（猫の群れの意）』」

「どっちだっていいわよ」

「そんなにたくさん猫がいたなら、こいつがフェイク語を作るときのインスピレーションの源になってたかも。ほら、『目の前にあるものをあてましょう』ゲームみたいに。『目の前にあるものを定義しましょう』ゲーム」

　わたしは話半分に聞きながら親指を立て、またカードの山にもどった。

Nは取り押さえるのN

nab（動）取り押さえる、かっさらう、せしめる

〈ペリカン〉事件のあと始末は有能な公園管理人に任せ、ソフィアはすぐさまウィンスワースの腕を取ってさっそうと公園の門の外へ繰り出した。「ヒポクラテスも『汝(なんじ)の食事を薬とし、汝の薬は食事とせよ』って言ってるでしょ。わたし、エクレアと熱い紅茶をいただかないと、今日一日を乗り越えられそうにないわ」

そう言われたとたん、ウィンスワースの頭から近隣地域の知識がすべて吹っ飛び、脳がおろおろしはじめた。でも、ソフィアは気づいていないようだ。ウィンスワースがぎくしゃくと歩きながら、周りをくまなくねめつけるようにして店を探している横で、ソフィアのほうは袖についた血をしきりと気にしていたが、ふいに大またですたすたと歩きだした。そして、ウィンスワースは、状況を把握できないまま、いつの間にかソフィアと二人で通りの店や露店をのぞいてショールを探していた。とはいえ、こんなふうに気楽な感じで店に入るのに慣れていなかったから、ソフィアと店員が軽い調子でしゃべりながら、生地の手触りを確かめたり、うんうんとうなずいたりしつつ布の長所

や特徴を並べあっているうしろで、ただぼーっと立っていた。こうして新しいショールをしかるべく手に入れると、ソフィアは次は文房具店にいくと宣言し、ウィンスワースに腕をからめた。ほどなくウィンスワースは、心臓の上のポケットにペリカン社の〈インディアインク〉と新品のシルバーの万年筆をおさめ、ペル・メル街をあとにした。

「プレゼントくらいで、そんな気詰まりに感じなくていいのに！」ウィンスワースが居心地悪そうに肩をくねらせるのを見て、ソフィアは笑った。「今回は特にね。気高い行いのためにスワンズビー社のペンを犠牲にしたわけだもの。わたしが代わりを買うのは、当然のことよ」

ウィンスワースは、本当にそろそろ仕事にもどらないと、と言ったが、そのセリフを口にしたことへ体が拒否反応を起こしたのか、コホコホと咳こんでしまった。ソフィアは新しいショールを改めてぎゅっと体に巻きつけ、さっきより目立ってきた血のシミを隠そうとした。「辞書はあと一時間くらい、待ってくれるわよ」そう言って、ソフィアは足を速めた。「それに、ショックを受けたあとは、どこか静かなところで休んだほうが健康にもいいのよ」

ウィンスワースの頭に、アップルトンとビーレフェルトに挟まれた自分の席が浮かんだ。

「温かいものを飲んで、甘いものを食べましょ」

机の上に書類が散らばっているさまを思い浮かべる。「あなたの医学的見地からの忠告に逆らうつもりはありません。先ほどの患者への処置も見ていましたしね。ええ、無理ですとも、あなたの忠告をはねつけるなんて。鎧でも身につけていないかぎり」そう言って、ウィンスワースは、矢を胸に突き立てた堂々たる聖セバスティアヌスさながらによたよた歩くペリカンを真似してみせた。

「正直、なにを言おうとしてるか、さっぱりわからないわ。だから、どう？　どこか暖かい場所でゆっくり時間をかけて説明してくれない？」

ウィンスワースは、腕の下にある相手の腕にかすかに力が入るのを感じた。

カフェ・ロンフィグリ（フランス語で「意味のつかめない文」という意味）という店を、ソフィアは選んだ。気まぐれに入ったわき道を官庁街のほうへ少し歩いたところで見つけたのだ。スワンズビー会館にほど近いところだったが、ウィンスワースに見た覚えはなかった。もしくは、町を抜けるときに通っていたのに、自分とは関係ない場所だと見過ごしていたのだろう。テーブルクロスは、カチカチのアイシングみたいに厚く、角砂糖の器には凝った模様の彫られたシルバーのトングがついている。カフェの店主は、二人が席に着くと、ソフィアの眉毛の上の切り傷にベイキングパウダーを塗ってくれた。席は窓際で、すぐにプチケーキと小さなパンとデザートフォークが並べられた。

「わたしたちの国ではね」ソフィアはお皿を回して、パイ生地とクリームを重ねた繊細なケーキをじっくり眺めた。「このケーキは、ナポレオンパイって呼ばれてるの」

「彼にはちっとも似ていませんね」ウィンスワースは、皿の上のエクレアをフォークでつつきながら言った。

「うまいこと言うわね」ソフィアに言われ、ウィンスワースは顔をほころばせた。ソフィアはケーキの側面をフォークで軽く叩きながらクリームと薄いパイ生地の層を数えている。そして、口の端に細くついた粉砂糖を指先でふき取った。ウィンスワースは彼女の言葉を聞き漏らすまいと身を乗り出したが、当の本人は、なにを考えているにせよ、考える先からどこかへいってしまうらしい。そして、ティーカップを口元まで持っていったので、ウィンスワースから見える顔が、花柄のカップのせいで日食のように隠れてしまった。カップの底に手書きの文字で製造元の名前が記してあった。〈アビランド製陶所、リモージュ〉

　ウィンスワースは、すべての情景をできるかぎり正確に記憶しておきたかった。ソフィアがその一部となった今、カフェの細かいところまであらゆるものが重要になる。そう、カーテンのひだの影の角度から、器の中の角砂糖の数にいたるまで、すべてが。椅子の配置やほかのお客の姿勢がふいにものすごく大切なことに思え、誰かがドアをくぐるたびに鳴る鈴の音程までも、重要事項として索引をつけ、大切にしまっておきたくなる。

　きっと百科事典の編纂者はみな、こんなふうに恋を経験しているのだろう、とウィンスワースは考えた。完全主義者であり、事実を収集する者たちなのだから。だからといって、ウィンスワースは特に、カフェのいろいろ細かな内装やらお客やらを気に入ったわけではない。むしろ、二人のあいだに割りこんだ花柄のカップを地面に叩きつけたいくらいだった。（いまいましいカップめ！リモージュの窯など消え失せろ！）でも、カップに描かれた、くねくねとねじれた葉を持つブルーの花の名はどうしても突き止めたい。花の名がわかったら、いちばん近い花屋へ走って、その花を抱えきれないほど持ち帰り、大・小・中の花束で部屋を天井まで埋め尽くすのに。あらゆるディテールで己を満たし、カフェの香りのしない光はすべて締め出したい。今後一切、この身に近づけるものか。

　ソフィアはまだケーキに集中している。

「ひとつひとつの層すべてが、ナポレオンの率いる大陸軍（だいりくぐん）を象徴しているの。そして、これが」そう言って、ケーキの表面をひっかくと、飾りの粉砂糖がフォークにくっついた。「フランスの進軍を止めたロシアの雪。おかげで、コルシカの小男の軍がモスクワにくる前にやっつけられたというわけ」

「ペリカンの手術に、ケーキを使った軍事史講義。あなたはすばらしい解剖学者でいらっしゃいますね」

「こちらではなんて呼んでいるの？　こういうケーキのこと」ソフィアはきいた。

ウィンスワースはここでなにか詩的なことを会話に取りこもうとした。が、失敗した。「カスタードサンドケーキの変異型、でしょうか」

ソフィアはそうね、といったふうにうなずいて、ケーキを切った。

ウィンスワースはこうしたゆるやかな、行きつもどりつの会話には慣れていなかった。まったくのナンセンスに思える。あまりのナンセンスさに、今、ここで、『ふしぎの国のアリス』のイカれた帽子屋が別のテーブルからやってきたとしても、もはや驚きはしない。それどころか、眠りネズミが角砂糖の器の縁からパッと顔を出して、物語の中でやったのと同じようにMで始まるものの話をはじめたとしたって、ぜんぜん平気だ。ほかのお客が実は後光を隠し、天使のハープを持っていたとしても、そんなものだと思っただろう。目下の心配は、フォークやスプーンの正しい使い方を忘れてやしないかということだった。

「カスタードサンドケーキを表す実用主義的な名前ね」ソフィアは言った。「『実用主義的』という語で合っている？　ある単語があって、意味的にはぴったりなんだけど、なんの工夫もない感じがするという意味で使ってるんだけれど？」ソフィアは窓の外の官庁街を行き来する人たちを見た。

彼女が通行人から通行人へ適当に視線を走らせるさまを見て、自分も、言いたいことを表す語を探すとき、よくああしているなと思った。そうやって、脳の忘れられた箇所から、その語をうまいことと引っぱり出すのだ。すると、ソフィアが、今度はゆっくりと言葉を選びながら、言った。「実用主義と無神経さと陳腐さと鈍感さを混ぜ合わせたら？　それって、なんていう？」

ぼくです。ウィンスワースはそう言いそうになった。酔っぱらっているみたいだ。ソフィアもか？　最低だ。すばらしい。ソフィアはなんの話をしているんだ？　はじめたのはぼくなのか？　これが会話というものなのか？　本当なら、こうだったはずなのか？　会話っていうのは、無意味ですてきでおそろしいものだったのか？

「じゃあ、お仕事のことを話して。むかしから言語が好きだったの？」

「お断わりしてもいいでしょうか。どうかお許しください。ぼくは、自分の話をするのは得意ではないんです」

ソフィアは眉をくっとあげた。「そういうひと、ありがたいわ」

「むしろあなたのお話をしましょう」ウィンスワースは言った。

「お話しできることはなにもないの」という答えが返ってきて、意味がわからなかったが、ウィンスワースはケーキに全神経を集中させ、答えに満足したふりをしようとした。ソフィアは、そう答えたことで満足しているように見える。自ら会話を行き詰まらせるようなことを言ってしまったのを、ウィンスワースは後悔した。

「ここだけの秘密だけど、これ以上スワンズビーの話を聞かなくてすんで、うれしいの。昨日の夜のパーティのために、何人の名前を覚えなきゃいけなかったと思う？　最後には、頭の中でアルファベット順に並べるはめになったのよ。Ａは案じてばかりのアップルトン、Ｂは美辞麗句を並べるビーレフェルト、Cは好奇心いっぱいコッティンガム姉妹」ソフィアは指を折って数えた。「Eはまだいなくて、Fはもちろんフラシャム。そして、フラシャムについて回る愚臣グロソップ――」

「すばらしく中傷的ですね」ウィンスワースはうっとりしながら言った。

「立派な辞書を侮辱しちゃだめよね。完成にむけて全力を注いでいるわけだし。チェスはする？」

ソフィアはカヌレを一つ取った。

「いいえ、でも、ぜひやってみたいです」なんて、意味があってすてきな会話なんだ。なぜなら、まさに、話している二人以外にとっては無意味だからだ！　そして、おそろしくもある。なぜって、とびきりの「なんでもないこと」（どうでもいいたぐいの）で沈黙を埋めなければ――しかも、それをごく自然に続けてみせなければ――ならないというプレッシャーのせいで。

　ソフィアはにっこりほほえんだ。「ぜひ教えて差しあげたいわ！　ねえ、知ってる？　わたし、あなたが憧れのコーンウォールのコテッジにいる夢を見たのよ」ウィンスワースの手元が狂い、フォークが皿にあたっておかしな音が響いた。「それで、わたしはあなたのところへいって、いっしょにチェスをするの」

「それは――またずいぶんと――」ウィンスワースは言いかけたが、ソフィアはさえぎった。

「あなたなら、きっとチェス関係の用語も気に入るでしょうね。ツークツワンクって聞いたことある？」

「ツークツワンク」ウィンスワースはまったくつかえずにくりかえした。ソフィアが好きだというなら、もちろんウィンスワースのお気に入りの語になる。

「すてきでしょ？　自分の不利になるようなコマの動きしかできない局面のことなの。すばらしい言葉でしょ。最悪な気持ちを表していて。嘘にからめとられたような」

love（動）粉砂糖と、癒し効果のある紅茶の葉、もしくは、当たり障りのない小さな嘘を共有することで、虚空を満たすこと

「正直に申しますと、チェスのことはほとんど知らないのです」ウィンスワースは言った。
「一流の言葉がたくさん手に入るわよ」
「『チェック』や『ステイルメイト』以上のものには、ついていけません」
「たくさん教えてあげられる。流儀によっても変わるのよ、もちろんね。さしあたって、プレイヤーは、クイーンを取るときに『ガルデーズ』と言わなきゃいけないって知ってる？　もしくは、『アンプリース』でもいいんだけど。でも、最近はあまりこういう警告はしないのよね。騎士道精神次第ってこと」

ウィンスワースは、自分が間抜けに見えるんじゃないかとびくびくしていたおかげで、頭痛が治ったことを、ソフィアに伝えたかった。これからもずっとびくびくした間抜けでいたいと願っていることを、人生にこんなふうに無意味な瞬間が何度も何度もいつまでも訪れるよう熱望していることを、ただただ伝えたかった。

そのとき、すぐ横の窓がバンと大きな音を立てた。ウィンスワースはびっくりして、びくついて、汗びっしょりになり、思わずテーブルをつかんだ。フォークやスプーンがカタカタと鳴った。

外の通りから、テレンス・クロヴィス・フラシャムが手を振った。そして、ステッキを持ちあげもう一度窓ガラスを叩き、歯をぜんぶ見せてニッと笑った。

ソフィアはビクッとしてから、次の瞬間、ほほえみを浮かべた。

「信じられない偶然ね」

フラシャムが大またでずんずんとカフェに入ってくると、ドアの上についている小さな鈴が跳ねるように揺れた。フラシャムはカフェの店主を手で追い払い、帽子を二人のすわっているテーブルに置いたひょうしにウィンスワースの皿を落としかけた。

「ソフィア！」フラシャムはかがんで、ソフィアの耳の上あたりにすっと顔を寄せ、軽くキスをした。ウィンスワースは目をそらした。フラシャムは、カフェには大きすぎ、整いすぎていた。新たに現れたもう一人の辞書編纂者は、別のテーブルから椅子を取ってくると、足を大きく広げてすわった。片方の手で立派な赤い口髭をなでつけるしぐさが、まるであくびをこしらえるか、表情をゆるめようとしたように見える。この男のこの癖のことを忘れていた、とウィンスワースは思った。言うに言われぬ不快さがある。「しかも、ウィンスワースも！　あれ、今は仕事じゃないのか？紅茶にケーキに、人の未来の妻とは——隅に置けないな！」

ソフィアとフラシャムとウィンスワースは笑った。アハハハハ。

フラシャムはウィンスワースの肩を叩いた。「それはそうと、真面目な話、列車に乗らなくていいのかい？」

「え？」

「もちろんきみたちの密会を邪魔したいわけじゃないさ、だが」そこまで言いかけて、フラシャムは至近距離で婚約者を見て、表情を変えた。「どうしたんだ、顔についているその粉はなんだ？」フラシャムはソフィアの目の上のベイキングパウダーに触れた。「みっともない。おい、ウィンスワース、どうして教えてやらないんだ？」

「それは、傷の――」

「傷！」フラシャムはソフィアのあごを両手で挟み、まじまじと顔を見た。最初は心配そうだったが、それから面白がっているような表情を浮かべた。「なにを企んでるんだ？　ずいぶんと盛大に食べたみたいじゃないか。今夜、いっしょに食事へいくってときに、ケーキか。それに――喧嘩でもしてきたのか？　しかも、ウィンスワースみたいな若い男の道を踏み外させようとするとはな」

「さっき言ったのは――なんの列車のことだ――？」ウィンスワースはたずねた。聞きまちがいかもしれない。それにしても、フラシャムを見たとたん、自動的に舌足らずがもどってきた。ソフィアも気づいただろうか。フラシャムの耳に入らないよう、Ｓから始まる語を使わずにしゃべることができるだろうか。

「それに、いったいそのショールはなんだ？」フラシャムは、ぞっとした表情を作って少し離れたところからソフィアを眺めた。「ソフィア、そいつは相当ひどいぞ！　ぼくは物乞いと婚約したのか」

「ウィンスワースさんといっしょに、ロンドンの水鳥を救っていたのよ」ソフィアは言った。

「なるほど、なるほど」フラシャムが片手を下ろし、ソフィアのあごがわずかにあがった。ウィンスワースは一心にナプキンをいじっているふりをしたが、フラシャムの手がそっとソフィアの膝に置かれるところを思い浮かべていた。

「そろそろ行かないと」ウィンスワースは、さっきよりほんの少し大きな声でもう一度言った。

「ああ、そうだな。スクリブナリーホールでジェロルフじいさんが探してたぞ」

「ぼくを？」ウィンスワースのことを探す者などいない。なにかのまちがいにちがいない。

「だめよ、ここにいてくれなきゃ！」ソフィアが口を挟んだ。「今日のことを説明して、本当だと言ってくれる人がいないと」

ウィンスワースはくどくど説明をはじめた。「ぼくはただ——偶然にも——出くわしただけで——ミス、ミス——」舌足らずのせいでソフィアがさっきとはちがう目で自分を見ているが、無視する。「も、申し訳ない。ええと、すみません、今気づいたんですが、あなたの名字を知ら——」

「スリフコヴナだ」フラシャムが答えた。

「そう」ソフィアも言う。

「すぐにフラシャムになるけどな」

「スリフコヴナよ」ソフィアはくりかえし、ウィンスワースの腕に手を置いた。

すると、彼女の婚約者は言った。「きみをからかってるんだよ。舌足らずにはきびしい名前だからな！」ウィンスワースはエクレアをぐりぐりとフラシャムの耳にねじこむところを想像した。

「急いでくれよ。今日の午後は、彼女を大英博物館へ連れていくと約束しているんだ。それから、観劇して、そのあとさらにぼくが会員のクラブの近くで食事をして、彼女をへとへとにする。エネルギーが有り余ってるみたいだからな」

「それで、ウィンスワースさん、あなたのファーストネームは？」ソフィア・スリフコヴナはたずねた。「たしかPから——」

彼女はおまえの名前すら知らないんだ。名前を付けるということは、対象を知ることなのに。

「ウィンスワースの『ウィンス』は、たじろぐという意味の『ウィンス』さ」フラシャムは笑って、ソフィアのフォークをウィンスワースのケーキに突き立てた。

「ぼくの好みは、ハッとするという意味の『ウィンス』のほうだが」ウィンスワースは言った。

「『ワース』のほうは、『くたびれた（ワース・フォー・ウェア）』ってところか」フラシャムはわざと舌足らずに発音した。そして、またもや手のひら全体を使って口髭を引っぱりあげたので、手の下から手品で笑顔を出したように見えた。それからその手をさも親しげにウィンスワースの腕に置いたので、フラシャムが言わばあいだをつなぐパイプとなり、ウィンスワースの肘の生地からソフィアのスカートの生地までがつながった。

「きみの婚約者も、見ればわかるだろう。ぼくが、ええと、全速力で走っていないことくらい」ウィンスワースは言い返した。

「『ウィンス』、ハッとする。『ワース』、価値のある」ソフィアがぼそりと言って、また窓の外を見た。

フラシャムはウィンスワースの腕に手を置いたまま、言った。「それで——悪いな、途中で邪魔して。でも、教えてくれよ、きみたち二人でなにをしてたんだ？　ここにくる前は？　スクリブナリーにもこないでさ？」

「それが名前？」ソフィアがフラシャムのほうをむいた。「あなたたちが、草むらのクモみたいに、詩人の言葉を捕らえようとしている場所のこと。スクリブナリーっていうのね」

会話は今や、いかにはぐらかすかということに重きが置かれ、フェイント合戦になってきた。

「love（名）」。テニスでは、プレイヤーが点を取れなかったとき、そのスコアやゲームのことを「ラブ」と呼ぶ。語源学では、この由来についてはいろいろな仮説があるが、どれも憶測にすぎず、中には、フランス語の「ロェフ」を語源とするというものもある。ロェフは卵という意味で、それがスコアボード上の数字のゼロに似ているからだ。

ウィンスワースはソフィアと目を合わせようとした。

ウィンスワースはソフィアと目を合わせるのに失敗した。

「傘はどこへやったんだ？　あのおかしな黄色い傘だよ」フラシャムがきいた。

「きっと――公園に置いてきちゃったのね。すごい話なのよ。鳥がいたの。それで、わたし、ここにいるあなたの友だちを叩いて、そしたら――」フラシャムのバカ笑いがソフィアの話を中断し、それこそが会話の中心みたいになった。フラシャムには笑いが似合う。笑っていると、いっそう若々しく見える。若者のようにしょっちゅう笑っている人間特有の、くつろいだ立ち振る舞いが身についているのだ。

ウィンスワースはソフィアにたずねた。「ひどく痛みますか？　目は？」

ソフィアは頭のわきに手をやった。「少しも痛くないわ。すっかり忘れてた」

「ミス・スリフコヴナはぼくよりも頑強な素材でできてるのですね」ウィンスワースは言いながら、フラシャムなら、このセリフをタバコを差し出すように粋な感じで率直に言えるのだろうと思った。一方のウィンスワースにかかると、まるで批判しているか、家畜を品定めしているようになってしまう。ウィンスワースはまたもや毛の根元まで赤くなった。カフェ・ロンフィグリの天井が、頭皮のほうへぐんと三十センチほど下がってきたように思え、四方の壁がぐにゃっとたわんでくる。ウィンスワースは、ティースプーンの渦巻き模様を一心に見つめた。

フラシャムがウィンスワースに言った。「思ったんだが、ずいぶんとしゃきっとしてるじゃないか、昨日はあんなだったわりにはな」

「テレンス――」ソフィアが言いかけた。

「昨日のパーティじゃ」フラシャムは膝の上で手を組み、背もたれに寄りかかった。そして、ウィンスワースの表情を探りながら、面白いジョークでも言うように続けたが、目は笑っていなかった。「相当な状態だったよな？　ガツガツ食って、ガブガブ飲んで。一冊の本の語を調べ、それを別の本に書き留めていく日々が、わが同僚たちにどれだけのどの渇きをもよおさせるのか、ぼくは忘れていたようだ」

そう言われたとたん、ウィンスワースはあのクラブのパーティ会場へ、鉢植えのシダや大声でわめく同僚たちのいるところへと引きもどされ、ソフィアの顔に近すぎるところでしゃべったことを思い出した。なにを話しただろう？　両手を見ると、意識しないままぐっと握り締めていた。

「昨日のふるまいについては、今ここで、謝らせてもらうのがいいだろうな」ウィンスワースはティースプーンにむかって言った。ティースプーンに逆さになって膨れた自分が映り、こちらを見つめ返した。ペリカンの首みたいだ。ウィンスワースはスプーンをひっくり返したが、裏に映る顔はぐんと大きくなって、あごが広がり、目が飛び出して、ますます不気味になっただけだった。ソフィアとフラシャムがじっと見ている。誰にも見られることのない人生を送ってきたというのに、今になってこれか。ウィンスワースはスプーンを押しやったが、カップにあててしまい、残っていた紅茶がテーブルクロスにこぼれた。慌てて椅子を引くと、磁器と金属がぶつかるくっきりとした音が響きわたり、天使とは似ても似つかない客たちが動きを止めてこちらを振り返った。

「いいのよ、謝らなくたっていいの。大勢のお友だちがテレンスの誕生日を楽しんでくれて、うれしかったから」ソフィアはこぼれた紅茶の上にナプキンをかぶせたが、そのひょうしに婚約指輪がキラッと光って、ウィンスワースを突き刺した。「むしろ、テレンスのほうが謝るべきだと思うわ。パーティのときにそう思ったのだけど、今、ちょうどいいから言うわね。ウィンスワースさんの舌足らずのことをあんなふうにバカにするのは、どう考えたってよくないわよ」そして、ソフィアはウィンスワースのほうを見た。「それに、さっきからずっと、そんなしゃべり方はしてなかったんじゃないかしら」

　フラシャムは首をかしげた。

「テレンス、ウィンスワースさんも明日、いらっしゃるのよね？」ソフィアが言った。

「明日？」

　フラシャムはあくびをした。「ああ、それか。きみも聞いてるんじゃないかな。明日の夜、スワンズビー社の資金集めのためにまたちょっとしたパーティを開くんだよ。昨日よりもっと――ああ、ずっと私的なパーティさ」

　ソフィアが身を乗り出した。「テレンスがコネを使って、大英博物館の秘宝室でプライベートなパーティができることになったの！　想像できる？　ロンドンじゅうでいちばんみだらな場所よ！うらん、ヨーロッパ一！」

　フラシャムはニッと笑ったが、ウィンスワースはその笑みが直接自分にむけられているように感じた。「きみは知らないだろうが、ぼくの大切なソフィアは芸術のより秘儀的な面に興味を持っているんだ。かなりの収集家なんだよ」

「ぼくをバカにしているんだろう」ウィンスワースは言った。

「まさか！　少しは驚けよ。彼女は、エカチェリーナ二世のものだったチェスのセットを持ってるんだぜ。それを、秘宝室でお目見えさせたいと思っている。実に不快で、すばらしい代物なんだ」

「エカチェリーナ宮殿って知ってる？」ソフィアは上品な感じでフォークの側面でデザートをつつきながら言った。「男根の形をした金のドアノブとか、テーブルの脚がぐっと伸びて――」

「まったく実用的ではありませんね」ウィンスワースは言った。

「ほら、ぼくたちのせいでウィンスワースがいたたまれない気持ちになってるぞ」フラシャムはうれしそうに言った。「チェスセットのビショップとルークとナイトがどんな形をしているかは、教えないほうがいいいな」

「ポーンひとつでも、七〇〇ポンドの値打ちがあるの」ソフィアは言った。

「それだけあれば、机に縛りつけられなくてもすむようになるぞ、旧友」

「そんなふうに――ぼくのことを、そんなふうに呼ばないでほしい」

「旧友、旧友、旧友。純金の骨とう品の話をしてるときに、ぴったりの呼び名じゃないか。正直に言って、ウィンスワース、きみはじつに野暮な男だよ！」

「七〇〇ポンドは鼻で笑うような金額じゃないわ」ソフィアはウィンスワースの表情を見つめながら言った。まるで店の中の空気がなくなったみたいだ。照明ときたら、どれも明るすぎる。

「もう――もう本当に行かないと。では、ロンドンの滞在を楽しんでください」ウィンスワースは言った。

フラシャムも立ちあがり、またもやウィンスワースの肩に腕をかけた。「そうだ！　ついつい忘れてしまっていたが、おかげで思い出したよ！　ここに来る途中、社に寄ったら、スワンズビーのじいさんがうろうろ歩き回って、きみを探してわめいていたよ。本当なら、今ごろ辞書の仕事でどこかへ行ってるはずだったんじゃないのか？　列車に関係することかなにかで？」

ソフィアも立ちあがった。

ウィンスワースはフラシャムの顔をのぞきこんだ。相手が嘘を言っているのはわかっていたが、なにを企んでいるのかを知りたかったのだ。

「ほかにいい手がないときは、ウィンスワースに任せるのが無難だって、みんな、わかってんのさ」フラシャムは言ってから、続けた。「冗談だよ、旧友。だが、真面目な話、自分が忘れていたなんて信じられないよ！　それどころか、ピーター、きみまで忘れていたとは。ここできみを見つけられてよかったよ、いろんな意味でな。今すぐもどったほうがいいぞ！」

「なんのことだ――列車って？」

「バーキング行きだ」フラシャムは少しも動じずに答えた。

「バーキング」ウィンスワースはくりかえした。

「バーキング？」ソフィアがききかえし、二人を見比べた。

「ああ、そうだ、バーキングだよ。いいか、きみがわざわざ切符を取りにスクリブナリーへもどらなくてすむようにしてやろう」フラシャムはいきなり硬貨を何枚か取り出して、ウィンスワースの両手に握らせ、そうしながらカフェの出口のほうへ軽く押しやった。ウィンスワースの今日の食事はケーキのみで成り立っており、そのせいか、脈と視界にその影響が出はじめている気がする。体のわずかな震えが砂糖の摂りすぎのせいなのか、フラシャムがこんなあからさまな嘘で自分を追い払えると思っていることに腹が立っているせいなのか、もはやわからない。

「バーキング?」ウィンスワースはもう一度言って、手の上の硬貨を見つめた。

「バーキングさ!」フラシャムは熱心な口調で、なんなら、かすかな嫉妬すらにじませて言った。ウィンスワースの幸運が信じられないとでも言いたげだ。「ジェロルフのじいさんは、この地名に関するちょっとした混乱を解決してほしいそうだよ。地名じゃなくて、ええと、形容詞だったかな。ほら、**わけのわからないことをペラペラまくしたてるとは、ウィンスワースは頭がおかしい（バーキング）にちがいない**みたいなさ。ジェロルフは、きみがひょいと行くだけの価値があると思っているらしい。地名とこの語の関係を調べにね、どんなにうさんくさくても」

「うさんくさい」ウィンスワースはくりかえした。舌足らずのせいで、語が腐りかけの果物のようにカビだらけになる。

フラシャムはうんうんとうなずいている。「すでに打ち合わせも手配されている。ええと、名前はなんだっけ? どこかの郷土史家だ。民俗学者だな。とにかくそういう感じの相手だ」ウィンスワースはあっけにとられてフラシャムを見つめた。適当に話をでっちあげているせいで、明らかに顔が赤らんできている。「これだけ説明すれば、切符がいるのもわかっただろ。フェンチャーチ・ストリート駅で列車に乗れば、目的地まで直接行ける」そう言って、フラシャムはまたニヤッと笑った。「遅れちゃまずい! すばらしい調査旅行になりそうだからな!」

ウィンスワースはこれまで仕事で出張したことはなかった。ましてや、こんな急で目的もあやふやな調査旅行など論外だ。こうした仕事は、フラシャムやグロソップのような現地調査をする辞書編纂者の担当で、スクリブナリーの机にしがみついている者がやる仕事じゃない。完全にバカげてる。

「ぼくは今、Sの項目をやっているんだ」ウィンスワースが弱々しく言うと、フラシャムは両手を広げ、肩をすくめた。

「きみがご指名だったんだよ。認められてるのさ」

「バーキング」ウィンスワースはフラシャムの胸ぐらをつかみ、ぐいぐいと言ってやりたかった。「作り話だろ！」骨折り損の、無駄骨だ！

フラシャムはにっこりほほえんだ。「礼はいいよ。でもほら、時は金なりだろ？」

ウィンスワースはドアのほうへあとずさりして、まわりの客に謝ったり頭を下げたりしながら外へ出た。片方の手には、真新しいインク瓶が握られていた。ほんの一瞬、振り返る。カフェのウィンドウ越しに、二人がすわって自分たちだけの会話をはじめているのが見えた。フラシャムは、ウィンスワースがすわっていた椅子に移り、ソフィアが言ったことに声をあげて笑っている。二人は幸せそうだった。似合いのカップルに見えた。

ウィンスワースがそのまま見つづけていると、三つ目のいらなくなった椅子をウェイターがどこかへ持っていった。

Oは公表できるのO

ostensible（形）公表できる、表向きの、明白な

長いあいだ辞書の項目ばかり見ていると、最初に退化する能力のひとつが、ストーリー認識力じゃないかと思う。確実に（っていうか、当然だけど！）時系列はもはや前ほど重要じゃなくなるし、ページとページのつながりも妙に人工的に感じたり、もしくは、単純にありえないように思えたりする。なにかしらのパターンが見えてくることもあるけど、信じないほうがいい。

そんなわけだから、辞書編纂は、本来は秩序とかある程度の組織化をもたらす仕事のはずだけど、たまに軽い神経衰弱に陥る人も多かったんじゃないかと思ってしまう。ブルーの項目カードをパラパラと見ながら、十九世紀のマウントウィーゼルしてたわが対話の相手は、「breakdown（名）（神経衰弱）」という語を知っていたかなと思う。時間のむこうへ手をのばして、この語を教えてあげたい。きっと重宝したはず。

ピップは例の仮説に基づきほんの少しでも猫に関連する語を探すという方式を採用したんだけど、驚くなかれ、これが実を結んだ。ピップはマウントウィーゼル認定した項目カードをせっせと重ね

てドアの横に小さな山を作り、封筒へ入れた。

「ちょっと、なんなのこれ。マロリー、聞いてよ。『peltee（名）毛玉、もしくは、すべやかな獣（「猫」の項目参照）の口からまき散らされる嘔吐物』[*1]だって。ほんとのこと言って、これはちょっと頑張りすぎちゃってるよね」

「ほんと」

「ほんとだよ。あ、でも、これはけっこういいかも。『widge-wodge（動・俗）猫が前足で左右交互に毛織物や毛布や膝などをこねくりまわすこと』[*2]。このナントカさんはけっこうセンチメンタルだったのかも」

わたしとしては、われらが謎のマウントウィーゼル氏のことをそんなふうに思うことにはもやもやした。どっちかっていうと、コソコソ立ち回って最後に笑うことにスリルを覚える混乱・カオスマニアってふうに考えたい。だって、もっと多感なタイプを思い描いたりしたら、彼のことを好きになっちゃいそう。彼だか、彼女だか、人間だかも、わからないけど。まあ、彼ってことにしておこう。その可能性がいちばん高いし。

彼のことをかばいたくなったら困る。フェイク語の中には、思わず愛おしくなるようなちょっとした観察から生まれたらしき語や、非功利主義的な語がたくさんあるけど、だからってあまり入れこみたくない。項目カードをめくりながら、いつの間にか、最低なものとか危険なものの語は作っ

*1　pelt の名詞（毛皮）と pelt の動詞（雨が激しく降る／勢いよく動く）をもじったもの。
*2　猫によく見られるこの動作をオノマトペ的に表わした語。

てませんようにと願ってる自分に気づく。彼の責任のおよぶ領域、彼が定義しようとしていた世界には、そうした語はいらない。そのせいで、彼の世界が狭くなっても、かまわない。別に壮大な主張なんかしなくていい。わたしは、最小限度でなんとかやっていける人といるほうが、ずっと気楽だから。

わたしたちは、項目カードをひっきりなしにひっかきまわしひたすらひっくりかえして、彼のペン先特有の線や、そのほかなんでも手掛かりになりそうなものを探した。椅子にすわるのと窓辺に腰かけるのとを、三十分ごとに交代し、それぞれが見つけたマウントウィーゼルの数を比べあう。わたしのほうが、彼の独特の筆跡を見つけるのがうまかったから、数ではわずかにピップをしのいでいたけど、ピップのほうが、その語がスワンズビー新百科辞書以外にもあるかどうかをネットで調べるのが早かった。ピップはものを読むときに唇を噛む。歯医者に、寝ているときに歯ぎしりをしていると指摘されたことがあって、その晩帰ってくると、「ブラッキシズムって言うんだって」と歯をきしらせながら、新しく知った不快な語をいかにも嫌そうに教えてくれた。このまま歯ぎしりを続けていたら、だんだん歯がすり減って半分くらいになるって脅されたらしい。おかげで、無意識の自衛反応が発動し、以来、かならず上下の唇を歯のあいだに挟み、そっちをぐりぐりやるようになった。唇が、圧搾(あっさく)ローラー兼緩衝材となったわけ。

「デイヴィッドはあたしたちの収穫を見たら喜ぶかな？」ピップがきいた。

「その線で言うなら、脱稃(だっこく)（もみ殻をふるい分けること）できてうれしいって感じじゃない？」わたしは、見つけたてほやほやのフェイク項目をまとめ、アルファベット順に並べた。

skipsty（動）一段とばしで階段を上がり降りすること[*1]

prognostisumption（名）遠くからちらりとようすを見たときに持つ確信[*2]

pretermissial（形）耐えられない感じ、特に沈黙に伴うもの[*3]

slivkovnion（名）白昼夢、但し、一瞬の[*4]

「これを書いたやつが誰だとしても、SとPの項目にハマってたってことがわかるね」ピップが言った。

わたしたちはふるい分けを進めた。

しばらくして、またピップが言った。「へんなやつだよね、マロリーの上司は。そう思わない？」

わたしはシッと黙らせた。「廊下のすぐむこうにいるんだから」

＊1　skip と sty（上昇する〈廃〉）を組み合わせた語。
＊2　prognostic（予知）と assumption（憶測）を組み合わせた語。
＊3　preter-（過・超の意の連結形）と miss（失敗）を組み合わせた語。
＊4　スリフコヴナと ion でスリフコヴナ状態というような語感。

「今日の朝は、いつも名前だけ聞いてた人を実際見られて面白かった。デイヴィッドがソフトクリームを食べながら警察が安全確認するのを待ってるあいだ、こっそり観察したんだ」

「どう思った？」

ピップは肩をすくめた。「そうだな、これがあの人の情熱なんだってことはわかる。ライフワークなんだって。だけど、これぜんぶデジタル化しようとするのは——スワンズビーがオクスフォードとかブリタニカに取って代わるってことはないんだからさ、でしょ？　つまり、スワンズビーが知られてるのは、未完だからってだけじゃん。まちがいがあって、ちょっとばかし風変わりで」

わたしもそう思っていたけど、少しはかばわなきゃいけないような気がした。「デイヴィッドは、まちがいを指摘して知識をひけらかすのが好きなのよ。だから、こっちも、ほら、引用し返せるようにスマホにメモしてるんだ、デジタル化の作業でまちがえたときの言い訳用に」そして、画面をスクロールした。「これこれ。ジンソンが言った言葉。あ、これはタイプミス。本当はジョンソンね。『著者はみな、称賛されたいと望む。だが、辞書編纂者の望みは、そしりを受けないことのみだ。しかも、こうした後ろ向きの報酬さえも、得られる者は少ない』」

「かっこいいじゃん」ピップはろくに聞かずに言った。「だけど、だからってマロリーのことをあんな脅迫電話攻撃にさらす言い訳にはならないよ」

「なんでもだめにしようとする人間が常にいるのよ」

「それだけじゃ、理由には足りないって」ピップはすかさず言った。そして、わたしはピップを信じたピップを信じたピップを信じた。

また、ぼんやり夢を見ている状態を表すフェイク語を見つけた。

alnascharaze（動）　むりやり空想すること[*1]

もうひとつあった。さっきのよりシニカルだ。

mammonsomniate（動）　金がすべてを可能にすると夢見ること[*2]

ちょっとした文章が、書き手の状態及び精神状態をあらわにする。出来事を綴るよりは短く、ふとした思いつきにしては凝りすぎだ。

「辞書のことを考えるときって、なにを考える？」最初のちゃんとしたデートのとき、わたしはピップにたずねた。これって、文としてダサすぎる。その夜はとにかく気後ればかりして、アプローチはどれもダサすぎた。

ピップが耳を掻いたのを覚えている。それを見て、こんなバカな質問をちゃんと考えてくれるな

＊1　作者によれば、『千夜一夜物語』のシェヘラザードからインスピレーションを受けて作った語。

＊2　mammon（強欲な蓄財）とsomniare（ラテン語。夢を見る）を組み合わせた語。

んてやさしいって思った。質問した本人にも、ちゃんとした答えなんかなかったのに。ピップはコホンと咳をすると、マイクを持っているふりをして、ひどい声でシナトラの『言葉にできないほどすばらしい』っぽい歌を歌った。それから片目をつぶったんだけど、それを見たら、氷河十二個分の緊張がのどの奥で溶けていって、その下から新たな欲望が独自の〈ブリネル硬さ〉を得て、パブの外に並んだテーブルの上を覆いつくし、そしたらその瞬間、〈レッドライオン亭〉のハンギングバスケットの花という花が雌しべをラッパに変え、花びらをカスタネットのように打ち鳴らして、いいね、いいね、彼女といっしょにいるのは！　みたいになっちゃって、「カミングアウト」と「ゴーイングアウト（付き合う）」のちがいはなんだろうって考えはじめたりして、で、そのあいだも、ピップはあいかわらず歌っていて、一方のわたしの頭の中はどんどん先走って、集中しなきゃ、彼女の口元ばかり見つめるのをやめなきゃ、そうよ、正確に、じゃなきゃ明確に聴かなきゃって、それに、ウィンクだって、ウィンクだと思ったのは勘違いで、顔面が痙攣（けいれん）しただけかもしれないでしょ、とか思いながら、ピップが音痴な歌を披露しているあいだ、わたしはにこにこほほえんでいた。

たぶん、「すてきね」とか言ったかもしれない。

「『すてき』って言いすぎ」ピップはちょっとだけ歯ぎしりした。ギリギリ歯ぎしりな感じで。

そして五年後、彼女はこうして、項目カードをより分けるのを手伝ってくれている。いったいなんのためかわかりもしない作業なのに。愛はときにはそういうものだから。「名詞の『ポルノ』がないね」ピップは唐突に言い、デスクの上でブルーのカードを扇形に広げた。「ないってことに、なにか意味があると思う？」

「そもそも、どうしてその語を探してるわけ？」

「理由はない」

「退屈でごめん。これがわたしの仕事だから。退屈なのが」わたしはちょっとピリピリして言った。

「時間なら、山のようにあるから」ピップは言って、ペリカンした。「豊潤にね」

「豊潤はそういうふうには使わ——」

「この時代にポルノがなかったなんてありえないよね」ピップはかまわず、独り言ちた。「それにあたる語がなかっただけかな」

「もしくは、あったけど、スワンズビーが掲載しなかったか」

「もういいや、そんなこと。それより、『ピップ』って、鳥類の呼吸器系の病気って意味もあるって知ってた——？」

わたしはすでに、ピップ〔pip〕の名詞も動詞も調べていた。「交際に至るまでの期間」ってやつの、かなり初期のころだったと思う。出会って出かけてデートして、出しゃばりすぎず、出鱈目に出方を見つつ出歩いていたころ。「鳥類のさまざまな呼吸器系の病気を指す。特に家禽類。舌の先にざらざらした炎症ができる」。この定義は、バレンタインカードに三年は書かないでおこうと決めた。

わたしとしては、ヒヨコ関連の「pip（他・動）」のほうがいい。「殻（卵のってことだと思う）を破って出ること」という意味。

ピップがピップについて調べ、わたしより先に知って逆転勝利（ピップ・ミー・トゥー・ザ・ポスト）を決めるって、なんかいい。

愛はしょっちゅう、「たぶん」とか「おそらく」とかいう言葉を使ってダメージを和らげようとする。それとか、本当なら曖昧なことを言うのに、「そうなりそう」って言ったり、暗示や印象でしかありえないものを「ぜったい大丈夫」って言ったりする。

スワンズビー社で働いているあいだ、よくこの一節を思い出した。「あまりに正確な意味は、文学の謎を消し去ってしまう」。最初にこの言葉に出合ったのは、わたしの無意味な論文を書いていたときで、それは無意味な学位を取るためであり、それはどんづまりの百科辞書の会社で無意味なインターンをするためだったわけだ。論文用のメモを書いたとき、わたしはこの格言だかモットーだかにアンダーラインを引いていた。

「マロリー専用の辞書があるとしたら、どんな言葉を載せる？」ピップがきいた。一月だから、すでに窓の外は暗くなっている。記憶にあるかぎり、今日はいちばん長い時間会社にいる。

両腕をぐーっと伸ばし、鼻の付け根をつまむ。「まだそれを指す言葉がないものなんて、あるかな？」

「さすがあたしの愛したひとは前向きだよね」ピップはわたしのうしろに回って、肩にそっと腕を回した。

人のために定義したいものはあるだろうか？　それを指す語がないと、見落とされてしまうようなものは？　新しい語を生み出すのって、言ってみれば、ある種のおかしな創造的蠕動運動みたい。そこには記憶が関係してる。自己認識とか自己陶酔も。誰かに脳をトントンって叩かれるイメージとか。木の幹を叩いて樹液を出そうとするみたいに。

「思いつかない」

考えてみる。いつもwarmをwalmってミスタイプしてしまうことを指す語。くだらなすぎ。見ただけでパスタが完璧にゆであがっているのがわかることを表す語。絶望的にくだらない。相手にベタ惚れで、バカげたことを言い合ってるけど、まあ大目に見てほしいってときの語。目で見たことしかない語の読み方をまちがえることを指す語。いくら聞いても聞き飽きないお気に入りの曲を表す語。部屋に閉じこめられた虫を、誰も見ていないのに、外へ出してやる親切心を指す語。自分の身体的な特徴に驚いたときの語。なにかの考えが、アボカドの種みたいに頑固に、でもぴったりと頭に収まってしまう現象を指す語。指と指のあいだの、青みがかった妙な艶のある皮膚を指す語。

「クローゼットに閉じこもることを指す言葉なんてどう？」ピップが言った。

わたしたちは喧嘩はしない。そう言っていいと思う。少なくとも、よくあるようなことで喧嘩はしない。胸に抱いている希望についてとか、二人の将来とか、元カノのことでは。この元（エックス）という語は、スワンズビー新百科辞書には、動詞の用法が載っている。「文字に重ねてX（エックス）をタイプして消すこと。バツ印で消すこと」というのが定義。名詞もある。「署名の代わりにつける印。しばしば見られる」。

この三年で、いちばん喧嘩に近かったのは、一人がもう一人に決定的行動をとってほしいと思ったときだ。

「どうしていきなり？」わたしは言った。

「別に」

「閉じこもってないし」

「そうなんだ？」ピップは言った。**わざとわからないふりしてる顔だから**って言いたげな口調だった。

「クローゼットから出る」つまり、カミングアウトの話になると、わたしは「のどまで出かかってるんだけど」状態になる。まず時制がおかしくなり、頭の中がとっちらかってパニックになり、項目カードの箱をひっくり返したみたいにバラバラになる。思い出せるかぎりずっとゲイだったけど、ほかの人には言えずにきた。今のところ、たまたま機会がなかっただけってことにしてるし、将来的に（カミングアウトしたあかつきには）本当に機会がなかっただけだったんだねってことになるかも。両親にも言ってない。たぶん二人とも苦にしないと思うんだけど。もちろん気にするとは思うけど、苦にするかどうかはわからない。世界のいろんな場所やらなんやらに比べても、カミングアウトにはいい時代と場所だとは思う。それはわかってる。〝表に出る〟のは、いいことだ。それは本当だってわかってる。でも――それでも、なのだ。

　ピップはこれまでずっと隠してこなかったから、わたしがうじうじしたり言えなかったりするのがどうしてか、理解できない。でも、わたしはそれを言葉にしようとすると、脳がぐるぐる回って、一人会話状態に入っていってしまう。誰もそんなことに興味なんて持たない。ううん、持つ。それが、わたしを定義するわけでもない。ううん、する。記憶術（ニモニック）〔mnemonic〕のスペルを簡単に覚える方法を知りたい。自分を表す語を探そうとすると、「自信をもって」とか「確かに」の使い方が思い出せなくなってしまうから。

「なにが問題なのか言ってみてよ」家（うち）にいるときはそんなふうにピップは言う。「聞くから。ちゃんと聞くよ」

ピップは本当にすごいよ。頭の中で声がささやく。

わたしは考えと言葉を、うまくまとめることができない。「まだ準備できてない」っていうのは卑怯って気がするし、妙に取り澄ました感じもする。珍種の芽とか実じゃあるまいし。クローゼットという語は、押し入れとかタンスとかより薄っぺらな感じがしない？　板がぐらぐらしてるクローゼットなんて誰もほしがらない。クローゼットのことをいちいち気に留める人もいない。クローゼットが特別視されるのが気に食わない。自分が特別視されるのが嫌。わたしには、自分を表すのにぴったりの言葉がない。

スワンズビー新百科辞書には、クローゼットの項目がある。「closet of ease（名）トイレ。便所」と「closet of the heart（名）心膜（心臓の働きを守るために、心臓を包み込んでいるもの）。心臓内の小室（左心房もしくは左心室）〈廃〉」。

「カミングアウトしないことは、嘘をついてるのとは違う」わたしはのろのろと言った。

「嘘をついてるなんて言ったことないじゃん」

「どうして泣いてるの？」

「泣いてない」ピップは袖で目の端をぬぐった。怒ってないけど、怒ってなくもない。そして、ピップは両肩をぐっと引いて、胸をはった。「これをさっさとすませれば、そのぶん早く、マロリーがこの仕事を辞められる。マロリーが脅迫されるようなところで働いてると思うと、気が気じゃないんだ」

「脅迫電話のこと？　言ったでしょ、どうせただのバカだって」

ピップはじっとわたしを見た。「なんでも『ただの』ですませるよね。まあいいや、あたしの言ったことは忘れて」

「喧嘩したくない」わたしは言った。

ピップはもう一度わたしをハグした。愛するひとを安心させるという意味の語があればいいのに。わたしがその語を造れたらいいのに。

「ごめん」ピップはまた窓辺にすわり、ポンと椅子を叩いた。「疲れてて、マロリーが大好きで、イライラしてる。じゃ、あと一時間くらいやろう。ほかにどんな嘘が待ち受けてるか、見つけなきゃね」

Pは幻のP

phantom（名）幻、錯覚（形）見せかけの（動）存在しない

バーキング行きの列車の中で、集中すれば、デザートワゴンの車輪の立てる上品な音や、列車が揺れてウェイターの靴底がキュッと鳴る音、ガタゴトという車両の音などが聞こえるのだろう、とウィンスワースは思う。これまでは、ぼんやり空想するものと言えば、コーンウォールのコテッジの風景くらいだった。海風の塩分を髪に感じ、ミツバチのブンブンというかすかな羽音に耳を澄ませる。しかし、もはやこの空想は追い払われ、別のものに取って代わられたようだった。

明らかに嘘の用事をでっちあげてまで、フラシャムがウィンスワースを追い払わねばと思ったのだから、名誉の勲章だと思えばいいのかもしれない。いや、もちろん、そんなふうに考えるのはバカバカしい。**自分が誰かに嫉妬されると思うなんて。**でも、フラシャムが、ソフィアのウィンスワースに対する興味だか友情だか優しさを警戒しただけでも、少しは慰めになった。フラシャムがあいだに割って入ろうとする程度には、意味のあることだったということだから。

どうかしてる（バーキング）、まったく。

いつもの慣れ親しんだ空想にもどろうと、白壁のコテッジや、テーブルクロスのかかっていないテーブル、どこまでも広がるまばゆい砂浜を臨む窓を思い浮かべようとする。セネンコーブ村のことをソフィアに話したときは、どうかしていたのだ。あんなのは、くだらない妄想なのに。言ってみれば、「一人になって頭をすっきりさせる」ということを、ふざけて言い換えてみたまでだ。誰の指示にも従わず、自分に対して以外なんの責任も負わない。後ろ向きな空想だが、正直な思いだった。世界じゅうの金があったら、どうするか？　すぐさま頭に浮かんだのは、「消えたい」だった。そのとき、列車がガタンと揺れ、それがきっかけのように、思考の方向も変わった。ウィンスワースがいなくなってさみしがる者はいるだろうか？　むさくるしい辞書編纂者にすぎず、世界になんの足跡も残していない男を？　そしてウィンスワースはまたコテッジの空想まで巻きもどり、庭のミツバチの羽音に耳を傾けた。

そうやって空想に耽（ふけ）りながら（もしくは、無理にでも耽ろうとしながら）、ウィンスワースは座席に頭をもたせかけ、ガタガタ揺れる車両の窓を一匹のガが上へ下へ、いったりきたりするのを眺めた。辞書の調べ物をしているときになにかの資料で、口器のない種類のガがいるのを知った。「口器」。資料を読みながら、彼はその事実の悲しさに圧倒された。情報がありすぎるのは必ずしもいいことではないという実例だ。こんなことを知るまでは、ガも怒りの声をあげたり、お気に入りのガ向きおやつを楽しんだり、あくびをしようと思えばできると、自分が信じたがっているなんて思いもよらなかった。ウィンスワースはあくびをし、口のない相手を同情の目で見つめた。

すると、ある場面が頭の中に押し入ってきた。フラシャムが身を乗り出して、赤い口髭がソフィアの首元に近づくところが。

フラシャムが調査旅行に出発するときは、当然のように、見送りも盛大かつ華やかだったし、シベリアに着いたら着いたで、彼は遍歴の言語の騎士かつ恋人かつ求婚者よろしく、スワンズビーの社名入り便箋と、インクも入っていない社名入りの万年筆を携え、遊びまわっていたのだ。一方の自分は、一三マイル離れたバーキングへ送りだされ、社に定められた万年筆は本来は定めではないペリカンののどに突っこまれたために、贈り物の新しいシルバーの万年筆で、なんとかするしかない。インクは、文具店の店主が入れてくれた。ウィンスワースは、アタッシュケースのふたを台にしてただぼんやりと意味のないことを書きつけた——**バークバークバーク**（吠えろ）——。膝の上でペンを走らせていると、列車が小さく揺れるたびに、ウィンスワースの文字も飛んだり跳ねたり踊りまわった。

　再び窓のガへ目をやり、シャツについた血をぼんやりとこすった。このガは列車の外へ出たことがあるのだろうか。たまにメトロポリタン鉄道の地下区間[*1]で見かけるネズミと同じで、このガもここで生まれ、ここで死ぬのかもしれない。樹皮やウールのセーターの記憶や、月の光をたよりに飛んだ思い出もないままに。ウィンスワースは、ガに食われたスワンズビー新百科辞書の姿を想像してみた。

　ガは毎回、窓の上側の木枠までいくのだが、そこから逃げることもできるのに、そう、細くあいた窓から明るい外の世界がのぞいているというのに、みすみすチャンスを逃し、またゆっくりとガラスに頭突きしながら下へ降りてくる。上がっては下がり、上がっては下がり、ロンドンを横断し

＊1　メトロポリタン鉄道のパディントン－ファリンドン駅区間は世界初の都市地下鉄。一八六三年開通。

ていく列車の窓の外を眺めながら。切れ切れの雲、真っ黒になったレンガや側溝。ウィンスワースは、これまで十数年間にわたって、コップで捕まえては外へ逃がしてやったガたちのことを考えた。ガはまた窓のいちばん上までいって、そこで引き返し、下へ降りはじめた。ウィンスワースはそっと目線をずらし、むかいにすわっている乗客を見やった。まるで老年男性の混喩（こんゆ）（互いに不調和な複数の比喩の組み合わせ）だ。クチヒゲタマリン[*1]みたいな白い髭が頬よりたっぷり数インチほどもはみだしており、キリンみたいな肝斑があって、両手は木星の表面そっくりだ。老人もガを見ていたが、彼には心乱されたようすはなかった。

ウィンスワースは立ち上がり、ガタガタと揺れる車両にふらつきながら、革ひもを引っぱって窓を開けた。

「ほら、旧友」書類ホルダーを使ってガを外へ追い出そうとする。ところが、ガはこのチャンスをものにしようとしなかった。また、上がっては下がり、上がっては下がりをくりかえす。冷たい風がウィンスワースの耳を打った。

「閉めてくれないか？」正面の乗客が言い、ウィンスワースはすぐさま従った。

列車の旅の残り半分は、あまり覚えていない。列車はイーストハムを抜けていった。膠（にかわ）工場が並び、悲しげな顔の馬たちがぐいぐいと引かれていく。船用塗料の工場から、蒸気が柱のように立ち昇り、鼻で感じるより先に腹にくる臭いを吐き出している。ガは上がっては下がり、上がっては下がりしている。「ボンビレート（ブンブン飛ぶ）」はミツバチに使う動詞だというのは知っている。じゃあ、ガの場合は？　すると、人間のほうの旅仲間が前かがみになって、新聞を取りだした。ウィンスワースのほうにむけられた紙面に、太字のイタリックで宣伝文句が書かれている。〈針やホチキスで紙を傷めないで！　ゼムクリップを使おう〉。頭の中で眠気が凝固しはじめ、時間と場所と空間の感覚が失われていく。窓のむこうの一月は、ロンドンの上空をゼムクリップ色に染めていた。ガは相変わらずブブブブブと音を立てながら、上がっては下がり、上がっては下がりをくりかえしていた。

あとになって、ウィンスワースは事故のようすを思い出そうとしても、はっきり思い出せなかった。

車両はガタガタと軽く揺れながら進み、ひどく寒かったこととしわくしゃの上着が薄っぺらかったことは覚えている。目を閉じたこと、それから束の間、なにも感じなかったことも。感じるのは、列車の揺れ、それから、革の座席と前の乗客のタバコと外の塗料工場の臭いくらいだった。窓のガは、翅（はね）に埃やクモの巣がくっついて、ほんのわずかずつ重くなりながら、なお上がっては下がり、上がっては下がりしていた。列車は線路の切り替えを通るたびにたどたどしいドレミファを奏で、電柱や建物が窓の外を飛ぶようにすぎ、それに合わせて、まぶたを通して感じる弱々しい午後の光がチカッチカッと影になる。くすんだ赤色が、電柱の横を通るたびに、ほとばしるような鮮赤へと変わった。まぶたの裏にできつつある形の奥行がおかしくなり、一瞬、楽しい恐怖に似ためまいが襲う。新しい万年筆に日が当たって銀色に光る。ウィンスワースは便箋に「バーキング」とタイトルを書き、その下に二回、大げさに線を引いた。

＊1　オマキザル科のサル。三つ葉のクローバーのような白い口髭が特徴。

ガはブブブブブという羽音を立てながら窓ガラスにそって上へあがっていく。こうした細かいことは、忘れないだろう。むかいにすわったタマリン顔木星キリン皮膚男が立てた音で、昼寝から起こされたことも忘れないはずだ。男は新聞紙を丸め、ガラスを、ガを、叩いたのだ。その瞬間、世界が、

バン

ウィンスワースの同僚の多くが、次の日の新聞の見出しを切り抜いて保存した。〈大爆発　死傷者重傷者多数　工場は崩壊〉。記事のあとのほうに、負傷者名と被害状況が記載されていた。「バラバラになった遺体が六〇ヤード先で発見」。「機関車蒸気ドームは隣接の畑に転がっていた」。こうした切り抜きを取っておいた辞書編纂者たちは、これからはおそろしい事故の記録を収集することにしたとかではないと言った。ウィンスワースがそのときどういう行動をとったのかをはっきりさせ、話をまとめる手助けをしたいだけだと力説したのだ。というのも、ウィンスワースは列車を降りた記憶がなく、どうやって爆発の現場にたどりついたのかも思い出せなかったのだ。ビーレフェルトは、災害現場の写真の中に一枚、目を凝らせば、ウィンスワースに見えないこともない人物が写っているのを見つけた。確かに、写真の男は眼鏡をかけ、うすい紙ばさみを持っていた。シャツの胸にしみがあり、上着の胸ポケットに入っていたペリカン社の新品のインク瓶が割れたあたりだと言えないこともない。その写真にほかに写っている人たちは、その男よりはるかにしっかりしているか、白いシーツの下にいるか、担架の上にいるかだった。

ウィンスワースの記憶は細切れで、時系列もバラバラだった。窓のガのことは細かいところまですべて覚えていたが、どうやって列車から爆発の現場までいったのかは思い出せない。思い出せる断片から解釈すると、午後は袖をまくって、土煙とレンガの建物と森と煙の中で、消防士にどなられながら過ごしたらしい。吐こうとして膝をついたら、すぐとなりに男の顔があったことは覚えている。気づかないうちに、手で男のあごをつかんでいたのだ。その男は、桁（けた）か梁（はり）のようなものの下敷きになっていた。とにかく真っ黒い金属でできたまっすぐなものだったが、熱くて触れなかった。男のあごは、顔の本来あるべき場所になかった。角度が変だし、従来の遠近法にも当てはまらない。それから、靴の中に小石が入っていたことと、なぜか奥歯の裏に土埃がついていたのも、覚えているような気がする。なにもかも煤（すす）だらけの中で消防士の真ちゅうのヘルメットが驚くほどきれいに見えたのも。消防士以外はみな、黙りこくっていた。消防車を見た覚えはなかった。

胸がインクで濡れているのを感じたことも、髪やらそこいらじゅうにガラスの破片がくっついていたことも、爆発の瞬間、回転覗き絵（ゾーエトロープ）*1のような窓から見た色も覚えている。何色とも言い表せない色だった。

事実はこうだ。爆発のあと、意識を取りもどすと、ウィンスワースは消防士と見物人の列の中にいた。煙で咳きこみ、目は涙でうるんでいる。自分の足で立っていたし、気を失っていたとは思わなかったが、とはいえ、今どこにいて、なぜここにいるのかは、まったくわからなかった。ショッ

＊1　外の円筒と絵の描かれた中の円筒を回転させることによって、絵が動いているように見せる装置。

ク症状とはそういうものだ。だろう？　手には、水の入ったバケツを持っていた。うしろを見ると、怯えた顔ややつれた顔、煤で真っ黒になった顔が並んでいる。爆発の中心地にかなり近い位置に立っていたので、頬を殴る炎の熱を感じた。バケツの水を火の中心部へむかってどんどん手渡していく。見あげると、薄く切り取られたような仄暗いピンク色の空に、煙がとぐろを巻きながら上がっていく。煙は、紫に炎の赤をうっすら足したような色をしていた。

膝がガクガクし、バケツが自分の手から列の先へ手渡されていくのは見えているのに、なぜか指にはなんの感覚もない。するとふいに、目の前のなにか金色のものに、横にのびてゆがんだ自分の顔がちらちらしながら映っているのが見えた。世界がすっかり変わってしまって、自然界のしくみや寸法がもはや当てはまらなくなったのだと、ウィンスワースは思った。意識を集中させ、なにかを追い払おうとするように頭を振る。すると、消防士の金色のヘルメットに映った自分が、こちらへむかって頭を振り返した。うろたえた顔をしている。消防士がかがんで、自分を指さしてなにか叫んだが、なにを言っているのか、まったくわからなかった。

「ここから離れろとのことだ」耳元で、別の、落ち着いた声がした。同じ車両に乗っていた、立派な口髭を生やした男だ。ウィンスワースと同じように、列車を降りて、爆発した工場まで手伝いにきたのだろう。やはりレンガの破片やら灰やらが全身にこびりついている。まわりにいる人たちはみな荒い息をつき、菓子屋の店先で静かにひたすら吐いている者もいた。

ウィンスワースはおとなしく人々についていった。「これ以上どうしようもない」とか「やれるだけのことはやった」などという言葉にぼそぼそと相槌を打ち、居合わせた人に顔と手をふいてもらう。だが、さらに煤塵（ばいじん）が降りそそぎ、せっかくの親切も水の泡となった。顔をしかめると、こびりついた汚れが固まっているのを感じた。すべての音がくぐもって聞こえる。耳に埃が詰まっているだけならいいのだが。そうでなければ、爆発で耳がおかしくなったにちがいない。

通り沿いにレンガの破片が散らばっている。円材や木の破片も見える。ウィンスワースがいっしょに歩いている一団はしばらくうろうろして、互いに目を合わせたりうなずきあったりしていたが、特にはっきりした行き先もないまま、とにかく現場から離れようとあてどなく脇道から脇道へと、時折引き返したりもしながら進んでいった。途中で加わった者もいれば、離れていった者もいたようだが、そのうち一軒のパブの前で足を止めた。常連客が早めの夕食を取っていたが、一様にねずみ色の顔をした灰と煤だらけの一団が入っていくと、みな読んでいた新聞や食べかけのパイを置いた。店主はなにがあったか知っていたか、さもなければウィンスワースたちの目の表情を見て悟ったのだろう。気がつくと、ウィンスワースは手に飲み物を持ち、暖炉のそばの袖椅子(ウィングチェア)にすわらされていた。

遠くのほうでは、消防車の警笛と馬の蹄の音が響いていた。

ディンプルガラスのマグが目の前に置かれた。

「気付け酒(シャープナー)だ。血の巡りがよくなる」店主が言い、ウィンスワースは一口で飲み干した。

「若いの、どこにいくはずだったんだ?」店主はたずねた。

ちゃんとした答えが浮かばず、よれよれになった上着のポケットに手をやると、新しい万年筆は奇跡的に無事だった。

「Sの巻。ウェストミンスターにもどらなければ」ウィンスワースはポケットを叩いて切符を探した。「すみません、いったい自分になにが起こったのか、わからなくて。歩いて帰ります」

「ええっ、ウェストミンスターまで？」店主は窓の外へ目をやり、橙色と黒色へ変わっていく空を見た。「バカを言うな。プラストーに着くころには卒倒するぞ」

「それはどこですか？」

店主はウィンスワースをじっと見つめた。「どうやら、あんたはだいぶ具合が悪そうだな」

血管という血管を高ぶった熱が駆け巡り、言いたいことを最後まで言えず、話に耳を傾けてもらえないか、話す機会さえもらえないことにうんざりしていたウィンスワースは、ふいに店主の両耳をひっつかみ、ドスのきいた声で言ってやりたい衝動に駆られた。今日、口に入れることができたのはケーキだけで、今、自分は、どうしようもないほど手の施しようがないほど救いがたいほど抗えないほど、理由らしい理由もなく激しい恋に落ちていて、理由らしい理由もなく恋に落ちたその相手は、おそらく今ごろ、理由らしい理由もなく、真っ赤な口髭を生やし完璧な立ち振る舞いを身につけた男に案内されて猥褻で美しい像を見て回っており、その男がこの世の時間すべてを手にしている一方で、自分は決してその時間を、そう、彼と笑う時間も彼女と笑う時間も持つことはなく、代わりに今ここで、そう、道端で、両手をふるわせて、わめき（バーキング）／正気を失って（バーキング）、そう、バカげたことをしており、それもこれも辞書のためだというのに、社の者たちは彼の存在に目もむけないし、彼が辞書の仕事を嫌っていることも知らないのだ。言語を封じこめ、ひとまとめにするなんて（この自分が！　彼女に恋するなんて、なに様のつもりなんだ？　語を大量に作ろうなんて、なに様のつもりなんだ！）、そう、言語を限定するなんて、不可能だし、忌まわしい妄想なのだから。蝶をガラスのコップに捕らえるようなものなのだから。彼女の言う通りだ——だが、だが、だが、だが、そんなふうに嫌でたまらなくても、彼はすでに辞書にすっかり飼いならされていた。完全に飼いならされているせいで、今も、紙に、スワンズビーの社名の入った便箋に、手を伸ばしたくてうずうずしはじめている。店主にさっきの「気付け酒〔sharpener〕」という語の使い方をたずね、しっかりと丁寧にメモを取って、あとで特別仕様の六インチ×四インチの項目カードにその語を収め、分類棚に加えるのだ、スワンズビー新百科辞書の「sh」から始まる語を編纂する際、付随的ではあるがそれなりに意味のあるこぼれ話の例文もいっしょに。にもかかわらず、彼らは言うだろう。おめでとう、これは動詞だね！　あの人たちはみんな、こんな責任を抱えてどうやってやりおおせているんだろう？　能力や条件や実行力が決定的に欠けているのに？　誰もろくに見ていないということか？　それとも、みんなどうでもいいのか？　すべての語を調べ、すべての事実を考慮に入れる。誰だろうと人が口にしたことはすべて重要で、重要なのは、なぜその人物がその語を口にしたのかでも、どこでその語を知ったのかでも、その語を口にするときにどんなふうに舌をひっこめるかでもない——ちなみに、舌のひっこめ方といえば、人はみなそれぞれ自分だけのやり方がある。上口蓋のひだ模様が、指紋と同じように一人ひとり違うのを知っているか？　人が口にする語は、その模様によって、百人いれば百通りの方法で、放たれ、磨かれ、やわらげられたり、押しつぶされたりするってことを？　ウィンスワースにとっては、未来永劫「気付け酒」という語と灰の味が結びつくことを、辞書は知るだろうか？　泣き出したい気持ちと結びつくことを？　すべての白い口髭の男たちと、そして、世界に面した窓で死んだすべてのガたちと結びつくことを？

実際は、このうちなにひとつ言わなかった。ウィンスワースは咳払いをひとつした。「大丈夫です、ありがとうございます」

「いいかい、一日一善ってやつだ。帰りのタクシーを呼んでやるよ、あんたの——ええと、どこだっけ？」店主は言った。

「スワンズビー社です」どうしてこの男はこんなに落ち着いていられるのだろう？　ウィンスワースはぼんやりとポケットに手を突っこんだが、店主はいいからというように手を振った。

「いらないいよ、礼なんて。おれにはこのくらいしかできないからな」

「お名前は？」ウィンスワースはたずね、男は自分の名前を言った。

「ありがとうございます」ウィンスワースはそれだけ言った。そして、ふいにひとつ、思い出して、たずねた。「あと——もうひとつだけ。色は見ましたか？」

「色？」男はウィンスワースの袖にくっついていた木くずをつまむと、無造作にこなごなにした。

「なんの色のことだ？」

「爆発のです。ここからも見えましたか？　窓越しに？」ウィンスワースは体を起こした。ふいに頭がはっきりした。「あの色、なんて言うと思います？　あの爆発の色。正確に言うと何色でしょうね？」

Qはクィアの Q

queer（名）クィア（形）妙な（動）ぶちこわす

さらにフェイク語をいくつか見つけた。どんどん意味不明になりつつある気がしたけど、こちらの許容度が下がってきているせいかもしれない。

例えば、「言語障害を装うことへの罪悪感」という語がある。それとか、「引退してミツバチを飼う夢」に限定した名詞もある。もっと便利そうなのでは、「何年も酷使したせいで中指にできたタコ」を表す名詞を、ピップが見つけて喜んでいた。意味をどうとでも取れそうなところが気に入ったみたいだけど、デスクに縛りつけられている辞書編纂者の職業病に対する単なるぼやきだと思う。

ピップは項目カードを放り出して、コーヒーを探しにいった。半時間ほどしてもどってきたと思ったら、軽く息を切らしてなにか抱えている。長方形のフレームに入っているそれを、ピップは角度をつけてうまくドアをくぐらせ、フレームの上からひょいと顔をのぞかせてこちらを見た。

「下の階にある倉庫のひとつで見つけたんだ。ヨガボールと古いポスター類のうしろに突っこんであった」

オフィスの窓から光がななめに差しこんでフレームにはまっているガラスに反射し、最初はなにを見せられているのか、よくわからなかった。古いフレームの中は写真で、台紙から少しずれていて、ピップになり代わって太陽が一発お見舞いしたみたいだった。

「ヨガボール？」思わずくりかえした。

「うん、紫の。わかる、デイヴィッド・スワンズビーっていったいどういう人間なのって思うよね。でも、それはどうでもいいから、これ見て。みんなが並んで、こっちに顔を見せてるでしょ。これこそ、本物の容疑者写真票ってところだね」ピップは写真をわたしのほうへ近づけ、軽くかがんだ。「見てよ！　作品名をつけるとしたら、〈フェイク語容疑者はどれだ？　一八九九年　恨みをはらす！〉ってところだね！」

わたしは背中を丸め、顔を近づけた。「フェイク語の彼もこの中のどこかにいるってこと？」

「社員の集合写真だからね」ピップはくりかえすと、写真を下ろし、なにか答えを待つような目でわたしを見た。

「すごいね」

「でしょ。だから、ほら、よく見て、疑わしそうな容疑者がうじゃうじゃいるよ、名探偵さん」

写真の下に貼られた細長い黄色の紙にキャプションがついている。「スワンズビー新百科辞書S～Z担当　一八九九年」

写真には、腕を組み、緊張した面持ちで三列に並んだ男たちが写っていた。いちばん前の列の二人は、ぎこちなく片肘をついて横向きに寝そべっている。どこか不自然なポーズで、よくスポーツチームとか、狩猟（ハンティング）で仕留めたライオンとハンターの記念写真にありそうなやつだけど、これが本当に似合うのは、フレスコ画によくあるブドウをかかげた酔っぱらいのローマ人か、浮氷や凍原（ツンドラ）で日光浴をしているセイウチだと思う。男たちのスーツやネクタイや先を尖らせた口髭からすると、寝っ転がったポーズは自然にそうなったというより、わざとらしい演出によるものにちがいない。

　おそらく写真のために引っぱりだされた上等そうな絨毯（じゅうたん）やラグが舞台がわりに床に敷かれ、ちょうどキャプションの上あたりで重なってしわが寄っている。わたしは敢えて彼らの顔を見るのを先延ばしにして、絨毯を、タッセルやくしゃくしゃのしわにいたるまで丹念に眺めた。いったいどこから出してきたんだろう？　写真家の持ち物だったのだろうか。そして、もっと気になるのは、今はどこにあるんだろうということだ。つまり、どの倉庫で、ガたちにそのやわらかい体を育む絶好の餌を提供しているのか？　現在では、オフィスは一面、チクチクする紫のナイロンパイルのカーペットタイルで覆われている。よく蹴つまずくくらいは厚く、オフィスチェアをちょっと力を入れて足で押せば、転がせるくらいは薄い。コーヒーのシミを吸収するだけの厚さがないのは、苦い経験で学習済みだ。ちなみに、このカーペットタイルは壁にも腰の高さまで張り巡らされている。ロンドンじゅうのオフィスの薄っぺらいパーティションに、同じカーペットタイルが張られているところを思い浮かべる。ロンドンじゅうの人たちが、そうしたフェイクの壁に家族写真をはり、ワークスペースをなんとなく家（うち）っぽい感じにしようとしてるのを、想像する。

「息を止めてる？」写真のうしろからピップがきいた。「ここからでもわかるよ」

「ううん」わたしは息を吐いた。

　写真に収められている人たちはみんな、ほんの少しずつ違う方向をむいていて、手をどこに置けばいいかわからないし、教えてもらってもいないってふうに見える。ちょっと雉（きじ）を仕留めてきたのをぶらさげてますって感じで腰にあてている人もいるけど、ほとんどは、胸の前で腕をがっちりと組み、写真家に己をさらけ出すものかと思っているふうだ。それに、屋外にいるのが落ち着かないのか、気後れしているようすもある。ピップの、大きな白い、タトゥーなしの手がフレームをつかんでいるのを感じてるのかも。

女性は二人だけで、真ん中に並んで立っている。ものすごく凝ってる襟のついた服を着て、パラボラアンテナみたいな帽子をかぶり、一人は黒い髪、もう一人は真っ白い髪をしている。写真自体はまだらになったセピア色で、灰色とも茶色ともつかない、灰とか、ガにありそうな色をしている。表面をちょっと舐めてみる気になったら、タフィーとバーボンと本屋の埃の味がしそうな色。

写真の左端で満面の笑みをたたえた男性は、ふさふさの髭をたくわえていた。ピントはしっかり合っていたので、目のまわりのしわやポケットチェーンの環まで見えたけど、なぜかガラス板の下の立派な髭は重たそうでくすみ、あごに石碑がくっついているみたいに見える。彼が、一階のロビーに飾られている肖像画の一代目スワンズビー教授だ。教授の立ち姿や大きく見開かれた目に、現編集長であるディヴィッドの面影がないこともない。髭が邪魔だし、現編集長のほうが、一メートルくらい背が高いけど。非スワンズビー系のより優性な遺伝子が、代を下っていくうちに花開いたんだろう。

スワンズビー教授の顔にディヴィッドの面影を見出したことに勢いづいて、気がつくと、知っている人に似た顔がないかと目を凝らし、それぞれ時代劇俳優に演じさせるとしたら誰がぴったりだろう、などと考えていた。

中に一人、顔全体がぼやけ、ただの青白いシミみたいになってしまってる人がいた。カメラのシャッターが切られた瞬間に、上をむいてしまったにちがいない。じゃなきゃ、現像したときのミス？　暗室の現像バットで指が滑って表面のインクをこすっちゃったとか？　ううん、そうじゃない。だって、ゆがんだシミに顔らしきものがうっすら見える。頭を動かすのが早すぎたんじゃないかな。正面の上のほう、カメラの斜め左上にあるものを見あげてる。雲になにか引っかかっているのを見て、慄(おのの)いてるみたいな感じ。

「外の中庭で撮ったんだね」ピップがフレームをおろした。「ゴミバケツと排気口がないところを思い浮かべてみなよ」

　ピップの言う通りだった。写っている人たちのうしろの壁をいい感じに見せているツタは、現在のスワンズビー会館にも貼りついている。デスクから首を伸ばして中庭のほうを見下ろすと、にわか雨に濡れてつやつやしたツタの葉が揺れているのが見える。デスクにすわったままでも季節の変化を感じられるのは、ひとえにこのツタのおかげだ。雨粒を受けてサラサラと揺れているか、冬(ふゆ)尺(しゃく)蛾がいるか、フィンチが巣を作っているかで、判断できるから。もう一度写真を眺める。当時のツタは今よりまばらで、レンガの壁にのびている枝も少なかった。

　ピップはわたしに写真を渡した。「でもさ、面白いよね。どう？　インチキ語を作ったやつはわかりそう？」

　わたしはデスクにもどると、そのまま窓まで椅子を転がした。途中でくるっと回す。職務に付随する特権は、使えるときに使っておかないと。鉢植えのところでちょっとバランスを崩した。

　フレームを持った腕をのばし、中庭の景色と写真の位置とを合わせてみる。この位置で合っているとしたら、顔がぼけている男性は、写真を撮った瞬間、まさにわたしの窓のほうを見あげていたことになる。

ピップはまたフェイク語を探しはじめた。わたしは写真をデスクの真ん中の、ふつうは配偶者(パートナー)の写真を置く位置に立てかけた。

Rはやっかいなの R

rum（形）やっかいな、おかしな、手ごわい

ウィンスワースはパブの主人に手を振り、辻馬車はバーキングの通りをあとにした。服についた煤はほとんど払い落としたが、見ると、インクとケーキのかけらと泥と猫の嘔吐物と血がついている。まるで別人の人生から一日分の記録を借りてきたみたいだ。これまではずっと何年ものあいだ机の前でうつむき、静かに清潔に語の仕事に取り組んできたのだから。馬車が見慣れない通りを走っていくうちに、肺と心臓にこれまでにない新たなエネルギーが湧いてきて、ジャンジャン鳴りはじめた。むこうみずなエネルギーとでもいうような、そう、異常な、張り詰めたような、反響するような、不快な熱情／高揚／衝動が。生まれ変わったというより、頭がおかしくなったみたいだ。

御者がスワンズビー会館の門の前でウィンスワースを下ろしたのと同時に、ウェストミンスターの鐘が午後七時を打った。御者にぼそぼそとお礼を言うと、湯気をあげている馬たちの鼻の下をくぐり、正面の階段をやっとのことでのぼって、ぐいと力を入れて門を開けた。門の立てたガチャンという音に、玄関ホールにいたティティヴィラスの猫たちが驚いて散っていく。こんな遅い時間ま

で、辞書編纂者たちが残って仕事をしていることはそうそうない。建物は猫の帝国と化していた。

　肩掛けカバンを両手で抱え、内階段をのぼって、スクリブナリーホールへ入っていった。ポン、ポン、ポン。ぶきみに静まり返る中、自分の足音が奇妙な音の影を作り出し、思いもよらないほどこだまする。いつものようにホールいっぱいの身を粉にして仕事にいそしむ辞書編纂者たちがいないと、がらんとして感じられるかというと、そうでもない。空気の圧力が妙に増し、ありえない重量の語が収まった、ありえない数の本やノートが並んだ収納棚や本棚が、ありえないほど高く感じる。角を曲がると、まだ同僚が一人残っているのが見えた。机の横に佇んで、書類を見ていたビーレフェルトは、ふと顔をあげ、次の瞬間、目に見えて青くなった。「わ、どうしたんだ？　なにがあった？」ビーレフェルトは机やら椅子やらにぶつかりそうになりながらウィンスワースのほうへやってくると、肘をがっしとつかみ、並んだ机のあいだをぬうように引っぱっていった。そして、机のあいだに設置してあるランプの下に立たせ、まじまじと見た。

　ウィンスワースは、引っぱられた上着を直した。猫が何匹か寄ってきて、足元でフンフンとにおいをかいでいる。煤と煙の上からでもペリカンのにおいがわかるのだろうか。「そんなにひどいかっこうか？　通りすがりの人がみんな、道の反対側へ渡っていったよ」

「すごい状態だよ。いったいなにをしてたんだ？」そう言って、ビーレフェルトは、ウィンスワースに答える間を与えずに続けた。「ぼくがまだここにいて、ついてたな。この時間まで残っていたのは、『scurryvaig（スコットランド英語。浮浪者、怠惰な人、不潔な人というような意味）』の出典を追っていたんだが、ぜんぜんはかどらなかったせいなんだ」

「そうか」バーキングのパブの店主にブランデーをもらったものの、あいかわらずのどに泥と灰がひっついている気がする。

「実に煩わしい語だよ、名詞だ。『アエネーイス』の翻訳にあるらしいんだが、『scallywag（陽気でいたずら好きな人、欺瞞的で信頼性の低い悪党という意味）』に関係あるんじゃないかとにらんでる。ちなみに」ここで、ビーレフェルトは軽く咳払いをして、まつげのあいだからのぞくようにして、ぼろぼろのウィンスワースに目をむけた。「もしかして、なにか知らないかな？　つまりさ、『scurryvaig』の場合、『i』がつくと――」

「知らない」

「ちょっときいてみただけさ。ちなみに、『swingeouris』もまだなんだよ。『swanis』も。これから二週間ほど、やっかいな毎日になりそうで」そこまで言って、ビーレフェルトはウィンスワースの目つきに気づいた。「えっと、それはそうと、一体全体なにがあったんだ？　火山とでも殴りあったみたいだぞ。シャツについてるのはインクか？」ビーレフェルトはウィンスワースの胸を手ではたいた。すると、シャツから答え代わりのレンガの粉がもわっと舞いあがった。「その――医者かなにかに連れていこうか？」

「大丈夫だ。事故があって――たいしたことはない、ってことはないか。やり残した仕事があるから、終わらせたら、すぐにベッドに飛びこむよ」

ビーレフェルトはウィンスワースをじろじろと見た。「目の下に、ひどいクマ（バッグ）ができてる。袋（バッグ）に使えそうだよ。明日の集合写真にそれじゃ、悲惨なことになるぞ」

「ああ、かんべんしてくれ、そうだった」

「本当にここに残るのか？　いっしょにいてやってもいいが――」ビーレフェルトは自分の机のほうを指さした。書類は片づけられ、スワンズビー社のアタッシュケースももう机の上に置いてある。

ビーレフェルトは申し訳なさそうな笑みを浮かべてみせた。「もう帰るところだったんだ。バレエのチケットを買ってあるんでね」

ウィンスワースは耳についた汚れを指ではじいた。「会社にきたのは、午後はほとんどここにいられなかったからだ。決着させないとならない仕事があってね」そう言って、ウィンスワースはすごみのある笑みを浮かべたが、ビーレフェルトは気づかなかったようだった。

「きみが紅茶とケーキを楽しんでいるところに出くわしたって、フラシャムが言ってたよ」ビーレフェルトは、なにかしらの説明が聞けるかどうかうかがうようにウィンスワースの顔をのぞきこんだ。ウィンスワースは目が泳がないよう一点を凝視した。ビーレフェルトは気付けのブランデーのにおいに気づくだろうか。「フラシャムのフィアンセもいっしょだったんだろ！」ビーレフェルトは大きな声で言い、笑いながらウィンスワースの肩を親しげに叩いた。そして、自分の机のほうへいって、荷物を手にしながら続けた。「まあ、きみがいいなら、いいさ。ただ、言っとくと——乗り合い馬車に轢かれたみたいなようすだけどな。いつも**書いて、書いて、書きまくってるのかね、ギボン殿！**（グロスター公が、『ローマ帝国衰亡史』の著者ギボンに言ったとされるセリフ）　やりすぎないようにしろよ」

「努力するよ」ウィンスワースは、ビーレフェルトがゆっくりと出ていくのを見送った。途中で足を止め、チャイコフスキーの曲をハミングしながら猫をなでようとしたが、猫のほうは彼の手をさっとよけた。ビーレフェルトのやつ、今のやり取りはどんなふうに編曲して、同僚たちに話して聞かせるつもりだろう。

そして、ウィンスワースは一人、やたらと音の反響するスクリブナリーホールに残された。

自分の机までいって、いつもの習慣で万年筆を出そうと上着のポケットに手をやると、出てきたのは、ソフィアにもらった新しい万年筆だった。

万年筆を持ってくるりと回す。近くの机に眠そうに寝そべっていたスワンズビー猫が二匹、まったく同じ動きでゆっくりと頭をもたげ、万年筆がウィンスワースの指のあいだをくるくると行きつもどりつするさまを眺めた。猫たちのために何度か回してやったが、そのうち二匹とも興味を失ったのでやめた。疲れが悲鳴をあげ、視界の前でもつれたが、ウィンスワースはカバンに手を伸ばし、なにとはなしに書き散らかしたでっちあげの項目を取り出して、机の上に置いた。ほんの気慰み、ささっと書いた、辞書の品位を落としかねない戯文。目をこすると、またもや、あの何色とも言えない奇妙な爆発の色が視界の端で牙をむいた。

空想に怒りが加わり、密やかな希望になる。掲載を待つ項目カードの入った〈鳩の穴（ピジョンホール）〉を見回す。想像がよろめき、わずかに飛翔する。万年筆が手の中で悪魔の重さを帯びる。あてもなく書き散らかしたでっちあげの定義にざっと目を通す。自分の筆跡が、仕事をやらされているときよりはるかにのびのびしているのがわかる。そしてバカげた自分だけの秘密の語から、もう一度〈鳩の穴（ピジョンホール）〉へ目をやる。親指の爪に砂粒と乾いた血が挟まっている。頭がはっきりしてくる。ほんの数回万年筆を走らせれば、この落書きのような下書きを会社のブルーの項目カードに書き写すことができる。辞書にでっちあげの項目をばらまくことができるのだ。招かれざる項目、すり替えられた語、簡単に見過ごされてしまうミスを、いくつだって。そうすることによって、自分にしか見えていない世界や自分こそが定義すべきだと思っているものを、定義できるのだ。印刷されたページに潜む新しい意味と、密やかな勝利の証と、崇高な新しい真実からなる世界を、統べることになるのだ、そう、辞書が完成し、活字になった彼の造語を誰かが見るたびに（ああ、こんなふうに考えるなんて、まったくバカげている！）。自分は詩人や政治家として名を成すことはないだろう。なんであれ、ひとかどの人物になることはない。だが、ジェロルフ・スワンズビー教授がスワンズビー新百科辞書の構想を実現させれば、ウィンスワースの語や考えが国じゅうの本棚にしまわれることになるのだ。ウィンスワースはそのさまを思い描いた。

ティティヴィラスの猫が一匹、彼の机のほうへやってきた。今日の午前、彼のシャツを汚したのと同じ猫かどうかはわからないが、思わず肘で便箋を囲い、詮索するような猫の目から隠した。

多くの人が、辞書で彼の語を引くことになるだろう。彼の造った語が、誰かの最初の言葉になるかもしれないし、最期の言葉になるかもしれない。うまく立ち回れば、彼の仕業だと突き止められることはないだろう。目立たないという特性がついに役立つわけだ。どこかの気の毒な事務員や印刷所の見習工がでっちあげの項目をより分けろと言われたところで、そのころにはウィンスワースはとっくにいない。その事務員だか見習工だかが、彼の語と定義を見つけたところを想像する。当てずっぽうで考える――そうだな、五年後か？　十年後？　百年後？　彼に腹を立てるだろうか？それとも拍手を送ってくれるだろうか？

ウィンスワースはソフィアからもらった万年筆をインク瓶に軽く打ちつけた。

winceworthliness（名）意味のない道楽の価値[*1]

unbedoggerel[*2]（動）ナンセンスなものをはっきりさせる。謎を解明する、無知や曖昧さから自由になるウィンスワースは、机の上のすでに完成した項目カードの束にブルーのカードをすべりこませた。口がからからに乾いている。人知れぬ反逆、犠牲者のいない嘘。そもそも人は本当に真実など求めているのか？　世界を定義する権利なんてあるのか？　自分の考えの痕跡が自分の死後も生き残るというのは、まんざらでもない。永遠に生きることになるとも言える。

いったいどうしてこんなことを考えついたんだ？

新しい万年筆には必要のないインク瓶に、またゆがんだ顔が映る。睡眠不足ではれぼったい。ソフィアのことを考え、決して口にすることのない言葉を思う。フラシャムのことを考え、湧いてくる感情を表す言葉を思う。爆発のときの、言葉では言い表せない色のことを考え、どんなふうに感じたかを思い起こす。

ウィンスワースは再びシルバーの万年筆を手に取った。

語があとからあとから出てくる。思考と憶測の星座からおのずと語源が現れる。

abantina（名）不安定、移り気[*3]

＊1　ウィンスワースらしいという語を名詞化している。

＊2　un（反対の意味を添える接頭辞）とbe（単語を動詞化する接頭辞）とdoggerel（下手な詩）を組み合わせた語。

＊3　花の名前アバティィーナから。二二九ページの注も参照。

paracmasticon（名）　危機的状況に、狡猾さを通して真実を求める者*1

呪文の言葉のようだ。ラテン語ふうで、気難しくて、派手な感じがする。Sからはじまる語だけに限定しなくていいことに、自由気ままな喜びを感じる。もうずいぶん長いあいだ、このスワンズビーの机において、Sはすべてのはじまりだったのだ。この数日のことを思い返す。かいた恥の数々、重苦しい退屈と、求められる礼儀作法、噴き出るエネルギーと数々の衝撃。語呂合わせ的に語が生まれ、あるいは、語の意味単位（セマンティック・ユニット）が論理的に変形して新しい語が造られる。語は花開き、あるいは沈み、あるいは、あるいは、消える。

agrupt（名・形）　大団円を台無しにされたことによる苛立ち

zchumpen（形）　ガの飛ぶようす*2

またもや、いつか彼のでっちあげの項目を発見するかもしれない人物のことを思い描く。彼が密かに生み出したでっちあげの物語を。もしかしたら、未来ではもう辞書や参考書のたぐいは必要なくなるかもしれない。未来の世界では、今よりも大量の蒸気や煙霧が立ちこめ、印刷したり書いたりはできなくなっている可能性もある。エンジン音で、人々が口にする言葉も聞こえなくなるかもしれない。未来の人々は、触覚と嗅覚と味覚だけでコミュニケーションを取るようになるとか。もしかしたら、そのための辞書が作られるようになるかも。そうした、彼が見ることのない世界、彼が知ることのない感覚を表す語彙を一から学ぶことを考える。ウィンスワースは項目カードの束をトントンと机に打ちつけ、きっちりとそろえた。

このちょっとした悪ふざけ、そう、大目に見てもらえる程度の戯れが引き起こすやっかいごとをあれこれ想像するうちに、この偽の項目こそ、彼が名を遺す行為——といっても、もちろん実名を残すという意味ではなく、彼という人間が存在した痕跡を遺す唯一の可能性なのだという考えが頭から離れなくなった。将来、彼の項目を見つけるかもしれない人物と、目くばせしあったり、もっと永続的ななにかを共有したりできないのは残念だと、ウィンスワースは思った。

また作業にもどり、書いていた項目を最後まで仕上げた。インクがかわくのを待つ。インクは明かりの下で一瞬、生き生きとしたブルーに輝き、カードの繊維に語がしみこんでいく。それから、ほんの少しだけ滲む。項目カードを目の前に掲げると、紙の粒子に刻まれた線やカーブから、ごくわずかな細い線やはねが染み出ているのが見える。

息をするより簡単に、新しい語が次から次へと浮かぶ。それを、決められた方法で丁寧に書き留め、ホールのしかるべき〈鳩の穴〉にねじ込むだけ。それで済むのだ。

ウィンスワースは目を閉じた。とたんに、まぶたの裏にあの爆発の色が燃えあがり、一瞬、息を

＊1　paracmatic（徐々に危機を脱する）と opticon（見る）を合わせた語。
＊2　ガの飛ぶオノマトペと lumpen（ずんぐりした）を合わせた語。

呑む。たちまち背中から汗が噴き出る。その色は、今日の午後、列車の窓から見たときとまったく同じように、いきなり彼の視界を噛み刺した。ウィンスワースは思わず顔を覆い、ネクタイをゆるめた。記憶にある色が強烈なせいでも、とつぜん視界を奪われたからでもない。色そのものが、恐ろしかったからだ。燃えあがる色は、ロックフォート＝スミス博士の診察室の多種多様なオレンジ色と、スワンズビーの猫たちの濃淡さまざまな黄色をしていた。セントジェームズパークの一月の緑と、血に染まったペリカンの羽の色と、カフェ・ロンフィグリのリモージュのカップに描かれたくねくねとねじれた葉のブルーも含んでいる。理解しようのない色。赤のようにあざわらい、乳白色の穏やかさとレモン色の厚かましさを持ち、目に染みる酸味があって、白く燃え立つなめらかさで歌い、ざらざらした紫の舌触りがした。

なにかがこすれる音がした。離れているが、近いようにも感じる。続いて、誰かが自らにむかって小声で悪態をつくのが聞こえた。ウィンスワースはハッと体を起こした。いつの間にか机で寝てしまったようだ。スクリブナリーホールの時計を見ながらアタッシュケースを胸に抱える。時計の音で目が覚めたのだと思ったのだ。今にも出勤した同僚たちがホールに入ってくるにちがいない。だが、実際はまだ夜だった。

目が覚めたのは、下の階から聞こえるリズミカルなパンパンという音のせいだと気づいた。

「誰かいるのか？」ウィンスワースは、スクリブナリーホールの静寂にむかって言った。

パンパンという音がやんだ。ホールの端から小さな笑い声がした。地下室へ降りていく階段があるあたりだ。今の声はエレベーターのシャフトをあがってきたらしい。

ウィンスワースは、ブルーの項目カードの分厚い束を見やった。数百、数千というカードがある。この中に混ぜてしまえば、見分けはつかない。彼の語は正式な語と混ざり合うのだ。そういうことだ、とウィンスワースは思った。そういうことはそういうこと。そうでないことはそうでない。そうだろ？　ああ、そうだ。

するとまた笑い声が聞こえた。ちっとも勝利感は湧いてこない。ウィンスワースはふらふらと立ち上がり、声のするほうへ歩いていった。

SはにせもののS

sham（名）にせもの、ごまかし（形）見せかけの

「このカード、なにかくっついてる」ピップがカードを光にかざした。わたしは椅子を転がして、見にいく。この一連の動作をもう少し流れるようにできるといいんだけど。滑走路の末端までカーペット上をほんの少し移動するだけなのだけど、六回も床を蹴らなきゃならない。

「ただの埃じゃない？」わたしは言った。

「ヴィクトリア時代のね」

「ティッツの毛かも」

　もう何時間もフェイク語を探し、項目をひとつひとつ、本物かどうかチェックしている。これまでは見慣れた、よくある語だと思っていたものが、でたらめでふざけた、目新しい語に見えてくる。クワック（アヒルの鳴き声）、クワッド（四人部屋）、クウィデティ（屁理屈）なんて、どれも嘘くさく見える。どうして君主のことを「クィーン（女王）」なんて言うわけ？　キーキー軋(きし)るような、泣きわめく声みたいな語じゃない！「ケツァルコアトル（古代メキシコのトルテカ族・アステカ族の神）」並みに異国風だし、パッと見ただけじ

ゃぜんぜんわかんないし。

「タンポポの種じゃないかな」ピップは言って、なにかの名残らしきそれを指でつまみ、しばらくいじっていた。それから、ふっと吹き飛ばした。

付き合って二年目に入り、いっしょに住みはじめたころ、ピップが『花言葉の本』（一八五七）という本を買ってきた。本はアルファベット順に構成され、風変わりなイラストがついていて、それぞれの花の意味、つまり「floriography（名）（花言葉）」と、その花の入った花束の意味が記されていた。覚えているものもある。アゼレアは「自制、節度」という意味だ。シロツメクサは「わたしを想って」。そんなふうにかわいらしくないけど、忘れられないのが、タネツケバナの「父の失策」と、オニナベナの「人間嫌い」。これを見つけたときは、二人で大笑いして、次の二人の記念日のとき、大金をつぎ込んで抱えきれないほどのタネツケバナとオニナベナを注文した。二人だけの悪趣味なジョーク。タネツケバナとオニナベナはぜんぜん合わなかった上に、オニナベナの棘が指に刺さったけど。

その本に載っている最初の二つは、「アバティーナ」（花言葉は「気まぐれ」）と「アベセダリー」[*1]（花言葉は「饒舌」）だった。花屋や苗木屋に置いてあるのを見たことはないし、誰もどんな花か知らなかった。

＊1　ヴィクトリア時代に花言葉の本が流行した。ケイト・グリーナウェイの『花言葉集』は有名。だが、この本のアバティーナ［abatina］とアベセダリー［abecedary］は、実在しない。

ピップは、〝タンポポの種かもしれないしなんでもないかもしれないもの〟の残骸を床へ落とし、また項目カードを見はじめた。

「『クィア』がある」しばらくして、ピップが言った。

「それ、この仕事に就いたときにまず引いた言葉のひとつ」

「それって、ゲイがやりがちなことだよね。仲間探し」ピップは言ってから、「ヘエッ！」と叫んだ。

「なに？」わたしはペンを構えた。

「森鳩って『クウィースト』ってちゃんとした名前があるの知ってた？」


『花言葉の本』からもうひとつ。スギの葉は「たくましさ」。

わたしたちは、この本を本棚のどこにしまうかを考えた。よく二人で、いつか本をアルファベット順か、背の高さ順か、色別に並べようって言ってるけど、結局、やっていない。今じゃ、『花言葉の本』はギリシャ料理の本とモニック・ウィティッグ＆サンド・ジークの『レズビアン　辞書のための資料』の英訳版のあいだに入っている。ピップがその本を見つけたのは、ノミの市だか古道具屋だか慈善バザーだかだった。本をめくるだかまくるだかしてあさり、腹だか胃だかへそだかをよじって笑いながら次々といろんなページを写メして送ってきたものだから、デイヴィッドがようすを見にくるたびに、サボってると思われないように、スマホを隠さなきゃならなかった。

ウィティッグのことは、大学時代に聞いて知っていた。ジークはウィティッグのパートナーで、元は彼女の空手のインストラクターだった（最後までずっとそうだったならすてきだ）。本は、レズビアンたちが暮らしているという寓話的な島の年鑑の体裁を取っていて、遊び心があって思弁的で舌鋒激しい。諷刺的で、バカバカしくって、最高にすてきで、宣言の書であり、鼻の脇で手のひらをヒラヒラさせて相手を嘲るような、そんな本だ。読み進めると、新造語の「シプリン」についての説明に行きあたる。どういう意味か？　英語版の翻訳者は、ためらいつつ「分泌液」という訳語を当てている。元のフランス語だと、「シプリン」は「女性が性的興奮を覚えたときに膣の入口に分泌される液体」と定義されていた。

ピップはノミの市の屋台から、そのページの写メも送ってきた。メールには、「;3」ってあったけど、本当は「:)」と打とうとして、親指がすべったんだと思う。

あれを表す語がふいにできてうれしかった。ピップのメールを読んで気づいたんだけど、それまで「シプリン」に近い語は、どっちかっていうと男性に関連する語か、鼻から出てくる液体と関わり合いのある語しか知らなかったわけだから。

ウィティッグとジークの辞書の「シプリン〔cyprine〕」は、美の女神アフロディーテの故郷であるキプロス島〔Cyprus〕を言外に彷彿させる。生き生きとして濡れて輝いているイメージの語だ。

そのとき、わたしはこう返信した。「生き生きとして濡れて輝いているイメージの言葉だよね」

すると返信がきた。「ゲイって島好きなの、知ってた？　レスボス島[*1]とか、クルージング[*2]とか」

＊1　女性同性愛者たちがたむろしている場所にも使う。
＊2　ナンパ目的でぶらぶらするという意味もある。

「もしかして誘ってる？」メールを打った。

「もうクローゼットは出た？」ピップからそう返信がきたので、わたしはスマホをデスクの引き出しにしまい、インターンの仕事にもどった。

ウィティッグとジークの本はあらゆるものに満ち満ちている。この満ちている感じって、ピップをいいなって思う理由のひとつ。二人できわどい話ができる。満ちているかどうかも、誤解のことも、いろんな意味でのプレッシャーについても。

純粋な好奇心から、「シプリン」をスワンズビー新百科辞書で探してみた。あらゆる思いがつきたときの思いつき。下品なのぞき趣味みたいなものだけど、たぶん載ってないだろうって思ってた。ところが、あった。けど、それはこの語が鉱物の亜種の名前でもあったからだ。ベスビオ山の溶岩の近くで初めて発見されたものらしい。噴火して、たくさんの溶岩に埋まった人々の体はそのまま保存されたっていう、あのベスビオ山。「溶岩〔lava〕」に複数形とかってあるの？　答えは簡単には出てこない。カーテンのすき間から風に呼ばれ、香りに従っていくと、岩から伸びる手のように、さまざまな溶岩の変化形が噴き出してくる――といった感じだ。

スワンズビー新百科辞書には、鉱物の「シプリン」は、ケイ酸塩鉱物の一種で別名ベスブ石としても知られている、とある。確かに、わたしもケイサンできなくなるときがあるな、と思う。扇風機がただ空気をかきまわして、真珠のような光沢のある、星か太陽のように鮮やかに輝いてるケイ酸塩鉱物ができるときとか。「ベスブ石は、スカルン鉱床では結晶の形で産出する」。スカルンというのは、マグマにより化学変化して生じた鉱物のことを言う。つまり、これって、接触により深部の変化で生じた熱い液体ってこと。熱いもの、そして、固く、揺るぎないものからの変化。「シプリン」の結晶は宝石としてカットできるらしい。「努力の結晶」って、むかしからすごくホットな言い回しだなって思ってた。

ちゃんとした相手とちゃんとベッドを共にするまでに、ちゃんとした本やウェブサイトをどれくらい見ただろう？　そういう本には、日曜大工かアクセサリー修理の本かっていう感じで、図が載ってる。ちなみに、それ関係の本はぜんぶ買い、図書館から借りたものはない。そうした本に掲載された講義要綱（シラバス）を、ひたすらまじめに、不安におののきながら学習し、習学した。その当時はもちろん「シプリン」なんて語にまで触れられる状態ではなかった。これって、ちょっとしたダジャレになりそうだけど、下品な上品さを演出できる自信がない。言葉から意味が生まれるの？　それとも、意味から言葉が生まれるの？

さらに百科辞書を読み、アイスランド・シプリンという軟体動物が存在することを知る。クワホッグともいうらしい（ホンビノスガイのこと）。「クワホッグ」。泡のはじけるような語。ぴったりだし、醜くて、すばらしい。水中か、もしくは口にものが入った状態で発音する語だと思う。語の中には、そんなふうにオノマトペの想像を誘うものがある。「オノマトペ」って、最初からまちがえずに打てたことがあったっけ？　ああ、もう。「オ・マ・ノ・ト・ペ」って、なにも考えずにたぶんこんなスペルだろうってキーボードを叩くときのオノマトペっぽい。

スワンズビー新百科辞書には、アイスランド・シプリンは食べられる種類の二枚貝だと書いてある。これって、ウィティッグの「シプリン」に置き換えると、最高に暗示的。ジョークのオチをどうとでも料理できそう。それから、ウィキペディアへ飛んだら、あるアイスランド・シプリンの個体が五〇七年生きたという記録があることを知った。そのアイスランド・シプリンは、「正確に年齢がわかっている動物の中で、もっとも長寿の非群体性後生動物」なのだ。「シプリン」と正確さに乾杯。五〇七年前というのは、トマス・ウルジーがフランス侵攻の計画をしていた年だ。その記事には、「二〇〇六年の調査で採取されなければ、もっと長いあいだ生きたかもしれない」とも書いてあった。浚渫（しゅんせつ）船が、ファーギーの『ロンドン・ブリッジ』とかジャスティン・ティンバーレイクの『セクシー・バック』とかP!NKの『ユー・アンド・ユア・ハンド』とか、その年の最低のヒット曲を流しながら、気高い古代の貝を採取していたようすを想像する。そういうものは採っちゃいけないんじゃないかって、それを読んだときに思った。次に思ったのは、この作業はわたしの集中力持続時間をどんどん短くするってこと。

ちなみに、どうやって食用二枚貝の年齢を判断するんだろう。

心地いい密度を持った語がある。心地いい手触りや、味、色、におい、ネットワーク、環境、姿勢、身のこなし、弓ぞり、首ぞり、安らぎ、絶頂、溝。透明、生ぬるい、不感、酔った、流れるような、なめらかに仕上がった、甘ったるい、鍵のかかった、藁ぶき、ウタツグミ、共感覚を誘うきらめく語たち。こうした言葉の正常なpHは、三・八から四・五のあいだだから、ある種の説得力がある（膣のpHは三・八〜四・五が正常）。

スキーンという名字の人がいたのだろう。バルトリンという人も。腺は彼らの名前にちなんで名づけられた。山や生物に自分の名前を付けるのと同じだ。この男たちがやさしかったことを願う。*1

動詞の「シクリート」の意味は二つあるけど、「分泌する（シクリート）」という外へむかう意味より、「隠す（シクリート）」のほうが好き。**わたしの体に隠されて／分泌されています。**

「牽糸（けんし）力」って言葉は聞いたことがある？　わたしはなかった。どうしてみんなこういう言葉をうまく使えないわけ？（子宮頸部の粘液の力を指す）誰が溜めこんでるの？

『クィアバード（変人の意味）』の項目がある」ピップが辞書から顔をあげた。「あ、だけど『〈廃〉』だって。かわいそうに、もう廃れちゃったんだ」

「廃れる」も、存在が消える／隠されることを表す美しい語だ。消えてしまった語はどこかに隠しておいて、がんばって新しい言葉を覚えないと。

そのとき、オフィスの電話が鳴り、反射的に跳びあがった（ピップには、この条件反射はない）。けたたましい音が、オフィスの中を跳ねまわる。

「出ないで――」言っても無駄だった。ピップはすでに電話のところにいて、受話器を持ちあげ耳にあてた。

「もしもし」ピップは明るい声で言った。わたしが困った立場にならないように。そして、ほんの一瞬ためらったのち、即興でそれらしいことを言う。「こちら、マロリーのオフィスです」

次の瞬間、ピップの表情が変わった。ピップはわたしに悟られまいと、肩にパンチがかすったみたいな動きで体をひねり、こちらに背をむけた。

例の電話なのかききたい。電話を切るように言いたい。防衛本能が湧きあがる。電話はわたしの

＊1　スキーン腺は膣の上壁にある分泌腺。バルトリン腺は、膣の入り口の分泌腺。両方とも発見者の名がつけられている。通常見えず、触れてもわからない。

問題であって、ピップのではない。脅迫されているのはわたしなんだから。口から心臓が飛び出そうになって、のどを絞めつけられるような恐怖を感じるのも、わたしじゃなきゃだめ。ピップは手に落書きして、パブで歌って、わたしを抱きしめてくれていれば、それでいい。あのアニメみたいな声やあの悪意が、ピップに触れるなんていや。ピップの耳に届くまえに、しぼんで消えちゃって。

それで気づいた。「ピップを守るためにすること」を表す語がないってことに。

Tは裏切りのT

treachery（名）裏切り、不実

ウィンスワースは、鳥かごのような形のキィキィきしむエレベーターに乗ってスクリブナリーホールの地下へ降りていった。地下室は前に一度、ちらっと入ったことがあるだけだ。知るかぎり、誰も足を踏み入れず、関心も持たない場所で、スワンズビー新百科辞書第一版が印刷段階になるまでは、建物のほかの部分から隔離・隔絶されている。じめじめして暗く、出番を待つ印刷機のそばを得体のしれない怪しげなものたちがカサコソと走り抜けていく音だけが聞こえる。ウィンスワースがマッチを擦ると、ぱっと燃えあがった炎の光の中に、暗闇で控えている新品同様の印刷機が浮かびあがった。機械のそれぞれの部分の呼び名やその機能は知らない――ぬっと姿を現したつやつやした図体は、なぜかかっと口を開いているように見える。機械が置いてあるせいか、空気に金属的なにおいが漂っている。スワンズビー新百科辞書が一冊一冊、一語一語量産されることになったあかつきには、蒸気とインクの汗が吐き出されることを予告しているようでもある。

足の上をなにかがさっと飛び越え、ウィンスワースは思わずエレベーターの中で縮みあがった。あれだけ猫がいても、おどけたネズミたちが床下で跳ねまわれるなら、無駄じゃないか。しかし、さっき聞こえてきた音は、ネズミではないし、配水管が膨張して立てた音や、床板のきしみともちがう。エレベーターから薄暗がりへ踏み出し、二本目のマッチを擦ったとき、またくくくくぐもった笑い声が聞こえた。すぐそばにある印刷機のうしろだ。ウィンスワースは角を曲がり、下を見た。そして、マッチの火を床のほうへ近づけると、女性がさっと身を翻し、暗がりに積み重ねてある箱のうしろへ隠れた。そしてまた、忍び笑いを漏らした。

フラシャムのほうは、そんな罪の意識とは無縁だった。ワイシャツと靴下だけといういでたちで、ボタンはすべて外れ、すべてが百科事典的にさらけ出されている。ウィンスワースは円を描くようにマッチを動かし、同僚が上着を毛布代わりに、片肘で頭を支え、絵に描かれた裸婦のごとく横たわっているのを見た。

フラシャムは両手を大きく広げた。「ヒソヒソ声の舌足らずくんじゃないか！」まったく平然としたようすで、むしろ見つかったことを本気で喜んでいるか、ウィンスワースが狼狽しているのを面白がっているようにさえ見える。

フラシャムや彼の友人たちがこうしたことをしているという噂はむかしからささやかれていた。「こうしたことをしている」――ふいに上品ぶって、やたらと婉曲表現を使いはじめる。フラシャムの恋の戯れについては口さがない話を山のように聞いていたし、中には、下品な自慢や女性に対する論評やら数を誇るようなものもあった。そうした話を耳にしたのは、スクリブナリーホールでも彼の頭越しに話が飛び交っており、灰皿の灰も会話の防波堤も所詮、崩されるものだからだ。しかし、そんな逢引きやら密会やらの話は空自慢やほら話にすぎないと思っていたし、万が一本当だったとしても、怪しげなホテルやホワイトチャペルの路地での話だろうと考えていた。しかし、もちろん、そんなのは、フラシャム流ではない。もちろんフラシャムなら、みんなが帰ったあとのスクリブナリーホールを売春宿として使うにきまっている。せっかくウィンスワースが勤務時間後のスワンズビー会館を独り占めし、思いがけず悪事に耽るという贅沢を満喫していたというのに、それすらフラシャムに取り上げられたのは、腹立たしかった。そのあいだじゅうずっと、テレンス・クロヴィス・フラシャムは床下でハアハアとさかって、のびのびと得意技にいそしんでいたのだ。

　ウィンスワースはその場を立ち去ろうとした。マッチの炎がなびき、端のほうで縮こまっている女性の姿が再び目に入った。縮こまっていると言ったって、もちろん、フラシャムから逃げたわけではなく、隠れているだけだ。マッチが燃え尽きる瞬間、塩（ソルト）のように白い髪が見えた。

「お元気そうですね、ミス・コッティンガム」ウィンスワースが言うと、ミス・コッティンガムはチッと舌を鳴らして、脱いだ服をあごの下まで引っぱりあげた。

「おいおい」フラシャムがニカッと笑い、口髭の下で白い歯が光った。「彼女が気まずい思いをするだろう。飲むか？」

　パッと炎が燃えあがり、フラシャムがかたわらのランプに火をつけた。光の中にテーブルが現われ、栓のあいたボトルとグラスが二つ見えた。ウィンスワースは前へ出ようとして、床の上にあった服に蹴つまずいた。ポン、ポン、ポン。頭が割れそうだ。

「問題はありませんね、ミス・コッティンガム？」

「もちろんないわよ」つっけんどんな答えが返ってきた。フラシャムが笑った。

「ぜひすわってくれと言いたいところなんだが、手放しで歓迎とはいうわけにもいかないしな。また今度だな」

「ああ、フラシャム、また明日」ウィンスワースは階段へむかった。

「きみに名前を呼ばれると、毎回うれしくなるよ、フラシュアムってね。おかげで、自分は実に快活な人物だという気分になれる」

ミス・コッティンガムがお義理でクスクス笑うのが聞こえた。「ほっといてあげなさいよ」フラシャムをたしなめたものの、まだ笑っている。

「それにしても、笑われても仕方ないかっこうだな。生垣と格闘してきたみたいだぞ」フラシャムが言い、ウィンスワースは今度こそ立ち去ろうとしたが、フラシャムはなおもうしろから呼びかけた。「まるでボロ雑巾だ。しかし、妙なはめになったな、まったく妙だよ。しかも、それがぼくのちょっとしたいたずらのせいだったとはね、きみがバーキングの近くにいたのがさ。今回のことは許してくれるよな?」ウィンスワースはなにも言わなかったが、フラシャムはかまわず続けた。「特に、鳥との頓智比べをしたあとだもんな。だいたいさ、きみがまだこの建物にいたことにはびっくりだよ。驚きだよな?」最後の質問は、ミス・コッティンガムにむけられたものだった。「残業か？　きみはきみでささいな計画でもあったとか?」フラシャムは腕をあげ、自分が占有している地下の小さな王国を示してみせた。

「お二人とも、よい夜を。では」ウィンスワースは言った。

「ぼくたちに出くわしたことを誰にも言わないでくれると、ありがたい」フラシャムは言った。その口調は丁寧で、ことさら頼みこんだり恥じたりしているふうはなかったが、必要以上の鋭さがあった。

「そうだろうね」ウィンスワースが言うと、フラシャムはじっと彼を見た。それから、シャツの裾を、膝が軽く隠れるくらいまで引っぱりおろすと、ウィンスワースのほうへ近づいてきた。ウィンスワースはエレベーターのほうへ一歩下がったが、ズボンなし版フラシャムはウィンスワースの腕をつかんでぐいと引き寄せ、まるでむかしからの友人みたいに軽く抱擁した。息は甘く、すんでいた。

「さっきから言おうとしてるのは――」

「ぼくの舌足らずの話はもういい」

「誤解だよ！」フラシャムはあたかも傷ついたように体を引き、それからまたぐっと近寄った。「ぼくの伯父の友だちの友だちにちょっとした知り合いがいるんだが」フラシャムの口髭がウィンスワースの耳に近づく。「その犬関係の知り合いの知り合いが大英博物館で働いているんだよ。その男が鍵を持っているんだ。きみには想像もつかないような部屋の鍵をね」

「ああ、信じるとも」ウィンスワースは言った。

フラシャムは仲間だろとでもいうように子どもじみたしぐさで肩を揺らした。これまで一度も、つまらない内勤の同僚なんかと一対一で長くしゃべったことはなかったのに。一方のウィンスワースは、権力の力学の中をよたよた漂っている気持ちだった。まったくペリカン並みに無防備だ。

「きみも聞いたことがあるだろう」フラシャムは続けた。「学校じゃ、その話しかしなかったもんな。ずばり、バートンの翻訳[*1]とか、ピサヌス・フラクシ[*2]の著作とかにあるような――彫像とか、ぜ

＊1　アラビア語による性典、性愛文学作品『匂える園』のこと。
＊2　エロティカ蒐集で知られるヘンリー・スペンサー・アシュビーの別名。

ていた。「だからおれたちは、ほんとうにうまくいってるのさ」ミス・ソルトがスリップの肩ひもを直し、髪をピンでまとめようとしている。フラシャムはといえば、彼女のことも、二人でいたところを見つかったことも、すっかり忘れたかのようだ。「大衆には見ることの許されないあらゆるものがあるんだ」そう言って、ウィンスワースの顔をまじまじと見つめる。「そういうわけさ！　伯父上とぼくはいくつかのコネクションを駆使して、明日の夜、内覧会をするんだ！　この人口が爆発した大都市ロンドンにぼくが帰ってきたことを正式に祝おうというわけだ！」フラシャムは大口を開けて笑った。「な、どうだ？」

「なかなかの夜になるだろうね」

そう言ったところ、また相手は笑った。こいつ、笑うことしかできないのか？「エリザベスもくるよ」フラシャムはそう言って、ミス・コッティンガムのほうへあごをしゃくった。ミス・コッティンガムはウィンスワースと距離を置いたまま、唇はぎゅっと引き結んでいる。

「ソフィアは？」ウィンスワースはたずねた。

フラシャムはニッと笑った。「そうだな、ある種の題材や活動は、彼女みたいな人には、向いているとは言えないかもしれないな。こうした夕べはとかくバカ騒ぎになりがちだからね」

「それだから彼女がこないなんて、ありえないわよ」ミス・コッティンガムはフンと鼻を鳴らした。「そもそも彼女は自分のコレクションを売るんじゃなかった？　未開の荒々しい大草原からはるばる持ってきたんでしょ？」

「ふむ！」フラシャムはくるりとむきを変えた。「うっかりしてたよ！」フラシャムはキスできそうなほどウィンスワースに顔を近づけ、二人の脚はぶつかり合った。フラシャムはうっすら酒のにおいがし、シャツのあいだからのぞいた胸はすべやかでひんやりしている。ウィンスワースはいまだかつて感じたことがない厭わしさに襲われた。「きみもとにかく、われらが陽気な集まりに参加すべきだよ。いろいろ放り出してさ。なあ、ご立派なウィンスワースくん、きみはいつもイライラしているように見えるよ。一五〇〇マイルクラブで、大酒を飲んだきみを見てうれしかったね。どうだ？　来る気になったかい？　楽しめそうか？　伯父上はその気になると、実に陽気な会を催すことができるんだよ」

もちろんフラシャムなら、ロンドンにもどって一週間もしないうちに博物館で乱痴気騒ぎを計画するだろう。もちろんフラシャムなら、半裸で、ズボンは穿いてないどころか部屋の反対側に転がっていたって、えらそうにしてるだろうさ！

あの爆発の色が、ウィンスワースの目の裏を焼きこがした。

このバカバカしい誘いを受けたほうが、これからの仕事には役立つ。うんざりする考えだが、どうしたって真実だ。フラシャムに信用され、取り巻き連中の一員になれれば、どんな新しい将来が開けるかもわからない。そうだ、どんな気晴らしが、どんな可能性が生まれるかもわからないのだ。

「ご親切にどうも」ウィンスワースは言った。

「これで決まりだな！　真夜中すぎに博物館へきてくれればいい。きみも気の置けない夜ってものを堪能するといい」

ミス・コッティンガムがまたクスッと笑い、フラシャムはウィンスワースの目を必要以上に長いあいだ、じっと見つめた。ランプの火が再びパチパチと音を立て、地下室の影が揺らぐ。スワンズビー社の内勤の男と外勤の男は、片や乾いた血と煤に覆われ、片や生きる欲望に燃えつつ、ウェストミンスターの地下室で束の間、手を結んだのだった。

Uは非の打ちどころのないのU

unimpeachable（形）非の打ちどころのない、非難できない

「ただいま、マロリーは席を外しております」電話に応対するピップの声は明るく、てきぱきしている。わたしはいたずら電話のロボット声を聞こうと、耳をそばだてた。かすれた、蚊の鳴くような、赤ん坊が泣くような声を。こっそり近づこうとすると、ピップは電話のコードを肩の反対側へ回し、逃げるようにくるっと椅子を回転させた。

「あたしは誰かって？」むこうの質問をくりかえしてる。わたしは頸動脈のあたりを切るジェスチャーをしたけど、手の一振りで却下された。あんなに歯ぎしりして、電話のむこうまで聞こえそう。

そのときまた、天井からひらひらと漆喰のかけらが落ちてきた。じっと見ていると、火ぶくれのようなかけらは一定の速度で落ちてきて、わたしの肩の上に着地した。

「ちがうわよ、そうよ、あんたのことならぜんぶ聞いてるから」ピップが言った。「でさ、言っとくけど、口で言うだけならなにを言われたって平気。あんたは、辞書が言葉の定義を変えちゃうのを心配してるわけだよね？　こっちがあんたのことを笑ってるって、わかってる？　あんたのその

キィキィ声と脅しをね。マロリーが毎日うちへ帰ってあんたのことでくよくよしてるって、わかってる？　でさ、あたしは本来は暴力的な人間じゃないけど、マロリーに事情を聞いたら、あんたがあんたのせこい家でのうのうとしてるところが浮かんできて、あんたの頭を芝刈り機で丸刈りにしてやるところを思い浮かべたわけよ。ねえ、ほかにも意味が変化した言葉はあるって知ってる？『口の中を洗ってらっしゃい[*1]』とか。ほかは？　『女の子（ガール）』とかね。[*2]『快活な（サングワン）』も。[*3]『未婚女性（スピンスター）』もそうよ。[*4]あ、やめて。理由とか経緯とかはきかないで。ぜんぜん興味ないから。ぶっちゃけ、一ミリも関心ないんだよね。前に、マロリーが教えてくれたのよ、おいしいディナーの最中にね。だけど、あたしは舌がもつれないようにするので精いっぱいだったから。そんなに気になって仕方ないなら、自分で辞書を引きなよ。どう考えたって、暇みたいだから。ほかにはどんなところにいやがらせ電話してんの？　天気予報士のところ？　潮位予測士とか？　ちなみに、これ、潮汐表（ちょうせきひょう）を作ってる人のことだから。さぞかしラテン語が使われなくなったことに腹を立ててるんでしょうね。ううん、ちがうな、あんたはラテン語の及ぼした影響に腹を立てて、そのさらに前の、なんだか知らないけど古き良き言語をみんながしゃべるべきだって思ってんでしょ。アングロサクソン語とか。あ、ジュート語だっけ？　なんにしろあたしの知ったこっちゃないから、いちいちまちがいを正そうとしないでよ。一ミリも知らないんだから。あんたは人をビビらせるのが大好きなムカつく炎上野郎（トロール）

＊1　汚い言葉を使った者に対する慣用句。十九世紀、文字通り口の中を石鹸で洗うことが行われていた。
＊2　girl——元は男女問わず子どもに使った。
＊3　sanguine——元は血の色という意味。
＊4　spinster——元は糸をつむぐ女性という意味。未婚の女性は紡績に従事するとされていたため。

だよ。グリム童話に出てきそうなやつ。そうそう、あの兄弟も辞書を作ってんのよ、だったよね、マロリー？　前にそう言ってたよね？」

「えっと――」

「いい、よく聞きなさいよ」ピップは電話にむかって言うと、目の前の空気をブスッと指で突き刺した。襟元から赤い色がのぞき、みるみる首全体へ広がっていく。「バカなクソ男。ううん、あたしに謝らないで。あたしが職場に病欠の電話を入れたのは、どうせこの番号を登録してるに決まってるあんたが、電話口で、ええと、めそめそ泣きごと？　を言うのを聞いてあげるためじゃないのよ。あんたの問題はなに？　ホモフォビア？　変化への恐怖？　言葉への？　ゲイへの？　それとも両方？　時代に置いていかれるとか、のけ者にされてる気がするとか？　誰も読みやしない本に、あんたの場所も時代もなくなるのが気に入らない？　ちょっとでも変化をもたらすようなことはどんな些細なことでも甘受できないとか？　ほら、あんたのせいで『甘受』なんて言葉を使っちゃったじゃない。今日はね、『森鳩』の同義語を覚えたのよ。あんたなんかよりはるかに重要なことよ。自分がどこに電話してるか、わかってるわよね？　ここは辞書の会社だからね。で、爆弾を仕掛けたのは、言葉の意味が時代とともに変わるのが許せないから？　じゃあ、今日はあたしが辞書だから、最高に強い表現で言ってあげるわよ、くたばれって」

　ピップはガチャンと受話器を置いた。

「むこうはとっくに切ってたんじゃないの？」

「電話に出たのがマロリーじゃないって気づいた瞬間にね」

　わたしはピップのほうへ回っていってハグし、彼女の頭と肩のあいだの慣れ親しんだ場所に顔をうずめた。「芝刈り機って——」

「言って、すっきりした」ピップもわたしをハグし、髪の生え際にむかって言う。「あ！　また一つ見つけた」ピップが一枚の項目カードを指さし、指先が紙をかすめた。

また電話が鳴りだした。

同時に、上から音がした。きしむような、踏みつけるような、なにかがぶつかったような音。わたしたちは天井のタイルを見つめた。

paracmasticon（名）　危機的状況に、狡猾さを通して真実を求める者

「見てくる」ピップが言った。「その電話、出ないでよ。わかった？」

「わかった」

ピップは勢いよく部屋から出ようとし——出て——出ていった。電話はしつこく鳴りつづけている。ピップが階段をのぼる足音がするのを待ってから、わたしは電話に出た。

「わたしは、言葉を重んじる人間なのだ」デジタル化された声が言った。ボイスチェンジャーは、声の高さやトーンの変化をわたしにわからせないようにするために使っているはずだ。なのに、気のせいかもしれないけど、言葉がこぼれだすのが心なしか速くなっているのを感じた。「楽しんでくれ」

「楽しんでくれ？」わたしはききかえした。

「楽しんでくれ」声はくりかえした。

「楽しんでくれ?」わたしはまた言った。

「もしもし?」電話のむこうの人物が言った。それから、「あ、ちょっと待て」と声がしたかと思うと、低いところから受話器が落ちたようなくぐもった音が続き、単調で悲しげなロボット声がクソ、クソ、クソ、クソとくりかえした。

それとまったく同時に、上の階からもガンという音がした。それから、火災報知器がけたたましい音で鳴りだし、大音響が体じゅうの血管を巡った。

Vは中傷するのV

vilify（他動）中傷する、けなす

辻馬車が下宿の前に着くと、疲れ果てたウィンスワースは御者に多すぎるチップを渡した。チップの金額を考えたり硬貨を数えたりするのが、ふいにとんでもなく知力と体力を要する作業に思えたのだ。そして、体を引きずるように階段を上がって自分の部屋までいくと、中へ倒れこみ、持てる力を振り絞ってドアを閉めた。

スワンズビー社の書類カバンを放り投げ、服を脱ぎ、ベッドによろよろと突っ伏すと、靴が脱げてぽとりと床に落ちた。ウィンスワースは今や、「しおれる」とか「しなだれる」とまったく同義な状態だった。ベッドカバーの上に沈みこみ、床にすべり落ちた服から、レンガの粉と砂粒が舞いあがる。誕生日ケーキの粉砂糖がまぶされたポケットやら、猫の嘔吐物やら、タンポポの小さな綿毛やら、ペリカンだかなんだかの血と混ざりあったインクとバーキングのレンガの粉やら、今日一日の裏付け資料のせいで、服は台無しだ。みなに忘れられがちな生っちろい体には、寝室の寒さのせいですでに鳥肌が立ちはじめている。スクリブナリーホールの地下の暗がりで見たフラシャムのくつろいだ半裸の体と、思わず比べる。しばらく、いや、ながらく、くよくよとそのことを考えた

が、それから毛布を頭までかぶった。毛布には、時間を必要ないものにする力がある、とウィンスワースは思った。さらに奥へもぐりこみ、ロックフォート＝スミス博士に推奨された呼吸運動を試してみる。脈に合わせて吸って、吐いて、吸入し、排出する。と、あっという間に、眠りに落ちた、靴下を履いたままで。「靴下を履いたまま目覚めたときの悲惨な気分」を表す語がいるだろう。

目覚めると、夢の内容はすべて忘れていたが、一つだけ言っておくと、どの夢にも、おかしな鳥かごが出てきて、逃げなければというせっぱつまった思いを味わわされた。かごの中のオレンジ色の小鳥やら竹馬にのったペリカンやらが出てきて、夢を見ている頭のまわりは、バカバカしい歌とやかましい翼の音にあふれかえった。辞書の夢を見なかったのは、数年ぶりだ。起きてまず、ジェロルフ教授のことが浮かんだ。教授が一日分のパウダーブルーの項目カードをめくっていくところを、想像する。その中に潜んでいる架空の項目を一つひとつ思い出し、その一つひとつが正当なものであるかのように教授がよしとうなずき、スワンズビー会館の最上階にある静寂な研究室にしまうさまを、思い浮かべる。

目覚めてまず、どう感じるのが正解なんだろう？　安堵する？　罪の意識を感じる？　もしくは、期待に胸を膨らませるとか？　少なくともこのうち一つを感じればいいのか、あるいは三つとも感じるべきなのか？　ちょっとしたいたずらだと思えばいいのだろうか？　復讐か？　悪魔の所業か？　でも、実際に感じていたのは、新たな無気力感だった。世界はなにも変わらず、夜明けもまた、もっとも一般的な定義通りに進行している。もう少しだけ毛布の下にいることにする。毛布をかぶっていると、毛布の裏側にまつげが触れる。その取るに足らないわずかな圧力に集中する。そしてもう一度、自分がどう感じているか、考えようとする。疲労感は薄らいでいるが、休まってはいない。穏やかな気分などみじんもない。

床に落ちている上着からマッチを取ると、ランプに火をつけ、マッチを擦る音とふいに指の熱くなる感覚を楽しむ。一瞬、思いもかけない幻想が見える。スクリブナリーホールが火事になっている光景。炎が机から机へと渡っていく。紙からインクがはがれていく臭いが立ちこめ、炎は紙ばさみを伝って〈鳩の穴（ピジョンホール）〉へ入りこみ、鮮やかに輝きながら天井までのぼっていって、沈め彫り模様を浮きあがらせる。ウィンスワースは暖炉を離れ、頭の中になんの曲も流れず、はぐれた語が跳ねまわることもないまま、仕事へいく支度をはじめた。ネクタイは曲がったままだし、髭も剃らなければならない。

今日は、社員の集合写真を撮る日だということを思い出す。洗面台の上の鏡にぬぼーっと映ったねずみ色の顔を見て、昨日の爆発で眼鏡のブリッジに泥がくっついていたことに気づく。そのせいで、鼻に横一文字の小さな出陣化粧が施されている。枕を見やると、おそろいの模様がくっきりと残っていた。ぼーっとしたまま、鼻の汚れをこすり落とし、顔とわきの下をバシャバシャと洗う。一つひとつの動作がひどくゆっくりに感じる。小さくなったピンク色の石鹸を両手に取り、たっぷりとモコモコの泡が立つまで泡立てる。それから、水が入らないよう目を閉じて汚れを洗い流すと、ようやく石鹸と清潔な肌のにおいしかしなくなった。次に髭を剃ると、いつも通り、あごに小さな切り傷を作ってしまった。場所もいつも同じだ。**集中していないからだ**、とウィンスワースは自分を責めた。**だから、失敗するんだ。**

夜のあいだ、雨が降っていたので、窓ガラスの外側と内側両方にうっすら霜がついている。髪の中と顔の表面にも、その冷気を感じた。

スワンズビー社の朝はふだんと同じようにすぎていった。事務員と辞書編纂者はみな、黙々とそれぞれの項目を追いかけ、定義についてああでもないこうでもないと言い合っている。ビーレフェルトがフンフンと鼻歌を歌い、アップルトンがいつもの鼻すすり活動にいそしむ横で、ウィンスワースはうつむいてSから始まる語をひとつひとつ丹念に調べていた。何人かはバーキングでの出来事を聞いたらしく、ウィンスワースの机までやってきて同情してみせたり、興味を示したり、詮索してきたりしたが、ウィンスワースの話下手のせいで、会話はすぐに終了した。ウィンスワースは仕事を邪魔してくる者たち全員に、バーキングでのことはほとんど思い出せないと、正直に答えた。相手は驚いたり、残念がったり、もしくは、つまらなそうな顔をして、そのあとはもう放っておいてくれた。そうこうしながらも、ウィンスワースは、フラシャムか白い髪のほうのミス・コッティンガムがホールのむこうに見えたり、なにかの用事で自分のほうへ近づいてきたりするたびに、ちらちらとようすをうかがわずにはいられなかった。そのうちエドマンド少年が手押し車を押してやってきて、机の項目カードを回収したが、ウィンスワースは顔色ひとつ変えなかった。

一時ぴったりにジェロルフ教授が部屋から出てきた。ホールを見下ろす通路の、ちょうど時計の真上に立つと、バルコニーの手すりからたっぷりとした髭を滝のように垂らし、校長然とした声で、中庭で撮影の準備ができたと告げた。紳士方は帽子は必要ないから、脳を少し冷ましてやりたまえと教授は言った。コッティンガム姉妹はちらりと視線を交わし、白い髪と黒い髪の上の帽子はかぶったままになった。ポン、ポン、ポン。椅子をうしろに引くぎくしゃくとした音が響き、インク壺のふたのしまる鈍いカチンという音がそれに続く。みな、カフスを留めたり髪を撫でつけたりしはじめ、辞書の見出しのように整然と並んでホールをぞろぞろと出ていった。

体を温めようと、社員たちがつま先立ちで足踏みしている。この日のために、アップルトンは時計の鎖を新調し、ビーレフェルトは靴を磨いて、いつもとちがう形に髪を分けていることに、ウィンスワースは気づいた。誰もが、口髭の形を整え、胸を張り、実際より背が高くほっそり見せようと腐心している。辞書編纂者の肩は、机の前で丸まっているのに慣れているのだ。こうしてスワンズビー会館の前に背の順で並んだが、フラシャムだけはジェロルフ教授の指示などどこ吹く風で、不可抗力だと言わんばかりの態度でじりじりと真ん中へ近づいていった。ためらうようすなどみじんもなく、同僚たちも、本人がなにも言わずとも左右に分かれて彼を通したが、そのあとに続くグロソップとなると、肘と肘の攻防はそうスムーズにいかなかった。どうやらフラシャムのとなりに立とうとしているらしい。

が、写真家がそれを許さなかった。「失礼！　そこの、背の低い方！　そう、あなたです、緑色のハンカチの！　前列にもどってください！」

写真家の有無を言わさぬよく響く声に、グロソップは従うしかなかった。あんな声の持ち主もいるのか、とウィンスワースは嫉妬を覚えた。写真家は、三脚を取りつけ、布をかぶせたカメラのうしろでなにやら作業をしながら、群れ集まる辞書編纂者たちに明らかな侮蔑の視線を投げかけた。そして、顔を紅潮させ、軍事訓練の教官顔負けの声で、ここにくる前はがさつで騒がしいケンジントンのサッカーチームの撮影だったのだと言った。**いいですか、これ以上のバカげた騒ぎはお断り**

です。スワンズビー社の社員は一様にうつむき、襟を正した。

スワンズビー教授はよく気のつく人だったので、嫌な雰囲気を取り払おうと、カメラの部品の名称や必要な作業などについてあれこれ質問した（「塩素酸カリウムとはな！」）。おかげで大いに空気が和らぎ、写真家と被写体のあいだの緊張が解けた。社員たちはもぞもぞと体を動かし、写真家は黒い布の下に頭を突っこんだ。三脚のうしろで背中を丸めた姿が、蛇腹（じゃばら）の鼻を持つひとつ目の巨人（キュクロープス）と化す。

「用意はいいですか……」

ウィンスワースの首がたちまちこわばり、口の中がからからになった。関心が自分に注がれたときに、まともに振る舞えたためしがない。ロックフォート＝スミス博士との面談並みのつらさだ。目線だけ動かして、そっとフラシャムのほうをうかがう。しっかりと折り目のついたスーツ、真っ白いシャツの襟、テニスで鍛えた肩。顔には勝って勝って勝ち誇った笑みを浮かべているにちがいない。

「はい、チーズ！」写真家が大きな声で言い、閃光粉が燃えあがって、中庭のレンガの壁に光が反射した瞬間、例の名状しがたいおそろしい色が閃いた。

そのとき、上のほうでなにかが動いた。ごくわずかな動きではあったが、ウィンスワースはハッとしてそちらを見あげた。ツタが揺れただけか、それとも誰かが窓を開いたのか？　スワンズビー会館の窓を見やり、ウィンスワースは目をしばたたかせた。

暗い室内を背景にくっきりと白く、ソフィア・スリフコヴナの顔が浮かびあがった。窓枠がちょうど額縁のように見え、こちらを見下ろした顔は、堂々と落ち着き払い、オペラのボックス席の賓客のようだ。

今度ばかりは、ウィンスワースの妄想ではない。この距離からでも、ソフィアが見ているのは、自分だとわかった。ソフィアは唇に人差し指をあてた。

Wはたくらみの W

wile（名）たくらみ、手練手管

火災報知器の大音響が歯に響く。すべてのニューロンが立ちあがって、もう許してと懇願し、衝撃で歯茎に泡立つような感覚が走る。

「ピップ？」

わたしは受話器を取り落とし、フェイク語の入った封筒をひっつかんで、ドアへ突進した。廊下に出ると、たちまち目の表面がヒリヒリしはじめた。視界が白く濁り、壁や手すりが流れるように揺らめいて見える。焦点を合わせようとすると、足元を見慣れた影がすり抜けていった。猫のティッツが、見たこともない速さで階段を降りていって、姿を消した。

廊下には煙が充満していた。

心臓がドップラー効果を起こした。上の階から、なにかが床に落ちたガチャンというくぐもった音がし、それから、木か金属か石が傾いたような音が続いた。わたしは記録的なスピードで階段へ走り、百年かけて辞書編纂者たちの手ですべすべに磨かれてきた手すりをつかんで、禁断の上階へ駆けのぼった。廊下のむこうに見える開いたドアめがけて、突進する。あとから思い返すと、なにか薬品の燃えるような臭いがしたけど、気のせいかもしれない。ドアまでいくと、もうもうとあがるクリーム色の煙と炎が見えた。わたしは中に飛びこんだ。

厚く垂れこめた煙の中に、もみあっている二つの人影が見えた。霧を通して見るように、曲がった肘と膝の影がぼーっと浮かびあがる。二人ともゴホゴホ咳きこんでいる。ピップの咳なら、一〇〇〇メートル先からでもわかる（これも、愛を定義する方法かもしれない）。ピップの名前をくりかえしながら、そちらへむかう。声が羊の鳴き声みたいに響く。室内にあるものはぼんやりとして寸法がどこかおかしく、苦々しい雲と影と化し、細部はなにもわからない。よろめきながら進んでいくと、書斎机だかテーブルだか幽霊だかに腰をぶつけた。ピップの名前を呼ぶ。

すると、ピップの声がした「ここ！　捕まえたよ！」

ピップの傍らまでいって、いっしょになって咳きこみながら両手を前へ出し、ピップの肩を探りあてる。同時にもうひとつ、なにかの生地と、その生地と煙に包まれた肩に触れた。なにもかもが灰色で熱くてとがっていて、足元には割れたガラスが散らばっている。もう一度目をこすり、目の焦点を床に合わせると、ワイヤーの入った小包みたいなものから炎があがっているのが見えた。悪臭を放って火花を散らし、さらに煙を噴き出す。そして、男が――そう、デイヴィッドが（目の前までいって、背の高さとしぐさで彼だとわかった）、足を踏み鳴らして、肘にしがみついたピップを振りほどこうとしながら、その小包を踏みつけていた。

やけくそになってののしりながら。「クソ、クソ、クソ――」

ロボ声チェンジャーを通さない声。この声なら、たとえ百万人の中からでも聞き分けられる。

上からゴオオオオと轟音が響き、三人とも首をねじるようにして頭上の煙に目を凝らした。天井付近は煙が厚く立ち込め、部屋の角から天井のタイルへと炎が駆けあがっていく。黄色、赤、琥珀色、アンズ色、赤褐色、アウレウス色、黄銅色、赤メロン色、ニンジン色、朱色、ミカン色、洋紅石色、赤銅色、サンゴ色、燃えさし色、炎色、朽ち葉色、金箔色、ジンジャー色、グレンリベット色、ヘンナ色、オレンジガーネット石色、蜜色、溶岩色、マリーゴールド色、マーマレード色、ミモレット色、カギハシタイランチョウ色、オランウータン色、コウライウグイス色、パプリカ色、カボチャ色、赤橙色、紅色、赤茶色、黄褐色、さび色、サフラン色、赤砂色、血紅色、ザクロ石色、タンジェリン色、暗黄色、虎色、金褐色、トパーズ色、辰砂色、ヴォチャーク色、黄褐鉄鉱色——「クソ、クソ、クソ」また、すぐ耳元でデイヴィッドの声がした。火災報知器とぴったり合ったリズムで。わたしは煙を噴きあげている小包につまずき、ピップの腕にしがみついた。

　頭上のオレンジ色の轟音がすべてを呑みこまんばかりに激しさを増し、三人とも思わずうしろに下がった。天井全体が一気に炎のさざ波に覆われ、頭頂部がカアッと熱くなる。

　ピップがわたしの襟首をつかみ、怒鳴りながらデイヴィッドの袖を引っぱった。ピップの中を駆け巡る得体のしれぬ本能が、ピップを動かし、前へと駆り立てる。そして、煙と炎の充満した部屋から、わけのわからないことを口走っているスワンズビー社員二名を連れだし、階段の下へむかって突き飛ばしたのと同時に、梁だか大まぐさだか台輪だかが、シューシューと炎を吐き出しながらガラガラと落ちてきた。

　わたしたちは階段を転がるように降り、よろめきながら立ち上がった。そしてむせ返りながら、互いの襟首をつかむようにして玄関へ突進し、夜気の中に飛び出した。

Xは取り消すのX

X　(動) 取り消す、×印で消す、無視する

写真家が三脚からカメラを取り外し、辞書編纂者たちが互いに、こんなにも長く、こんなにも整然と、こんなにもじっと立っていたことを称えあっているあいだに、ウィンスワースはちょっと失礼と言って、こっそり建物の中へもどった。気づいた者はいなかった。階段を一段飛ばしでのぼっていくと、階段のあちこちに寝そべっていた猫のティッツたちが驚いて逃げていく。階段を駆けあがって、踊り場をぐるっと回り、また駆けあがる。かすかに息をはずませながら、頭の中に建物の見取り図を思い浮かべ、ソフィアの顔がのぞいた上階の窓の位置を確かめようとする。左ということか？　右か？　三階までのぼったところで、一瞬足を止め、手すりに寄りかかって息を整えた。

「あら？」

廊下の真ん中にソフィアが、あざやかなオレンジ色のスカートと白いシャツブラウスを着て立っていた。ウィンスワースは、気持ちがはやっているのをあまり出さないよう気をつけながら、そちらへ歩いていった。三階の通路の両側は本棚になっていて、言語学者や教授たちの研究論文がぎっしり詰まっており、そのせいで下のスクリプナリーホールよりもぐんと暗く感じる。ソフィアは手

袋をはめた手で、そのうちの一冊の背表紙に触れていたが、ウィンスワースが近づいていくと、にっこりほほえんだ。縁のない帽子をうしろのほうへ傾けるようにかぶっている。帽子にはキンギョソウの刺繡が施され、羽根飾りがついていた。

完全に身についてしまった習慣から、舌足らずが唇のあいだから這い出してきた。「ミス・スリフコヴナ」ウィンスワースはソフィアの手を取り、軽く頭を下げたが、緊張のあまりお辞儀というより発作を起こしたように見えたにちがいなかった。「スワンズビー新百科辞書などにあなたをお迎えできるとは」

ソフィアは輝き、きらめき、とにかく「ほおを紅潮させる」のもっとも美しい同義語で形容すべき表情を浮かべた。

「フラシャムに会いにいらしたのでしょう」ウィンスワースは沈黙に耐え切れずに思わず言ったが、その言葉は口から出たとたん、雑音のように冷え切った。

「いいえ、ちがうわ」温かいほほえみと裏腹に、その口調は軽く曖昧で、どこか気持ちが入っていない響きがあった。ウィンスワースがさらに二人の距離を詰めると、その数インチの空間にアルコールのにおいがほのかに漂った。そんなことは予想だにしていなかったので、一瞬、ウィンスワースは自分のにおいかと思いかけた。

ソフィアはキラキラ輝く瞳をウィンスワースにむけると、今、目が覚めたかのように目をしばたたかせた。「またお会いできたわね！　新しい万年筆はどう？」そして、ウィンスワースの肩からありもしない埃を払うと、感心したように眺めた。ソフィアのようすが変わって、意識がはっきりしたふうなのを見て、ほっとする。「さっき台の上に立ってらっしゃるとき、お邪魔しちゃってごめんなさいね。とてもすてきだったわよ。ペリカンを待ち伏せしていないときのあなたって、とても絵になるわ」

「ペリカンののどを突きさした方にお褒めの言葉を頂いて、光栄です」

「治療のためよ」

「その通り」ウィンスワースは親指で階下をさした。「それに、あそこから逃げられてありがたかったんです。午前中、ずっとこちらにいらしたんですか？」くだらない質問をしてしまった、そんなわけがないのに。明々白々のことだ、ウィンスワースが仕事中上の空だったことは神の知るところだというのと同じくらいに。

「ほんの十分前にきたばかりよ――みなさん、忙しそうだったから、この建物がどういうところか、好奇心を満たそうと思って」ソフィアは廊下のほうを指さした。「テレンスに猫の話は聞いていたんだけど、こんな群れ（ハード）がいるとは思っていなかったわ」

「猫の場合は、群れ（クラウダー）といいます」

「でも、群れを集める場合は、動詞の『ハード（集める）』を使うでしょ？」

「それについては、今のところぼくの仕事じゃないんです、専門ではないので。誰も玄関までお迎えにいかなかったなんて、大変申し訳ないことを――」でも、ソフィアは聞いていなかった。別段興味もなさそうに本に触れながら歩いていく。本の背表紙を指でたどっていくうちに、（本人は気づかなかったが）そのうち一冊のカバーに指がひっかかり、紙が破けた。

ウィンスワースはソフィアのあとを追いかけると、並んで歩き出した。スワンズビー会館の三階のことは、よく知らなかった。ジェロルフ教授が、主に経営に関わる仕事に使っているのだろう。

参考書や資料の代わりに台帳や帳簿が並んでいる。ここの机は、語や定義を世に出す意義を訴える文章を考えるのに使われているのだ。

ソフィアが言った。「あなた方が外にいるあいだに、ちょっと見て回らせていただいたの。問題ないわよね」

「どう思われましたか？」

「中央のホールは、本当に途轍もないわね。びっくりしちゃった。まるで工場みたい」

そんなふうに新たな目でこの場所を見ることができるソフィアに、ウィンスワースは一瞬、嫉妬を覚えた。ソフィアが机のあいだを歩き回っているところを思い浮かべてみる（そう、彼の机の横もだ！）。誰もいないホールを、まるで観光客のように。仕事を抱えた社員たちのように忙しいわけではないし、忙しそうにふるまう必要もない。ホールを歩き回って、のんびりとただ楽しむのは、どんな感じだろう。ウィンスワースにとって、スクリブナリーホールは今や、そこで行っている仕事と分かちがたく結びついていて、首のこりや、何年も書きつづけているせいで中指にできた固いタコと同義だった。でも、ソフィアはいくらホールを歩き回ったところで、参考書類を再確認するときのポン、ポン、ポンという頭痛も無縁だし、紙で切った傷やアップルトンの鼻をすする音を連鎖的に思い出してしまうこともない。ソフィアは、スクリブナリーホールを好きにうろうろすることができる。彼女にとって、ここは気分次第で入る画廊のようなもので、努力の末に集められた語の保管庫というより洞窟か納骨堂なのだろう。ソフィアが壁の〈鳩の穴（ピジョンホール）〉に指をのばし、薄いブルーの項目カードに触れ、進取の精神と力量に感動するさまを想像する。

しかし、空想の中ですら、この想像は実を結ばなかった。空想の中のソフィアはのばした指を、火傷したみたいに引っこめた。

「昨日、テレンスと博物館を見て回ったの。カフェであなたとお話しして、元気を取りもどしたあとのことよ。テレンスは、あなたをあんなふうに追い払ったことを申し訳なく思っていてね。彼は、ややこしい辞書のことで頭がいっぱいで、そのせいでちょっと思いやりがなくなっているのよ。でも、昨日の夜スクリブナリーホールであなたと鉢合わせしたって聞いたわ。ちゃんと謝ったのだといいけど。あなたって、一日じゅう、ここで働かされているのね」

「フラシャムは、ぼくと会ったと言ったんですか？」

「言ったわ」

「言ったんですか」昨日、地下室の暗がりにいたフラシャム、彼の額の汗、使われていない印刷機のうしろに隠れていたミス・コッティンガム、暗闇から聞こえた忍び笑い。ウィンスワースは自分の袖をじっと眺めた。

「階段のほうへもどらない？　ここにいても、面白いものはなさそう」

ウィンスワースはソフィアが自分の腕をとるままに任せ、きた道を引き返した。「フラシャムから、ぼくのバーキング行きの顛末（てんまつ）をお聞きになったでしょう？」

「いいえ。なにか面白いことがあったの？」

あの、定義を拒む奇妙な恐ろしい色。

「いいえ」

「言語は決して眠らないのでしょうね」ソフィアは笑った。そのこわばった高い笑い声を、ウィンスワースは聞いたことがあった。作れと言われれば、〝偽の笑い声〟を集めた一冊の辞書を作れる。

今の笑い声は、不安で口の中が油を塗ったようになり、のどがねじれたときにウィンスワース自身が使う、なにかをはぐらかそうとするときの笑い声と同じだ。こんなふうに笑うのは、感情で声がうわずるのをごまかそうとしているときだ。歩きながら観察していると、ソフィアは心を鎮めようとするように天井を仰いだ。

「ミス・スリフコヴナ」

「それはわたしの名前じゃないの」ソフィアの口調がまた明るくなった。まるでどうでもいい事実だとでもいうような口ぶりだ。ウィンスワースは足を止めた。けれども、ソフィアがそのまま歩きつづけたので、ウィンスワースも仕方なく追いかけ、また横に並んだ。

「今、なんて？」

「悪いのはわたしね」

ポン、ポン、ポン。「まさか——テレンス・クロヴィス・フラシャム夫人とお呼びすべきだということでしょうか？」

ソフィアの心底おかしそうな笑い声が華やかに響き、今度は彼女のほうが足を止めた。そして、ウィンスワースの顔をまっすぐ見つめ、心の底からうれしそうに無邪気な声で笑った。

「いやだ、ちがうわ！　それはやめて！」

ウィンスワースはモゴモゴと言い訳した。

「まさか、そんなふうに思ったなんて。ちがうわよ」ソフィアは笑いすぎてあふれた涙をぬぐった。

「ふう、ちょっと待って」

ウィンスワースは待った。

「わたし、本当の名前を教えることに慣れていないの、相手が誰でもね」ソフィアはふと口をつぐんで、足元で眠っている猫のティッツをなでた。「あなたにお会いしたとき、即興で自己紹介しちゃったのよ」

「ぼくがまちがっていなければですが」ウィンスワースはまちがっていなかった。「そのお名前であなたを紹介したのは、フラシャムだったと思いますが」

「そうだった？」ソフィアの笑い声が笛の音のように響いた。「見あげた観察力ね、やっぱり。あなたの言う通り。わたしたち、チームプレーがうまいのよ、テレンスとわたしはね。わたし、ああいったときに、彼のやり方にとてもうまく合わせることができちゃうの。テレンスが用意した筋書きに乗って、さらにちょっと自分でも手を加えたりして。だけど、あなたのことを困らせちゃったわね」ソフィアは率直に謝った。「本当のことを言わなくて、悪かったと思ってる」ソフィアはすっと背筋を伸ばすと、にっこりした。さっきよりも、目元がやさしくなっている。「まあ、名前なんて、ペシュカ（ロシア語で男性の意味、あるいはチェスのポーンのこと）、大した意味はないし」

「フラシャムのことはこれっぽっちも信頼していません」ウィンスワースは言った。

「そうでしょうね」ソフィアはウィンスワースの腕にからめていた手を引っこめた。

「それに——こんなことを言っていいのかわかりませんが、ぼくは彼について——彼のことなら、もしかするとあなた以上に知っているかもしれません」

「わたしはほとんど知ってると思うわ。たくさんのことについてほとんど知ってるの。ほとんどのことについてたくさん知ってると言ってもいいけれど」

簡潔さと明白さが必要だ、息をするより。「昨日、彼を見たんです」ウィンスワースは言った。

「昨日、そう、昨日の夜に――」

「具体的に言うと」ソフィアはそう言って、二人で角を曲がり、階段のところまできた。「誰かといっしょのところをってことじゃない？」

ウィンスワースの足首に猫が頭突きした。

ソフィアは続けた。「それで、もしかしたら、特に珍しくもなくまた服を脱いでいる状態だったとか？　ああ、ペシュカ」ソフィアはウィンスワースの腕に触れた。「心配そうな顔をして」

「すみません」ウィンスワースは言った。それから、声を大きくして「あなたは気にならないんですか？」とたずねた。

「あんまりならないわ」ソフィアはウィンスワースの腕をぎゅっと握った。心配なのは、ウィンスワースが心配していることのほうだとでも言いたげだ。「軽率な行動、不貞――」言っているそばから、忘れていくような口調でソフィアは言った。こんな話題は心底退屈だというみたいに。そして、ウィンスワースの顔をじっと見つめた。五分前なら、こんなに彼女の近くにいられるのなら、そう、彼女に見つめてもらえるなら、すべてを投げだしたのに。「それって、わたし、特別興味はないのよ。包み隠さず言わせてもらっていいかしら」

「もちろんです」ウィンスワースは言った。

「テレンスがああいうふるまいが好きだってことも、よくわかってる」ソフィアは顔をしかめた。「ああもう。**軽率な行動**とか**ああいうふるまい**とか。ほんの数日、この島国にいただけで、すでにあなた方の遠回しな婉曲表現に慣れちゃったわ」

「ふるまう（コンポート）、ご伴侶（コンソート）――」

「むつみあう（カヴォート）、曲解する（コントート）」ソフィアは、大好きな言語ゲームで挑戦を受けたのがうれしくてたまらないといったようすで続けた。「あなたにも秘密はあるでしょう？」ウィンスワースは答えなかった。ソフィアはいったん、黙ってから、天井を仰いだ。「こんなことを言ってひどい人間だと思っているでしょう。傷ついているわよね」

「それはぼくがどうこう言うことじゃありません」そう言って、ソフィアが愛嬌のある声で笑い終わるのを待った。そして、ぐっと歯を食いしばった。「フラシャムは大バカ者だ」

「まさに大バカ者そのものよね」ソフィアは言った。「でも、役に立つ大バカ者なのよ。それに、とってもやさしいし。わたしのためだけに、スワンズビー新百科辞書のチェスの項目でロシアのことは大きく扱うようにするよ、なんて言うのよ。それって、百科辞書を使ってできる最大限の愛の贈り物よね」

「なぜここにいらしたんです？」

「本当のことを言うとね」ソフィアはどんなおふざけも通用しないのがわかってしょげ返った。「あなたがちゃんと今夜のパーティの招待を受けるか、確認するためよ。わたしたちが初めて会ったあのパーティよりずっとにぎやかな集まりになるって保証する」

「今夜のことはご存じなんですか？」

「あなたが今、話している相手は、その主催者だもの」

ソフィア・スリフコヴナジャナイは、ウィンスワースの疑い深げなようすを面白がって、そっと肘でつついた。「あなたは繊細だから、きっと不快に思うんじゃないかって、テレンスは言うの。だけど、あなたもきっと楽しめると思う。わたしにはわかるの。ほら、肩の力を抜いて。辞書編纂者ならなにより遠回しじゃないものが好きなはずでしょ？　ほら、そんな思いつめたような深刻な顔をしないで、ピーター」

堅物のピーター。神経質で上品ぶっている舌足らずのピーター。彼女の口から自分の名前が出て衝撃を受けたものの、天地はひっくり返らず、心臓が爆発して未知の色が閃くこともなかった。ウィンスワースはソフィアから腕を離した。「あいにく、今夜は予定があるのです」

「バカ言わないで。あなたって本当に嘘が下手ね。わたしはあなたに来てほしいの。これは命令よ」

「**命令？**」

ソフィアはあきれたように天井を仰いだ。「わたしはあの招待状の下書きだけじゃなくて、封筒の上書きもしたのよ。ほら！　力を抜いて！　彫像とか**ほかのいろいろ**に囲まれてお楽しみをしなくっちゃ」

「その**ほかのいろいろ**が、おぞましいんです」ウィンスワースは言った。

「おぞましいだなんて。本気で言ってるのよ、来るだけの価値があるから」

「ですが――ふさわしいとは思え――」ウィンスワースは言いかけたが、つぶやきに近かったし、ソフィアは彼の返事を受け入れる気はないようだった。

「価値があるって言ってるのは――ああもう、なにをそんなに怖がってるのかしら――卑猥だからとか、道楽に手を染めることになるとか、そういう――？」

「ぼくをからかうのはもうやめてください、ソフィア」ウィンスワースはそう言って、毅然とした目でソフィアを見返そうとした。

「まさかそんなこと。ごめんなさい」

ソフィアは身を乗り出して、ウィンスワースにキスを、そう、軽く頬にチュッとした。

「今夜は合言葉が必要なの、中に入るために。テレンスは笑ってたのよ、あなたが入り口で立ち往生して、舌足らずな発音で合言葉を当てようとするはめになるって。ね、今夜は来るって言って」

ウィンスワースは微動だにしなかった。ソフィアはすっと体を近づけて、耳元でなにかささやこうとしたが、ウィンスワースは顔を背け、わずかにうしろに下がった。ソフィアはクスッと笑い、それから今度は面白そうに声をあげて笑うと、さっと身を翻し、階段を降りていった。ちょうど入れ替わりに、スワンズビーの社員たちがもどってきて、どやどやとドアをくぐりながら、一人ひとり帽子を持ちあげ、ソフィアに挨拶をした。

ソフィアはウィンスワースと目を合わせようとして階段の上をちらりと見たが、もう彼の姿はなかった。

YはイエスのY

yes（感嘆）その通り！

事件のその後に関する名詞と動詞と形容詞ならいくつか挙げることができる。その中でいちばんいいものを選ぶこともできるし、いちばんわかりやすいものや、いちばんわたし的にしっくりくるもの、もしくはいちばん実際的で、はっきりしていて、感情的に訴えると大多数の人が考えるものを選ぶことだってできる。目の前でスワンズビー会館がみるみる煙に包まれていくあいだにウェストミンスターの歩道で起こったことを、時間をかけてまとめ、説得力のある言葉で理路整然と簡潔に説明することもできる。本当は、そうすべきなんだと思う。

説明は簡潔なのがいちばんいい。

それで、なにがあったか？　消防車のサイレンが、スワンズビー会館の火災報知器のけたたましい音に加わった。これは、強く記憶に残っている。同じく、集まってきた見物人たちが二重三重に建物の正面を囲み（今日二度目！）、顔をこすったり手を口に当てたり会館の写真を撮ったりしていたのも、はっきりと覚えている。誰もがショックを受け、おろおろし、どういうことか知りたくてたまらないようすだった。ピップとデイヴィッドとわたしが燃えている建物から飛び出していくと、見物していた人たちはさっと下がって、脇へ寄った。わたしたちはゴホゴホと咳こみながら、石段の下に折り重なるように倒れこんだ。

「少し落ち着かせてやれ！」誰かがさけんだ。「場所を空けて！」

たぶん消防士か見物人の一人がわたしたちを立たせ、スワンズビー会館の前から少し離れたところへ連れていってくれた。わたしは抱えられるようにして道路の反対側へ渡り、車止めにもたれかかった。誰かがピップの怪我のようすをみている。わたしはピップを探しているみたいに何度も何度も名前を呼んでいたらしい。ピップはすぐ目の前にいて、自分の手がピップの手を握りしめているのも見えていたのに。ほかの誰かがわたしの手当をしてくれていた。やさしい声の男性で、銃のホルスターとベルト通しだらけの制服を着ていた。わたしはずっと、彼の肩越しにピップのことを見つめつづけた。

そしたら、ピップがわたしを見た。顔は真っ青で、目のふちは赤く、額に灰色の汚れがついた状態で。

「無事？」ピップはきいた。その声はひどくかすれていて、今度は、もう少しはっきりした声で同じ質問をくりかえした。すぐそばにいるのに、遠くから呼びかけるみたいに。

「大丈夫」わたしは答えた。ひんやり冷えつつある空気の中で、声が妙に苦しげに響く。

ピップは少し間を置いてから、救急隊員の肩越しに言った。「あたしも大丈夫」

ピップは大丈夫だった。今も大丈夫。ずっと大丈夫。ピップは大丈夫。重要な事実はこれだけだった。

それで？　なにがあった？

あとからいろいろな情報をつなぎ合わせてみれば、デイヴィッドもすぐ近くで別の救急隊員に介抱されていたにちがいない。たぶんその人は、建物を指さしながら、デイヴィッドにいろいろ質問していたのではないか。デイヴィッドが救急隊員の話にうなずいていたのを、ピップが覚えているから。でも、会話しているように見えても、デイヴィッドが実際はなにも聞いていないことに、ピップは気づいた。デイヴィッドはティッツを抱いていた。猫はデイヴィッドのウールのセーターの下に収まり、生地のうごめくようすから、猫がシャツの前をぐいぐいひっかいているのがわかった。ティッツのことをよく知っているとは言えないけど、たぶん小さな声で鳴き、ゴロゴロのどを鳴らしていたんじゃないかと思う。こうした細かなことは、警察の報告書には載らない。新聞記事にもならないし、トリビア本の「その夜の出来事」のページにも掲載されない。でも、自分の帝国が焼け落ちるのを見ているデイヴィッド・スワンズビーの襟もとから、ティッツの頭のてっぺんと二つの耳がのぞいているのを、わたしは見たのだ。束の間、スワンズビーの最後の編集者は双頭のキメラのごとく立ち、目のまわりに油交じりの煤を仮面のようにくっつけていた。

そのとき、自分がピップと手をつなぎ、もう片方の手でフェイク語の封筒を胸に押しつけるように持っていたのも、覚えている。

でも、なにがあったのか？

　頭上からバリンという音がして窓ガラスが吹き飛ぶと、見物人たちの「ワーッ」とか「おーっ」などという声が一段と大きくなった。わたしたちはいっせいに首をすくめ、それから上を見た。スワンズビー会館の、たった数分前までピップとわたしが作業していた部屋の窓越しに、炎が見える。**辞書が燃焼促進物になってる。**赤とオレンジの舌が、めらめらと夜空を突く。観光客が二人、写真を撮っている。

「中には、ほかに誰もいませんか？」そうきかれて、わたしはいませんと首を振った。このとき、ピップはデイヴィッド・スワンズビーのほうを見たそうだ。デイヴィッドは見物人たちといっしょになって炎を眺め、放心したように首元の猫の頭をなでていた。船といっしょに沈めなかったことを恥じている船長みたいにね、とピップは言った。

　あとになって、ピップは上の階の煙の充満した埃だらけの部屋でデイヴィッドに出くわしたときのようすをつぶさに説明してくれた。すぐに目に入ったのは、デイヴィッドの足元にあったスマホで、蹴飛ばしたか落としたかしたところらしく、直前まで使っていた画面はまだ明るかった。廊下から中へ入ると、デイヴィッドは手に持った包みからあがる小さなブルーの炎を必死になって消そうとしていた。今では、それが時限爆弾だったとわかっている。デイヴィッドはうまくタイマーをセットできなかったのだ。「わたしの専門は言語で、数字は得意じゃないんだ！」あとになって、デイヴィッドは証人席でそんなジョークを言ったけれど、傍聴席の笑いはとれなかった。とにかく、そのせいで発火装置が予定より早く作動してしまったのだ。デイヴィッドは法廷でそれを認め、がっくりと肩を落とした。

　ピップは、同時に臭いに気づいたと言った。電気系統が熱で溶ける酸っぱいような独特の臭い。

「ガクゼンとした顔をしてたよ」ピップは、ぎこちなくて据わりの悪い感じの語を使って、そのときのデイヴィッドのようすを説明した。火事のあった夜、ピップは警官に目撃したことをできるかぎり正確に伝え、そのあと、また同じ話を交番の警官に話し、それからまた数か月後に法廷で、結婚式と葬式と仕事の面接のときにしか着たことのないブレザー姿で、同じ証言をした。そのたびに、言葉を慎重に選び、感情的にならないように事実だけを伝え、打ち明け、開示した。事実をすべて、見たことだけを、思い出せるかぎり略さずに。わたしはピップの説明を聞いたし、なんなら本人からもまちがいや見落としがないかどうかチェックしてと頼まれたくらいだったけど、それでも、ここ数か月のあいだに起きたことが本当のことだと心の底から信じることができなかった。世界の理解の仕方を変えるのは、難しいのだ。

　だとしても、怒濤（どとう）のような報道やオンライン記事のおかげで、事実を無視することはできなかった。報道は、火事のあったその夜から始まった。かつての大英帝国の一機関であるスワンズビー社の悲しき落日の日々について憶測する記事だ。そのときから、スワンズビー社での静かで退屈だった日々はいきなり、オペラ顔負けの壮大なものへと変貌した。この間のデイヴィッド・スワンズビーの報道写真はどれも、ほんのわずかに編集されたのち、世に出された。フィルターや色の彩度をちょっぴりいじった結果、ほんの少し険しげだったり、顔をしかめたりにらみつけたりしているように見えなくもない表情が、最大限に強調されたのだ。わたしの記憶では、火事のとき、デイヴィッドはＳＷ１Ｈ（ウェストミンスターの郵便番号）の道路わきにただぼーっとおとなしく立って、スワンズビー会館を見あげながら猫をなでていただけだった。もしかしたら静かにハミングをしていたかもしれない、そんなふうに思えるほどおだやかだった。でも、その夜に撮られ、新聞に掲載されたデイヴィッドの写真は、どう見たって、ヴィンセント・プライス（アメリカのクラシックホラー映画の俳優）かクリストファー・リー（イギリスの怪奇映画俳優）って感じだった。

それに、その夜の写真の多くは、細心の注意を払って加工され、セーターの襟元から飛び出していた猫の耳は消されていた。説明のつかないしずくのような形のもの、関係のないものに読者の目がいかないよう、跡形もなく取り除かれていた。

でも、正確にはなにがあったのか？

活字になった記事を参照することもできる。新聞ではこんなふうに報じられた。「資金が枯渇し、経営難に陥ったスワンズビー社を受け継いだデイヴィッド・スワンズビーには経営者としての器はなく、結果、一族の名は地に落ち、遺産（レガシー）は失われることとなった。大金をつぎ込んだ事業による財政のひっ迫が、彼を凶行に走らせたのだ」。嘘八百のゴシップだらけのタブロイド紙による説明はどれも、なかなか面白く読めるが、記事を一覧し、フェイクはより分ける必要がある。「卑劣な」「不手際」「だまし取る」「巧妙な手口」「捏造」といった語がかなり頻繁に出現し、ついには、ジョンソンの『英語辞典』の「辞書編纂者」の定義をもじった「仕事をこつこつこなす無害な人間——とは言えない!?」という見出しまで登場し、下にデイヴィッドが途方に暮れた顔でパトカーに乗っている写真が掲載された。事件は一週間ほど紙面をにぎわせ、マスコミはこぞって「国の宝（「風変わり」「滑稽」「許容範囲ぎりぎり」の項〈要参照〉）」であるスワンズビー新百科辞書が財政困難な状態に陥り、最低限度の人員で細々と経営を続けていたが、最後の編集者となった犯人が壮大な炎上必至の一大保険金詐欺を企てたと報じた。

こうした報道によれば、スワンズビー社の悪名をはせた編集者と同じで、計画は凝りすぎで、ひょうし抜けするくらい古臭くてバカバカしかった。デイヴィッド・スワンズビーは爆弾予告犯人を装い、スワンズビー新百科辞書に対しさまざまな脅迫を行ったのだ。そして建物を全焼させ完全に破壊しようとした。でないと、保険金をまんまとせしめることができないからだ。その上で、責任は匿名の変人に押しつける。そうすれば、なんの害もない！　しかも、スワンズビーの名が物笑いの種になることもないというおまけつきだ。もちろん、ボロボロにはなるが、ある種、傷だらけの高貴な名誉がその名に付随することになる。こうして「物語化」すれば、スワンズビー新百科辞書は、デイヴィッドがなによりも怖れていたように人々の意識の中から消え去ることはない。**華々しい最期。**デイヴィッドはうまいこと逃げ切るつもりだったのだ。そして、自分は、かつて輝いていたスワンズビー新百科辞書の光が暴力的に消された場に立ち会った、悲嘆にくれる執事として世間に記憶される気まんまんだったのだ。

感心できない宣伝方法だ。

もちろん、わたしも呼ばれ、言いたいことを言い、わたしなりの言葉でスワンズビー社でどんな経験をしたかを説明した。**デイヴィッドが脅迫電話に関係していると疑っていましたか？　最初からぜんぶ彼の計画だったと思いますか？　それとも、爆発はただの脅しだったのが失敗した？　どうしてぜんぜん疑われなかったんでしょうね？**　ピップも同じような質問をされたが、たずねるというより責めるような口調だったという。ピップは本当ならスワンズビー会館にいたはずはないし、その権利もなかったからだ。いったいどういう事情なのか？　でも、デイヴィッド・スワンズビーが自白したとたんに、わたしたちへの事情聴取は立ち消えになった。

ピップとわたしは、にわかには信じられない思いで記事を読みふけった。わたしたちのことをろくに知らない人たちが、わざわざわたしたちの電話番号を探して連絡を取ってきた。火事の前は、スワンズビー新百科辞書の名前が出ると、未完の壮大な事業だとか失われた世代（ロスト・ジェネレーション）（第一次世界大戦に出征し多くの戦死者を出した世代）の話が始まったかもしれないが、今ではみんな、あー、あれね、という感じで保険の話を始める。わたしは、記者がコンタクトを取ってきたり、ピップのカフェでそうした会話を耳にしたりしても、精一杯はねつけるようにしていたけど、なかなか興味をそそる新事実だったというのはわかる。この事件については、火事のあった夜にさっそくウィキペディアのスワンズビー新百科辞書のページに書き込まれ、結局、一連の保険金詐欺に関わる記述がいちばん多くなり、いちばん引用されることとなった。それ以外の説明部分は、だんだんと影が薄くなっていった。

わたしが知るかぎりでは、マウントウィーゼルについて書いた記事はなかったし、スワンズビー新百科辞書がフェイク語に汚染されていたことも報じられなかった。デイヴィッドがそれを勝利と思ってくれるといいなと思う。せめてもの慰めになるといいけど。

そのあと何年かは、このこと（なんて言えばいいだろう？　「事件」？　「出来事」？　ぴったり合う語は？）について読むたびに、からみあったクエスチョンマークになったような気持ちになった。自分の名前が出ているかどうか、記事という記事をつい探し回ってしまう。一度も出なかった。誰も、無名の雇われ筆記者のことなんて気にしないってこと。なにしろ、中心人物が漫画に出てきそうなうっかり者の悪役なんだから。わたしだって、ちょっとした脚注くらいにはなれたと思う。じゃなきゃ、めちゃくちゃな陰謀にまんまと利用されたお人よしキャラとして共感を呼べたかも。

脅迫を装った電話をわたしが受けることになったのも、もちろん、計画の一部だった。わたしの存在が、保険会社に対し犯罪があったことを示す証拠になるはずだったのだ。

わたしがそう言うと、ピップは「マロリーは最高のお人よしキャラだったよね」と言った。「あたし好みのボケ役」

わたしたちは笑い飛ばせるようになった。お互いのために。

真実はこう。わたしはデイヴィッド・スワンズビーのことは嫌いじゃない。いい人だし、言葉を愛し、幽霊たちとチェスをする。

真実はこう。わたしはこの事件がデイヴィッドの話になってしまったのが嫌でたまらない。ものごとを決着させ、コントロールし、圧縮し、体系化して、分類できるようにすることに、人生を捧げた人。燃えあがる廊下とオフィスの真実？　あのときの真実は、煙に巻かれているピップを見たときの、定義不可能な血流の急激な増加と胸の動悸だ。わたしはピップを危険な目に遭わせた――ピップを危険なオフィスに連れこんだのはわたし。わたしの落ち度ってこと。そう、「落ち度」。これが真実だけど、意識のほうがよろめきながらも体より早く動いてるっていうときに、言葉がなんの役に立つ？　罪悪感と焼けつくような悲しみと混乱がいっしょくたになった状態のときに？　あの日のことを思い出すたびに浮かぶのは、出来事自体ではなくて、ボイスチェンジャーを通した脅迫電話の声や、ドクドクと脈打つこめかみや、ツンとする煙の臭いと恐怖の味だ。なにがあったかを思い出すたびに、わたしの頭に浮かぶのは、理由や説明ではなくて、煙に巻かれている相手のためならどんな危険だって冒せるという、胸の張り裂けるような、泣きたくなるような真実なのだ。

こんなにもはっきりと感じたことはあっただろうか、どれだけ時間を無駄にしたんだっていう怒りを。スワンズビー社での仕事は、無意味だった。というより、その意味がわたしにはわかっていなかった。わたしは、自分ではコントロールできないものの小さな一部分のさらに小さな一部分であり、唐突にやってきた混乱が「ＦＩＮ（終）」をもたらしかねなかったことに腹を立てている。うす暗い辞書出版社の上階で、言葉にいっぱいいっぱいいっぱいになり、けむに巻かれ、踏みつけにされ、その次の瞬間、自分は有限で、将来は漠然としていて、使い捨て可能な存在だと気づかされてしまったのだ。デイヴィッド・スワンズビーはわたしに相談もなしに、狂人だか、なにがなんでもわたしを殺そうとした伝道者だかに成りすますことにした。それってひどいし、それがひどいことだという自覚もなしになされたことも、嫌でたまらない。

今から振り返ると、脅迫電話が怖かったのは、わたしを殺したがっているのが誰か、わからなかったからだと思う。それは、定義できる恐怖だ――その誰かは、わたしのことを直接は知らないけど、あらゆるまちがいの象徴だって思いこんでいるっていう恐怖。でも、今の恐怖は別だ。どちらが怖いだろう？　匿名の誰かがいて、ほかでもないわたしのことを傷つけたがっているのと、ほかでもないわたしが傷つくなんていうのはちょっとしたついでで、もっと大きな詐欺罪の前ではなかったも同然のことになってしまうことと。

わたしはむかしから「棒や石は骨を折るかもしれないが、言葉なら傷つかない」[＊1]ということわざが嫌いだった。これって、人がお互いを知ることにも、言葉の力を理解することにも、ぜんぜん役

＊1　身体的な暴力は怖いが、口でなにか言われても傷つかない（傷つく必要はない）という意味。

立たない。

真実はこう。わたしは、なにが起こっているかわからないまま建物から飛び出した。ただひたすら、愛する人が無事であることだけを願って。

真実はこう。その夜、わたしはほんの少し変わった。大きく変わったわけじゃない。（転んだときに肘に食いこんだ砂粒が大きな変化ってことなら別だけど。この砂粒は、皮膚があるかぎりずっとここに残りそう）。その小さな変化が起こったのは、ピップが体についた汚れを払い、わたしにむかって大丈夫って言ったとき。その瞬間、新しい感情が押し寄せた。あのときまであんなふうに願ったことはあっただろうか、あんなふうに見境なく。

真実はこう。失業に乾杯、これからの変化に乾杯、ちゃんとしてるかなんて、どうだっていい！

スワンズビー社の敷地にはもどらなかったし、デイヴィッドとも二度と話さなかった。デイヴィッドは拘留中に、わたしの自宅宛てに手紙を送ってきた。手紙には、すまなかったと書かれていた。スペルはすべて正しく、文法も完璧だった。いかにもデイヴィッドらしく、ティッツがちゃんと面倒を見てもらえていることについては、一方（ひとかた）ならぬ苦心を払って書いているのに、給料を請求する先についてはなにも書かれていなかった。

それもついでだ。ほとんどのことがついでにすぎない。ついでの部分が目立ったっていい、生き生きしてたっていい。不正確だってかまいやしない。簡潔に述べるなんて不可能だし、そんなのはわたしのやり方じゃない。

それで？　なにがあった？

ピップとわたしは道路わきでしばらく体を寄せ合い、スワンズビー会館が燃えているのを見ていた。小さな爆発があり、そのあと、もっと大きな爆発が起こって、その瞬間、建物の窓という窓から燃えさかる紙片が飛び散った。わたしたちは熱さに耐えきれずに、うしろに下がった。

警官がピップとわたしを指さして、たずねた。「付き合ってるの？」

わたしは答えた、あっさりと。「はい（イエス）」

そして、フェイク語の入った封筒を握りしめた。ピップはわたしの腕に自分の腕をぎゅっと押しつけ、わたしたちは見物している人たちに交じって風に乗って飛び散っていく紙片をながめた。語は空を舞い、冷やされ、紙は灰に、灰は星に、星は無に出合い、静かな夜空であっという間にすべての意味を失った。

ZはツークツワンクのZ

zugzwang（名）チェスで可能ならパスしたい局面

夜の博物館は奇妙な影にあふれていた。壁龕（へきがん）に置かれた美術品がぼうっと浮かび上がっている。妙に重たいまぶた。そして、前をゆっくり通りすぎると、うっすら開くように見える口。ウィンスワースは持っている中でいちばん上等なものに近いスーツを着て、大英博物館の横の通りで待っていた。やがて夜が朝と溶け合う時間になり、午前三時に、何人かの男女が彼の前を通って、博物館の建物のほうへ歩いていった。みな、何重にも着こんでいるが、下から華美な服がちらちらとのぞき、コートやストールの下でシフォンや絹モスリンが小さく揺れている。すると、ふいにごく細い光が差し、タバコを咥えたドアマンが現われた。言葉が交わされ、一行が中へ通されるのが見えた。

ウィンスワースは勇気を奮い起こした。**ソフィアに見せてやる。ソフィアに見せてやるんだ。**そして、モンタギュー通りを渡った。ドアマンがウィンスワースを上から下まで眺めまわした。

「合言葉は？」

「知りません」

「正直は最上の策」とのことわざの通り、ドアマンは肩をすくめ、ウィンスワースはがらんとした控室に通された。すると、どぎつい黄色のベストを着た、とても静かな礼儀正しい若者がウィンスワースを出迎え、まちがいなく今夜、ここで「どんちゃん騒ぎ」が行われると請け合った。ウィンスワースはすっかり疲れて、総じてなにも感じない状態だったので、このバカバカしい語を聞いてももはや表情一つ、変えなかった。

「今夜は資金を立ちあげるパーティにきたんです」ウィンスワースは言った。

「実にいろんなものが立ちあがるでしょうね」若者は言い、自分の婉曲表現の妙に目を輝かせた。「こちらです。あ、それから、今夜の催しはごくごく私的なものだというのはおわかりだと思いますが、ここをお出になった際には、今夜の出来事や個々の出席者のことや芸術品の特性については、ご配慮を忘れないよう――」

若者は興奮したようすでしゃべりつづけ、その言葉は寄木張りの床や漆喰の壁を跳ねまわったが、ウィンスワースは好きなようにさせ、暗い廊下や通路を歩いていった。このあたりの回廊のことはおぼろげに覚えていた。たまたま読書室へいったときか、週末にスワンズビー社から束の間解放されるため、語ではなく物の宝庫に関心を持てないかと訪れたときに通ったのだろう。けれども、早足で進んでいたため、そのうち、博物館のどのあたりを歩いているのかも、どちらの方向をむいているのかさえ、わからなくなった。いくつものどっしりとしたドアをくぐり、片廊下を足早に抜けていく。聞こえるのは、自分たちの足音だけだったが、かなりの時間が経ったと思われたころ、大理石の模様のごとく空気に混ざり合うようにグラスのカチンと鳴る音と音楽が聞こえてきた。角を曲がると、精製したはちみつのような色のろうそくの光が床に点々と散り、若者がさっとビロードのカーテンを引いた。

シャ――ッ

パーティを目の前にしたとき、ウィンスワースになにが言えただろう？　もちろん装飾は異彩を放っていた。秘宝室とその展示物については、耳にしたことはあった。バッコス神の大理石像、タブロー、彫像、石細工の一部、カップ、宝石――そのすべてが猥褻で、選ばれた少数の者たちのために展示されている。ここにある美術品は、公に陳列すれば議論を呼ぶに違いなく、あまりにもエロティックで堕落的だと見なされている。にもかかわらず、すべてがガラスケースや、ろうそくの灯る陳列ケース、台座の上に収まっている。ウィンスワースが目にしているのは、押し合いひしめき合う宝たちの酒神祭（バッカナリア）だった。

ジョンソン博士は、自身の『英語辞典』からいくつかのみだらな語を排除したことを誉めそやされ、「わが指を汚していないといいのだが」と言ったという。まあ、通説だが、とウィンスワースは思いつつ、釉（うわぐすり）をかけた陶器の花瓶の前を通った。巧妙な演出によって、持続勃起症へ捧げる堂々たる陶器製の詩となっている。「卑俗な言葉は必ずしも辞書に掲載されるべきではない、但し、高尚な言語学レベルで鑑賞することができる場合は例外だ」というのは、なかなかうまい基準だ。展示されている美術品の中には明らかに古代の遺物もあり、念入りに埃を払われ、磨かれているため、部屋の壁龕という壁龕がすばらしく映えて見える。名工たちの手による大理石像は、水のしたたるような質感を持ち、展示のカタログを書くことになったキュレーターは、「豊満な胸」とか「ぴんと立った」とか「猥褻な」「みだらな」「下品な」といった言葉の同義語を探すのに苦労することになるだろう。

展示されている美術品は彫像だけではなかった。ウィンスワースはじりじりと進みながら、フレスコ画やテラコッタのタイルに描かれた、象牙も赤らむようなシーンの数々をちらちらと見た。素描の中の二人の魔女は、クリーニング代がかからなくてうれしそうだし、回転覗き絵(ゾーエトロープ)の男は、靴べラとバターひとかけらを使う楽しい趣味を見つけたもようだ。性的な興奮や刺激を与えるものならなんでもありの、猥雑で放埒(ほうらつ)な途方もないコレクションだった。

ウィンスワースはどこか距離を置きつつ、それらを眺めていった。部屋という部屋に、展示品がこぼれんばかりにひしめき合い、並び立っていたが、ウィンスワースが思わず足を止めて見入ってしまうのは人間のほうだった。部屋の中はごった返し、ウェイターたちが今にも落としそうな角度でお盆を掲げ、人々のあいだを縫うように歩いていく。一五〇〇マイルクラブなぞ、スワンズビー社に資金を出してくれそうな面々にとっては、味見程度にすぎなかったのだ。こちらが本番だった。気のせいかもしれないが、みな、獲物を探すような光を目に宿している。狡猾で、放縦で、歓楽を探し求めている。部屋には派手な笑い声と最高級の香水の香りが濃厚に満ち、すれちがう肩はどれも高価な毛皮や金線細工や、そういった、高価であることを匂わせる装いに包まれている。どこも厳重に鍵がかけられ、美術品やオブジェから立ち昇る生気があたりをうっすら染めていた。

ウィンスワースはぐるりと体を回転させ、競うように部屋の中のものを眺めた。パーティの参加者たちのことを、壁の帯状装飾(フリーズ)のように見ていく。同僚のアップルトンが鼻をすりながら、マリアーニワインを楽しんでいる。ビーレフェルトはローマの胸像の横で、なにやらぞっとしない煽情的なパントマイムをしてみせ、まわりを囲む若い女性たちの歓心を買おうとしている。大勢がひしめき合っている中を、しかも、肩で押されたりいきなり腕が伸びてきたりするのを避けながらなので、空目かもしれないが、部屋の反対側にロックフォート＝スミス博士の姿が見えたような気もした。本当に博士だとしたら、話し方治療師は指を招待客仲間の唇にあて、なにやら甘ったるい雰囲気で話しかけている。と、彼の大きなバカ笑いが、音楽よりひときわ大きく響いてきた。音楽？　これは、リュートか？　マンドリン？　ウード（マンドリンに似たアラブの弦楽器）か？　そちらのほうを見やると、一五〇〇マイルクラブのときと同じ楽団が演奏していたが、あのときの地味な黒いスーツは高価なシルクとサテンの服に取って代わられていた。

　誰もが顔を紅潮させ、唇は濡れて、開いている。彼らの熱気は、周りのひんやりとした大理石や銀の美術品と好対照を成している。

　そのとき、誰かがすっと腕をからめてきた。

「あなた向きじゃない雰囲気かしら？」ソフィアが耳元でささやいた。

ウィンスワースはパッと彼女へ目をむけた。彼女のまとう美しい服が目に入り、こんなにもきれいで、ぞっとするほどこうごうしく見えたことはないと思い、またさっと人々のほうへ視線をもどした。

「ぼくのことを堅い男だと思っているんでしょう」

「いいえ」ソフィアは少し退屈そうな顔をした。「だけど、こういうものを表す言葉はあるかしら。それも、あまり堕落しすぎていない言葉で。ほんの少し、そう、『堕落』の『堕』くらいのがいいわね。さっきグロソップと話したの。あなたたちの手ごわいライバルについてよ。グロソップが言うには、『ブリタニカ百科事典』は絵画や彫刻の『裸体』のことを『掛け布で覆われていない人体の一部、もしくはカーネーション色（肌色のこと）が表に出ている部位の名称』って定義しているんですって」

「花を持ちだすとは。思いつきませんでした」ウィンスワースは言った。「それに、百科事典に書いてあることをすべて丸飲みにしないほうがいいです」

「確かにね」ソフィアはウィンスワースの折り襟からついてもいない綿毛をとった。「こうしたことで、ジェロルフさんに少なからぬお金が入るんだから、わたしたちもあまりうるさく言うわけにいかないわ」ソフィアは、ビロードのカーテンの横に立っている自分の婚約者のほうへむかって首をかたむけた。フラシャムは羽毛のボアを蛇に見立て、ラオコーン[*1]のポーズを真似ていた。「テレンスのおかげで、政治家がもう二人も渋々数百ポンドを出したのよ。わたしは今、オペラの監督に働きかけているところで――」

「さすがですね」

「わたしたち、チームプレーがうまいのよ」

「前もそうおっしゃっていましたね」ウィンスワースは、ずれた眼鏡を直した。「そのときに、フラシャムのことを役に立つ大バカ者だともおっしゃっていました」

「彼は、このロンドンのそういう人たちの輪を渡り歩いて、お金を出しそうな人たちをまるごと魅了するのよ。フラシャムは確実にお金を手に入れることに長けているの。そして、わたしも、そのおかげで安全な立場を確保できるわけだから、いっそういいのよ」

*1　トロイア戦争で、木馬について忠告したアポロンの司祭。

一瞬、躊躇したのち、ウィンスワースはソフィアの言葉を翻訳した。「お金のためにフラシャムが必要ということですね」

ソフィアは否定するように声にならない声をあげると、言った。「いいえ、ちがうわよ——まあ、彼の魅力にお金が加わるのは悪いことじゃないけど」ソフィアは指でトントンとスカートを叩いた。「でも、自分に合うきちんとした基盤を持つのは、役に立つわよ。いろいろ不謹慎なことやおかしなことをしても、見逃してもらえるもの。たとえ白昼堂々やったとしてもね！」ソフィアは話題を変えたがっていたけれど、きまり悪いからではなくて、もうこの話には飽きたからのようだった。そして、会話のペースと目的を変えようとするかのように、別の方向へウィンスワースの肘を軽く引っぱった。「ジチという画家は知ってる？」ソフィアはふと思いついたように言ったけれど、ウィンスワースの答えを待つつもりはないらしく、そのまま続けた。「宮廷画家で、アレクサンドル一世に仕えていたの。でも、その一方で、人の体の信じられないような素描をたくさん描いたのよ！　わかるでしょ。ほら、ここに飾ってあるのも——」

「ありがとうございます。でも、いいです」ウィンスワースは頑固に言った。「けっこうですから」ソフィアはしゅんとなった。ウィンスワースは、ソフィアが指し示したほうを見た。資金提供の有望な候補者たちが興奮したようすで輪になり、鼻をくっつけるようにして壁にかけられた絵を見つめ、うれしそうに憤慨してみせている。

「あのね、わたし、彼のモデルになったのよ」ウィンスワースは驚いて、思わずえっと高い声を漏らしてしまった。しかし、ソフィアは天気の話でもするみたいに続けた。「あの絵はどれもひどく汚らわしいけど、同時にすばらしいの。いつか世に出るわ、そう、きっと彼が死んだずっとあとに」

「どうしてそうした秘密をぼくに打ち明けるのか、よくわからないんです。そうした破廉恥なことにぼくが呆れるのを面白がっているなら別ですが」

ソフィアはこの夜初めて、ほっとした顔を見せ、俄然元気になった。「それよ！　破廉恥――それだわ！　反動よ、感情を強く揺さぶるような！　でも、もっと大切なのは、そう、あなたの言う通り、お互いへの信頼。最初にあなたに会ったとき、思ったの、信頼の価値を知っている人がいるって。その通りだったわ。でしょ？　あなたに感じたの。信頼のにおいがしたのよ」

「ぼくのことは信用してくださって、けっこうです」ウィンスワースは自分の中でなにかがぼろぼろに崩れていくのを感じた。わずかに残っていた確信や寛容がみるみる消えていく。

「テレンスは、そっちの方面に弱いのよ」ソフィアは言い、二人は腕を取り合って卑猥な根付が並んでいる棚の横を歩きはじめた。「ちょうど今日、テレンスみたいにうわさ好きというか他人のことを平気でしゃべる性向を英語でなんて言うかって話をしたの。おしゃべりとか口軽とか吹聴屋とか。彼はとても面白いわ、もちろん」ソフィアはため息をついた。「羨ましいほどのえらそうな態度にも、心の底から感心してるの。でも、信頼って点はゼロね」

「そうしたことを楽しむ立場になられてよかったですね」

「あなたがそう言うのは、まだバランスがわかってないからよ」ソフィアは足を止め、少し離れたところから、医者が患者を診るようにウィンスワースをくまなく見た。「あなたって慎重で、心を閉じているでしょ。信頼の塊みたいな人で、破廉恥なところは一つもない。いつも船のハッチを閉めて（防備が固いことの比喩）、口角泡とばすなんて縁がない」

「どうやら今度は、比喩表現について学んでらっしゃるようですね！」ビーレフェルトが二人の会話を小耳に挟み、のぞきこんできた。ウィンスワースとソフィアがじろりと見返すと、ビーレフェルトはしゃっくりしながら謝罪の言葉を述べ、そそくさと人ごみのほうへもどっていった。

「秘密があるんです」ウィンスワースは言った。

「面白い秘密？」

「ぼくには——ぼくにはお話しする権利がないかもしれないのですが——」酔っているかのように部屋が軽く回りだす。いっそのこと本当に酔っていればよかった。

「ごめんなさい」ソフィアがそっけなく言った。「あなたが秘密をお持ちだって聞いてとてもわくわくしてるの。秘密の生活って、なにより貴重だものね。それを表現する語を、新しくご自分で作るべきよ」ソフィアはほほえんだ。その率直で妙な言い方が、ウィンスワースにはうれしくもありつらくもあったが、ソフィアのほうはすでに次のことに心が移り、まわりを意識した大げさなようすでため息をついてみせた。「忘れちゃだめよね。わたしには今、やるべきことがあって、他人の金庫のために魅力的にふるまわなきゃならないってこと。初めてあなたと会ったパーティよりも、今夜はよさそうな人が少ないのよ」ソフィアはうなずいた。「だけど、品のない人たちのほうが、たっぷり持っているからね」

「あいにくぼくはその中に入っていませんが」ウィンスワースは軽い吐き気とめまいを感じた。

「でも、ほら！」ソフィアはウィンスワースの袖をつかまえて、腹を立てた顔をしてみせた。「わたしのチェスセットのこと！　わたしの国の女性の持ち物だったのよ。スカートをはいたタルチュフという感じの女（ひと）*1。前にお話ししたわよね？」

「もう十分見ましたから」

ソフィアはにっこりしながらウィンスワースを見た。「でしょうね」

「ぼくのことをからかってるんでしょう。でなければ、ばつの悪い思いをさせようとしているか」

ウィンスワースはギュッと目を閉じた。ぐるぐる回り迫ってくる部屋を視界から締め出せば、物事がはっきりし、彼自身ももっとしっかりして見えるとでもいうように。「そうしてはいけないわけではありませんし、あなたが楽しんでくださったらいいと思います。ですが、今日は本当にいろいろあったので、せめてもう少しぼくに――」

ソフィアは聞いていなかった。目を開けると、ソフィアはこちらへ手を差し伸べていた。彼女が今夜、ずっとやっていたような大げさな身振りではない。すぐそばにきて、そっとなぞるように彼の手に触れる。まわりには見られないように。そして、手になにかを握らせた。ソフィアの手袋が触れ、思わず機械的に受け取る。ずしりとした重みを感じた。小さくて、冷たい。そして、ソフィアは、ウィンスワースがひと言も聞き漏らさぬよう、言葉を区切るようにゆっくりと発音して言った。「見ないなんて、もったいないわ。ポーンひとつで、七〇〇ポンド以上の価値があるのに」

ウィンスワースは贈り物をポケットにすべりこませ、顔をあげて、お礼を言おうとした。その前に、本当にいいのか、確かめたほうがいいかもしれない。

「まさか、これを――」

けれども、ソフィアはすっとウィンスワースから離れ、また大勢の人の中に姿を消し、残された

＊1　モリエールの戯曲に出てくる敬虔なキリスト教信者を装う偽善者。

ウィンスワースは言葉を失ったまま、浮かれ騒いでいる人々の波に呑みこまれた。しばらく知っている顔を探したが、誰一人見つからなかったし、人々の顔に浮かんでいる感情は、彼に縁のないものだった。楽団は再び演奏をはじめた。ふいに襟元がきつく感じ、肺から空気が抜けて薄くぺしゃんこになる。これ以上閉じこめられているのは無理だ、人から見られない場所にいかなければ。隅のほうで縮こまって、うす暗い廊下の壁に背中を押しつけたらどうだろう。誰かに見つかったり出くわしたりしないように。外の石畳の波型記号（スペイン語のnの上の記号「~」）と短音記号（母音の上の記号「˘」）が月の光に浮かぶさまを思い描き、早朝のロンドンの道路で馬車が止まっては走りだすカーニング（文字間を整えること）のことを考える。ロンドンの街の匿名性に溶けこみ、外へ、外へ、首都という領域を超え、名前も知らないような建物や道路ばかりの地図の縁をまたぎ、海へむかって、さらにその先へ——

もう一度ポケットの中のポーンに触れる。部屋を見回して、辞書編纂者たちがこの刹那に溺れているのを眺める。百科辞書の編纂をしているという彼らの誇りを思う。できるだけ多くの語や事実を集めて上着の中やポケットに詰めこんでいるのだ。彼らの野望を、すべてをきちんと整理したいという渇望を思う。そう、きちんと。

胸を張り、新たな決意を胸に、しっかりとした足取りでドアへむかう。彼が出口のほうへ、きた道をもどりはじめても、誰も気づかないし、名前をたずねもしない。ウィンスワースは誰に止められることもなく廊下へ出て、うす暗い通路を歩き、その先の世界へむかった。まだ定義されぬ未来へ、彼を待つさまざまな〈参照〉へ。

aurofloròus（形） 夜の脱出、新たな目的意識を伴うことが多い。〈廃〉

訳者あとがき

「……これを日本語にして、読者に楽しんでもらうのは、なかなか難しそうだ。とても面白い作品だっただけに悩ましい！」

これは、本作品を「読んでみてほしい」と、編集者の町田真穂さんに渡されて読み終わったあと、わたしが書いたレポートからの抜粋。え、じゃあ、どうして出てるの？　という疑問はさておき、そうなのだ、クスッと笑ったり、ニヤニヤしたり、思わず吹き出したり。こんなに終始ニヤけながら読んだ本はひさしぶりだった。

物語は、現代ロンドンの辞書出版社でインターンをしているマロリーと、十九世紀の辞書編纂者ウィンスワースの波瀾万丈の日が交互に語られる形で進む。マロリーは若者が就職難に苦しむロンドンで、クッキー工場などのアルバイトを経てようやく小さな出版社のインターンの座をつかんだ女性。といっても、そのスワンズビー社は、社員はオーナー兼編集者のデイヴィッドとインターンのマロリーだけという極小出版社であり、唯一の出版物である『スワンズビー新百科辞書』は一九三〇年に一度出版されたきり、もう何十年も紙版は出ていないという未完の辞書だ。しかも、電話番のマロリーのもとには、毎日のように脅迫電話がかかってくる。スワンズビー新百科辞書が「結婚」の定義を変えたのが気に入らないのか（「男女間の結びつき」から「二人の人間の結びつき」にアップデートされたのだ）、それとも単なる嫌がらせなのか。マロリー自身、ピップという女性と付き合っているレズビアンであり、心中穏やかではない。理由はわからないが、その日も電話をかけてきた犯人は、ついにスワンズビー会館の爆破予告をする。

そのスワンズビー会館は、現代でこそそこかしこにガタがきているが、建築当時の十九世紀は最先端技術を駆使した風格ある建物で、スクリブナリーホールと呼ばれる大ホールでは百人以上の辞書編纂者たちがオックスフォード大学出版局に負けじと日々机に向かっていた。そのうちの一人、ウィンスワースは、外見にしろ、家柄にしろ、社交術にしろ、運にしろ、なにひとつ冴えたところはなく、同僚たちにもしょっちゅう存在を忘れられるような男性だ。唯一、まわりに認識されている個性と言えば、舌足らずなしゃべり方だが、これも実は、幼いころにふとした出来心で真似をしているうちに、癖になってしまっただけの「偽物」だった。しかも、辞書の「S」の項目を担当することになったのがきっかけで、今は「話し方レッスン」を受けるため高名な医師のもとへ治療に通わされている。そんな変わり者で、無粋を絵に描いたようなウィンスワースだが、ある日、同僚のフラシャム主催のパーティにいった際、そこで出会った女性ソフィアに一目ぼれしてしまう。しかし、ソフィアは、ウィンスワースとは正反対のハンサムで金持ちで大の人気者フラシャムの婚約者だった。

十九世紀と二十一世紀にそれぞれ同じスワンズビー社で働いていたウィンスワースとマロリーの怒濤の日と恋の行方を描いた小説――と聞けば、面白そうと思ってくださる読者の方も少なくないと思う。

では、なぜ「日本語にして、読者に楽しんでもらうのは、なかなか難しそう」なのか？　それは、これが辞書の物語だからだ。

読者の方々は、「マウントウィーゼル」という言葉を聞いたことがあるだろうか。作中でもデイヴィッドが長々と下手な説明を試みているが、要は、辞書の著作権を守るため、丸写しされてもわかるように、わざと辞書に紛れこませた架空の項目のことだ。地図にも、トラップストリートやペーパータウンが描かれることがあるが、それとコンセプトは同じだ。「マウントウィーゼル」という呼び名は、『新コロンビア百科事典』（一九七五）に掲載された有名なフェイク項目「Lillian Virginia Mountweazel（リリアン・ヴァージニア・マウントウィーゼル）」に由来しており、こちらについては、作中でデイヴィッドが（珍しく）正しい解説をしている。

デイヴィッドは、本来なら数語で十分なはずのマウントウィーゼルがスワンズビー新百科辞書にたくさん紛れこんでいることに気づき、愕然とする。そして、マロリーに、本当は存在しない語――フェイク語を洗い出すように指示するのだ。かくしてマロリーは、脅迫電話の一件を心配して会社にやってきた恋人ピップといっしょにフェイク語探しを始めるのだが、当然のことながら遅々として進まない。

「ぜんぜん平気。今はどのへんをやってんの？」
「いちばん上から始めてる」
「またツチブタ（アードバーク）登場？」
「今は、ええと――」わたしは手元を見た。「『abbozzo（名）』」

という会話には笑ってしまう。ツチブタ（aardvark）は、スペルのせいで辞書の最初のほうに表示される。そんな中、この世に存在することも知らなかったような正真正銘本物の語もたくさん登場するが（まさに「アッボッゾー」もそうだ）、一方で、おかしなフェイク語も次々見つかる。

cassiculation（名）透き通った見えないクモの巣に突っこんでしまったときの感覚

この語を見つけたとき、マロリーはわかる、と思う。この一言は、訳者の思いでもあった。なんとなくクモの巣がまとわりついているような感覚。あるある。物理的にそう感じることもあるし、精神的にそんなふうに感じることもある。だが、これは、正式な語ではない。フェイク語だ。

この語を造った張本人こそ、十九世紀のウィンスワースなのだ。二日酔いの朝（ちなみにこの「二日酔い〔hangover〕」という言葉も、十九世紀にはまだ存在しない。ウィンスワースは自分が陥っている状態を形容する言葉がないことに、苛立ちを感じるのだ）、ウィンスワースは話し方レッスンに遅れそうになり、あやまってクモの巣につっこんでしまう。そのときの「目に見えない力にからめとられたような嫌な感覚がずっとまとわりついている」感じを表したくて、この語を造ったのだ。

こんなふうにウィンスワースは言語に対する深い知識をもとに、様々な語を造り出していく。「freasquiscent（フリースキセント）」という言葉を造り出すシーンを読んでいただければ、ウィンスワースのオタクぶりがわかっていただけるはずだ。ちなみにこのフェイク語の意味は「（形）落ち着いてかつ合理的に働けるよう環境が整えられている状態　例文：机は、フリースキセントで、いつでも仕事に取りかかれる」。二日酔いの朝、出社して、自分の机が片付いていないのを見て、ウィンスワースが造ったのだ。

こうしたエピソードは笑えるのと同時に、言語というものの持つ特徴を思い出させてくれる。作者ウィリアムズは、マウントウィーゼルについて博士論文を書いているが、その知識を、この『嘘つきのための辞書』に注ぎ込んでいるのだ。語の成り立ち、語の不安定さ、「名づけ」とはなにか、語の完璧な定義などありうるのか、そもそも「偽」の語というものはあるのか、などなど。もうこれで、最初に書いた「日本語にして、読者に楽しんでもらう」難しさもおわかりいただけると思う。というわけで、「日本語にするのは至難の業」と編集者の町田さんにお伝えしたところ、返ってきたのが「普通の小説よりもかなり大変なお仕事になってしまうかと思うのですが、すごく刺激的で面白そうな本ですので、やりましょう！」とのお答え。そのメールを読んだとき、「えーっ！　ほんとに?!　でもそうだよね、こんな面白いし。まあ、なんとかなるか」と、つい思って（思わされて）しまったのが運の尽き。それから苦闘の日々に突入することになった。

今回、結局翻訳は三バージョン作ることになった。最初は、ジョーク、暗喩、言葉遊びのたぐいを拾いに拾って訳したもの。それを野沢佳織さんと小林みきさんに原文と突き合わせていただいた。それから、編集の町田さんと相談し、この作品の面白さを存分に味わってもらうためにも敢えて、アルファベットの表記やルビは最小限にし、注釈も物語に直接関係のあるものに絞った。逆に、造語の「語源」は作中には示されていなかったが、日本語を母語とする読者には推測しにくいものもあったので、作者のウィリアムズさんにも確認しつつ、傍注で示すようにした。ウィリアムズさんには、大量の（自分史上一位でした……）質問に快く答えていただいた上に、この作品は「言葉の遊び心や奇妙さ、つかみどころのなさ、信頼できない感じ」などに焦点を当てたものだから、どんどんダジャレとか言葉遊びを付け加えても大歓迎！と励ましていただいた。さすがにどんどん付け加えるわけにはいかなかったけれど、ウィリアムズさんに確認の上、文中で説明を加えたり、ウィリアムズさんの解釈に沿って日本語にし直したところもある。読者の方々には言語の面白さを味わいつつ、マロリーとウィンスワースそれぞれの恋の顚末を（変わり者ぶりも！）楽しんでいただけたらと願っている。

最後に、作者のウィリアムズさんと編集の町田真穂さんに心からの感謝を。

エリー・ウィリアムズ
Eley Williams

英国の作家。ロンドン大学講師。2017年に刊行した短篇集『Attrib. and other stories』がリパブリック・オブ・コンシャスネス賞、ジェイムズ・テイト・ブラック記念賞を受賞し注目を集める。2021年、本書でベティ・トラスク賞を受賞。英国王立文学協会フェロー。ロンドン在住。

三辺律子（さんべ・りつこ）

翻訳家。東京都生まれ。聖心女子大学英語英文学科卒業。白百合女子大学大学院児童文化学科修士課程修了。共編著に『BOOKMARK　翻訳者による海外文学ブックガイド』、訳書にJ・エイキン『ルビーが詰まった脚』、D・レヴィサン『サムデイ』など多数。

嘘つきのための辞書

2023年5月20日　初版印刷
2023年5月30日　初版発行

著者　エリー・ウィリアムズ
訳者　三辺律子
装丁　坂野公一＋吉田友美（welle design）
装画　トキヲハロー

発行者　小野寺優
発行所　株式会社河出書房新社
〒151-0051　東京都渋谷区千駄ヶ谷2-32-2
電話　03-3404-1201（営業）　03-3404-8611（編集）
https://www.kawade.co.jp/
組版　株式会社創都
印刷　三松堂株式会社
製本　小泉製本株式会社

Printed in Japan
ISBN978-4-309-20880-0